D1200338

plus fou
que ça...
tumeur !

Véronique Lettre
Christiane Morrow

Stanké

Une compagnie de Quebecor Media

Catalogage avant publication de Bibliothèque et Archives nationales du Québec et Bibliothèque et Archives Canada

Lettre, Véronique
Plus fou que ça... tumeur!: la trentaine: le chum, les enfants, le boulot... et un cancer!

ISBN 978-2-7604-1078-7
1. Lettre, Véronique - Romans, nouvelles, etc. I. Morrow, Christiane. II. Titre.

PS8623.E47P58 2010   C843'.6   C2010-941204-4
PS9623.E47P58 2010

Édition : Nadine Lauzon
Révision linguistique : Carole Mills
Correction d'épreuves : Julie Lalancette
Couverture : Aurélie Lannou
Illustration de la couverture : © Shutterstock
Grille graphique intérieure : Marike Paradis
Mise en pages : Amélie Côté
Photo des auteures : Jacques Migneault

Remerciements
Les Éditions internationales Alain Stanké reconnaissent l'aide financière du gouvernement du Canada par l'entremise du Fonds du livre du Canada pour leurs activités d'édition. Nous remercions le Conseil des Arts du Canada et la Société de développement des entreprises culturelles du Québec (SODEC) du soutien accordé à notre programme de publication. Gouvernement du Québec - Programme de crédit d'impôt pour l'édition de livres - gestion SODEC.

Les Éditions internationales Alain Stanké
Groupe Librex inc.
Une compagnie de Quebecor Media
La Tourelle
1055, boul. René-Lévesque Est
Bureau 800
Montréal (Québec) H2L 4S5
Tél. : 514 849-5259
Téléc. : 514 849-1388
www.edstanke.com

Dépôt légal - Bibliothèque et Archives nationales du Québec et Bibliothèque et Archives Canada, 2010

ISBN : 978-2-7604-1078-7

Distribution au Canada
Messageries ADP
2315, rue de la Province
Longueuil (Québec) J4G 1G4
Tél. : 450 640-1234
Sans frais : 1 800 771-3022
www.messageries-adp.com

Diffusion hors Canada
Interforum
Immeuble Paryseine
3, allée de la Seine
F-94854 Ivry-sur-Seine Cedex
Tél. : 33 (0)1 49 59 10 10
www.interforum.fr

À Sarah et Antoine.
Et Dominique, La Quatrième Mousquetaire.

« La vie prend la couleur
des yeux qui la regardent. »

CYRIL PERREAULT

SOMMAIRE

PRÉFACE

En tant que médecin traitant, ce n'est pas tous les jours que nous avons la chance de lire l'histoire au quotidien du vécu de certains de nos patients. Trop occupé à traiter le cancer, il nous arrive parfois, probablement trop souvent, d'oublier que derrière la maladie affligeant nos patients se cachent nos patients eux-mêmes! Des individus à part entière, bousculés dans leur sphère sociale et psychologique par la maladie. Et que dire de l'impact du cancer sur leurs proches, sur leurs familles...

Le cancer du cerveau n'est pas une maladie comme les autres. Elle bouscule les patients comme peu de maladies le font. Ce cancer attaque non seulement l'intégrité physique, mais aussi l'intégrité cognitive et personnelle, et ce, précocement, dès le début de la maladie.

Plusieurs passages dans les écrits de Véronique m'ont particulièrement ému et bouleversé. Certaines images sont extrêmement fortes. « La vie distribue ses cartes », mentionne-t-elle quant à la fatalité affligeant les patients atteints de ces terribles maladies. Les patients nous demandent souvent la raison de l'émergence du cancer cérébral. Bien que nous commencions à mieux en cerner les causes, nous sommes loin d'en comprendre toutes les raisons... « La vie distribue ses cartes... »

Lors d'une discussion avec une autre patiente, Véronique remarque que le cancer dans sa phase initiale ne produit ni douleur ni inconfort. « Quand on y pense, ce sont les traitements qui nous rendent le plus malade », conclut-elle. Force est de constater que nous, cliniciens, œuvrant dans le traitement du cancer, sommes loin, très loin d'avoir atteint le but ultime de notre quête médicale de « traiter sans nuire » (*primum non nocere*), comme Hippocrate l'a indiqué quatre cents ans avant Jésus-Christ. Nous devons donc rester humbles, reconnaître nos limites, et travailler au mieux-être de nos patients en tant qu'individus à part entière, et non pas travailler « à la pièce », en ne traitant qu'un petit bout de maladie par-ci, alors qu'un autre prendra en charge un autre petit bout de maladie par-là... Dans un tel système de gestion de la santé, on risque de perdre de vue l'important, le patient lui-même !

Après nous avoir convaincus de l'importance et du pouvoir de l'humour et d'une approche positive, Véronique conclut son récit sur une note d'espoir. Celle de la recherche. Je ne peux que me joindre à elle dans la propagation de ce message. En pratique médicale, comme dans d'autres domaines, trop souvent nous nous laissons aveugler par des dogmes qui paralysent notre créativité et notre entrain. Il faut oser, questionner, défier, innover et défoncer les frontières établies. Il ne faut pas se contenter de ce qui est disponible, mais toujours chercher à nous dépasser. En cela réside l'esprit de la recherche médicale, et là aussi le plus bel espoir de vaincre le cancer cérébral.

Véronique, je te remercie d'avoir partagé avec candeur ton quotidien durant cette terrible épreuve que tu as vécue. Tu auras su nous éveiller à la réalité quotidienne jalonnant ton combat contre cette maladie. Cet ouvrage, intéressant pour tous, sera utile aux patients

atteints de cancer, mais aussi aux médecins, établis en
pratique ou en formation.

Dr David Fortin
Neurochirurgien, neuro-oncologue
Mai 2010

PROLOGUE

Lorsque j'ai reçu mon diagnostic de cancer, j'ai eu un choc. Mais je n'ai pas senti le monde s'écrouler autour de moi. Confronté au spectre de la mort, l'être humain peut curieusement devenir très fort. Bien sûr, on se demande : « Pourquoi moi ? » On cherche une explication, on cherche la cause. Mais le cancer est injuste. Il touche qui il veut, quand il veut.

J'ai vite été submergée de lectures recommandées par mes amies, mes collègues et ma famille. Ils avaient les meilleures intentions du monde, mais je trouvais ces lectures lourdes et déprimantes. Vivre le cancer est déjà assez difficile, je n'avais pas envie de lire sur le sujet en plus !

J'avais besoin de rire, de dédramatiser. J'avais envie de légèreté pour traverser les mois difficiles qui m'attendaient. Je n'ai rien trouvé. Alors je me suis dit : « Pourquoi ne pas écrire moi-même le livre que j'aurais tant voulu avoir sous la main ? »

Peut-être que certaines personnes seront offusquées par mes propos. Car après tout, comment peut-on rire d'un sujet aussi grave ?

C'est vrai. Le cancer, ce n'est pas drôle. Mais mieux vaut en rire qu'en mourir.

De toute façon, s'apitoyer sur soi-même ne changera pas la situation et il faudra bien passer à travers.

Autant le faire avec humour. Et d'ailleurs, n'est-il pas prouvé que le rire est thérapeutique?

Alors j'espère que vous prendrez le parti d'en rire avec moi et que ce livre vous touchera, que vous soyez vous-même atteint ou non de cette terrible maladie.

Bonne lecture!

IL ÉTAIT UNE FOIS...

Je m'appelle Véronique. Au moment d'écrire ces lignes, j'ai trente-six ans, trois enfants en garde partagée, deux chats à temps plein et... un cancer cérébral.

Mon aventure a débuté de façon invraisemblable. En janvier 2009, je faisais de la planche à neige avec Mon Chum au centre de ski de Bromont lorsque j'ai fait une banale chute sur le dos. Évidemment, c'était notre dernière descente et j'étais presque arrivée au bas de la piste (avez-vous remarqué que c'est souvent comme ça lorsqu'on a un accident?). Une chute comme j'en fais régulièrement en planche à neige. Pas de quoi s'inquiéter, surtout avec un casque!

Sauf qu'à l'impact la douleur a été telle que j'avais la sensation d'avoir reçu un coup de 2 x 4 derrière la tête (bon d'accord, je n'ai jamais reçu de coup de 2 x 4 derrière la tête, alors je ne sais pas « vraiment » ce que ça fait, mais je suis à peu près certaine que si j'en recevais un, ça ressemblerait à ça).

Évidemment, trop fière (ou trop stupide!) pour demander à Mon Chum d'aller chercher de l'aide, j'ai repris mon courage - et mon snowboard - et descendu la pente jusqu'en bas. Il est parti chercher la voiture et nous avons pris la direction du chalet. Sur la route, je me suis mise à vomir. Je savais pourtant très bien que lorsqu'on reçoit un coup violent sur la tête et qu'on

vomit, il faut se rendre à l'hôpital. Mais c'était dimanche et je devais prendre un avion pour Toronto le lendemain. Des clients importants. Une rencontre que
j'attendais depuis plusieurs semaines et d'une importance capitale pour l'agence de publicité pour laquelle
je travaillais (du moins, c'est ce que je croyais, mes
priorités étant légèrement différentes à l'époque).

Une fois au chalet, je dis à Mon Chum d'un air
déterminé : « Je vais prendre un Gravol et me coucher
un peu. » Il n'avait pas l'air convaincu de l'intelligence
de la chose, mais il a appris par expérience de notre vie
commune qu'il est très ardu de me faire changer d'idée.
J'imagine qu'il a abandonné avant même d'essayer de
me ramener à la raison.

Trois heures plus tard, je dormais encore et j'avais
toujours un avion à prendre le lendemain. Mon Chum
vient me réveiller doucement en me faisant comprendre qu'il serait temps de rentrer à la maison si
je voulais prendre cet avion. Je me lève, convaincue
d'avoir réglé mon problème, quand soudain je me mets
à vomir... en jet ! (Croyez-moi, on ne peut pas s'imaginer
à quel point ça peut se rendre loin avant de l'avoir vu de
ses propres yeux !)

Je descends l'escalier, l'air penaud et vaincu. « Je
crois qu'il va falloir aller à l'hôpital. Mais je ne veux
pas aller à Cowansville. D'un coup qu'ils me gardent...
ramène-moi près de la maison. » Ce compromis a eu l'air
de lui plaire, puisque vingt minutes plus tard, nous
étions en route, direction Boucherville. Arrivée à l'urgence, j'explique mon cas à l'infirmière du triage, qui
me demande de prendre place dans la salle d'attente.
Deux suppositoires anti-nausée plus tard, j'attends toujours, devant des patients qui n'ont vraiment pas l'air
d'être plus mal en point que moi. Lorsque le médecin de
garde réussit enfin à me voir, il me prescrit immédiatement un examen au scanner.

En bonne publicitaire que je suis, cette idée m'a
paru très inspirée et originale. Je saurai plus tard

qu'il n'avait manifesté aucune créativité, mais avait tout simplement appliqué le protocole médical en usage. Ce n'était que le tout premier choc de culture entre mon univers, celui de la publicité, et le monde médical.

À partir de là, tout s'est enchaîné très vite. Ils ont fait venir Mon Chum dans la salle d'examen. En quelques instants, j'étais devenue une patiente, c'est-à-dire une espèce invisible. Le personnel ne s'adressait plus qu'à lui, comme si l'examen avait révélé que je n'avais pas de cerveau. Je dois tout de même admettre que ledit cerveau n'était plus au meilleur de sa forme.

« Elle a une importante hémorragie cérébrale. Nous allons devoir la transférer d'urgence au centre de traumatologie de l'hôpital voisin. » Mon Chum et moi avons accusé le coup sans réagir. Nous n'étions pas vraiment inquiets à ce stade-ci : j'étais sonnée, j'avais mal à la tête, mais j'étais toujours consciente. Je parlais, je n'étais pas paralysée. Tout ne devait pas aller si mal, quand même ! Nous étions davantage surpris d'apprendre que je ne pourrais pas être soignée sur place et que je devais être transférée, aux soins intensifs en plus !

Tout s'est déroulé rapidement. Couchée sur une civière, abasourdie par l'effet combiné de l'hémorragie et des médicaments, j'étais devenue totalement impuissante. Mon Chum devait suivre avec l'auto. À ce jour, j'ignore encore dans quel état il a conduit, et je préfère ne pas le savoir. C'est ainsi qu'à trente-six ans j'ai fait mon premier voyage en ambulance. Malheureusement, je n'aurai rien de palpitant à raconter à mes enfants sur ce trajet, ce qui décevra Mon Fils qui rêve de se promener à toute vitesse dans un véhicule muni d'une sirène.

Je ne me souviens à peu près de rien, sauf d'un méchant courant d'air lors du transfert dans l'ambulance. Il faisait -20 °C à l'extérieur et une jaquette bleue d'hôpital, même avec quelques draps de flanelle, ne remplacera jamais un habit de ski, croyez-moi !

Je me souviens confusément d'avoir entendu une sirène, mais je ne suis plus certaine de rien, et encore moins si c'était bien celle de mon ambulance que j'entendais. J'étais en train de rater le plus excitant! Vers minuit, j'arrivai enfin à destination : les soins intensifs du centre de traumatologie.

Dans l'ascenseur, j'ai eu un bref moment de lucidité, où j'ai vu Mon Chum à mes côtés. « Ahhhh... t'es là », lui ai-je lancé, complètement droguée, mais drôlement soulagée de le savoir près de moi. Il était mon seul repère dans cette suite décousue d'événements et de sensations dont je ne retrouvais plus le fil.

C'est ainsi que je me suis retrouvée sous surveillance aux soins intensifs durant cinq jours. Le Neurochirurgien qui m'avait prise en charge à mon arrivée à l'hôpital semblait vraiment intrigué par mon cas. Il n'arrivait pas à comprendre qu'avec une telle hémorragie je ne sois pas plongée dans le coma. Mais le fait est que je me sentais bien, à part des maux de tête très inhabituels pour moi qui n'avais jamais souffert de la moindre migraine de toute ma vie. Mon Chum et moi avons même poussé l'audace jusqu'à jouer aux cartes sur mon lit d'hôpital pour passer le temps, au grand dam du Neurochirurgien qui n'y comprenait toujours rien. Avouons qu'une patiente des soins intensifs jouant aux cartes, ce n'est pas chose commune. Bon, je me suis fait battre à plate couture, mais disons que... j'avais des circonstances atténuantes pour expliquer ma cuisante défaite!

Mon Chum me rendait visite tous les jours, mais je lui avais demandé de ne pas emmener les enfants pour le moment. Je trouvais inutile de leur infliger la vue de patients branchés aux soins intensifs. Quant aux patients, j'aurais trouvé ingrat de leur imposer le tapage et les chicanes incessantes de mes enfants. De plus, connaissant avec quelle intensité ils règlent parfois leurs différends, je ne voulais pas être responsable d'une aggravation, potentiellement fatale, de l'état de santé de mes voisins qui avaient déjà l'air tellement plus mal en point que moi. Heureusement, Ma Sœur et moi ayant passé l'âge de ce genre de querelles enfantines, elle pouvait, sans risque pour les autres patients, venir luncher avec moi.

Lorsqu'elle n'arrivait pas à me caser dans son horaire de travailleuse-autonome-mère-de-famille-avec-conjoint-qui-travaille-à-l'extérieur, elle envoyait sa voisine aux nouvelles. Il faut préciser que cette dernière travaille aussi comme infirmière au bloc opératoire du même hôpital. Elle venait m'encourager, me faire sourire. Je ne le savais pas encore, mais elle allait m'apporter bien davantage. Mon moral et mon état général se maintenaient ; j'avais assuré à Ma Mère qu'il était inutile pour le moment qu'elle vienne de Québec pour être à mon chevet.

Quelques jours après mon arrivée aux soins intensifs, Le Neurochirurgien a commencé, lors d'une de ses visites de routine, un interrogatoire pour le moins étrange :

« Est-ce que vous avez étudié ? »

Non, mais, pour qui se prend-il ? Ce n'est pas parce que je suis confuse à cause de toutes les substances qu'il me prescrit lui-même que je suis débile. Après tout, j'occupe quand même un poste de vice-présidente dans une grande agence de publicité.

« Est-ce que vous lisez ? »

Est-ce que je sais lire ou est-ce que je lis la presse tous les matins ?

« Est-ce que vous travaillez ? »

Bien tiens, je me rappelle vaguement que j'avais un avion à prendre. Des clients importants...

« Prenez-vous de l'alcool ? »

Ben là, un verre de vin le soir. Et le midi quand je suis avec des clients. Et peut-être un apéro le vendredi. Et quand je mange avec des copines. Et quand on fait des parties de famille chez Ma Sœur. Et quand je reçois...

« Avez-vous déjà pris de la drogue ? »

Je ne répondrai qu'en présence de mon avocat. Mais où diable veut-il en venir ?

Et le chat sort du sac. Du moins, le premier chat, car il y en aura d'autres. Toute une portée même.

« C'est que je ne comprends pas : le scan montre que votre cerveau est plus petit que la normale. En fait, votre cerveau ressemble à celui d'un alcoolique fini !

— À quoi ????

— Au cerveau d'un alcoolique fini. Atrophié. »

Mon Chum se met à rire devant mon expression catastrophée. Bon. Je vois déjà l'utilisation tordue qu'il pourrait faire de cette révélation. « Laisse faire, chérie, tu ne peux pas comprendre. Avec ton petit cerveau... »

Par ailleurs, je ne suis pas droguée au point de ne pas saisir moi aussi comment cette particularité anatomique pourrait m'être utile : « Que dis-tu, chéri, le compte conjoint est à zéro ? Ah ! Tu sais avec mon petit cerveau, j'oublie tant de choses... »

Mise au courant de la chose, Ma Mère s'empressera de réfuter avec fougue, avant même que l'idée ait eu le temps de nous effleurer, l'hypothèse d'une quelconque incursion du côté des drogues pendant sa grossesse. Soupçons pas si farfelus, quand on sait que j'ai été conçue au début des années soixante-dix...

Cette révélation devait même occasionner des dommages collatéraux chez Ma Sœur, légèrement hypocondriaque, qui passera le reste de sa vie à se demander, à chaque défaillance de mémoire, si elle n'est pas elle aussi affligée d'une atrophie cérébrale.

En fait, l'explication est bien plus simple. Mon Père, qui a déjà passé plusieurs scans en raison de problèmes de santé, me confirmera qu'il a, lui aussi, un cerveau plus petit que la normale. Il s'agit d'une atrophie cérébrale de cause inconnue qui, selon un des neurochirurgiens consultés plus tard, pourrait être présente chez de nombreux individus, sans qu'on le sache. Nous faisons partie d'un club sélect qui compte Albert Einstein parmi ses membres. C'est tout de même plus valorisant de penser que je n'ai pas le cerveau d'un alcoolique fini, mais bien plutôt celui d'un génie!

Et la réputation de Ma Mère est intacte. Elle me regardera cependant jusqu'à la fin de ses jours d'un œil soupçonneux en se questionnant sur mon propre usage de drogue et d'alcool!

Cette anecdote illustre bien une des croyances pratiques que je mettrai en application à de multiples reprises au cours des mois suivants, à savoir *qu'en matière de santé, toute vérité n'est pas bonne à savoir.*

Pensez-y un peu. Si mes parents avaient su que j'avais le cerveau d'un alcoolique fini, n'auraient-ils pas été tentés de trouver une meilleure utilisation à leur argent que de me payer des études en pensionnat privé? Et si moi-même je l'avais su, aurais-je autant travaillé pour mener à terme un bac en administration et mettre toute ma résistance à traverser l'adolescence sans trop me geler le cerveau avec des substances qui peuvent être tellement tentantes? Je vous le répète, toute vérité n'est pas bonne à savoir.

J'avais définitivement manqué mon avion pour Toronto, mais j'espérais toujours être en mesure de retourner au travail dès le lundi suivant. Lorsque j'interrogeai Mon Neurochirurgien à ce sujet, il me regarda d'un air à la fois surpris et désolé.

« Je pense que vous n'avez pas bien compris. Vous allez être au repos pour au moins deux mois!

– Quoi?... Deux mois?... Mais c'est impossible!

– Vous savez, j'aurais prescrit deux mois de congé pour bien moins que ce que vous avez. Toutefois, comme votre état semble stable, je vais vous transférer à l'étage dans une chambre.

– Vous voulez dire que je ne sors pas d'ici tout de suite? Oh, mon Dieu! »

Et non, je ne sortirai pas avant cinq autres jours. Le Neurochirurgien m'avoua que les résultats du scan continuaient de l'intriguer; il en avait même discuté avec ses collègues, mais il me répéta qu'il ne pouvait être certain de rien tant que l'hémorragie ne serait pas résorbée. Nous avions beau essayer de lui faire cracher le morceau, il ne voulait pas s'avancer avant d'avoir pu analyser un nouveau scan, ce qui ne serait pas possible avant quelques semaines. Comme il n'entrevoyait pas d'autres mesures médicales dans l'immédiat et que mon état demeurait bon, nous avons mis cette information de côté pour continuer notre partie de cartes.

Durant ce merveilleux séjour, toutes sortes de spécialistes m'ont analysée de tout bord tout côté : neuropsychologue, ergothérapeute, physiothérapeute, orthophoniste, travailleuse sociale. Ils manifestaient tous le même étonnement devant l'absence de limitations, compte tenu de l'importance de l'hémorragie.

Bon, je dois tout de même admettre que j'avais quelques séquelles mineures de l'accident, dont une perte de sensibilité de la main gauche, quelques problèmes de motricité et de coordination et un léger retard dans la résolution de problèmes complexes.

Cette dernière particularité, c'est La Neuropsychologue et La Jeune Orthophoniste qui me l'ont fait découvrir à force de s'acharner sur moi avec leurs exercices impossibles à résoudre. Non mais, vous, le savez-vous dans quel « Groupe » mettre un arbre, le ciel et un caméléon ? Moi je l'ignorais, comme d'ailleurs L'Orthophoniste elle-même qui me l'avoua, l'air un peu gêné.

Elle avait perdu son livret de corrections et me précisa pour m'encourager qu'elle utilisait rarement ce test avec ses patients, puisque ceux-ci étaient habituellement bien en deçà de ce niveau. Maigre consolation pour quelqu'un comme moi qui a l'habitude de se comparer aux jeunes loups super-performants du monde de la pub et non pas aux cerveaux abîmés d'un service de traumatologie. Question de point de vue !

C'est Ma Mère, elle-même orthophoniste expérimentée, qui assistait à l'entrevue et avait déjà utilisé cet instrument d'évaluation qui nous a donné la réponse. Si vous ne l'avez pas encore trouvé, le lien entre le ciel, l'arbre et le caméléon est qu'ils « changent de couleur ». Aaah ! Je sens que je vais mieux dormir ce soir !

Bon. D'accord. Je n'ai jamais trouvé la fichue réponse et il me fallait un peu plus de temps pour traiter des informations disparates, mais techniquement, ça ne m'empêchait pas de reprendre mes activités, non ? Toutefois, chaque jour qui passait voyait mes maux de tête empirer. J'étais maintenant sous médication constante. Mon Médecin me répétait de ne pas m'inquiéter. Qu'au fur et à mesure que le sang se résorberait, la douleur diminuerait. Comme j'avais en poche toutes les prescriptions d'antidouleur nécessaires, j'étais certaine de pouvoir contrôler mes maux de tête. De plus, n'ayant toujours aucun autre symptôme, j'étais convaincue que tout allait rentrer dans l'ordre sous peu.

Comble du ridicule, Ma Sœur, à l'âge vénérable de trente-huit ans, souffrait depuis quelque temps de palpitations cardiaques et était suivie par le département de cardiologie du même hôpital. Ma Mère, qui fait tout ce qu'elle peut pour garder l'air jeune, avait donc le plaisir douteux d'accompagner ce jour-là, au deuxième étage, sa fille aînée qui se faisait installer un appareil Holter, puis de monter au septième, pour rendre visite à sa cadette au département de traumatologie.

Une simple marche dans le corridor avec Ma Sœur devenait carrément loufoque. Moi, avec mon teint blafard et mes cheveux mal lavés, au bras d'une anxieuse cardiaque ligotée à des appareils ressemblant à une bombe artisanale et qui me dit au bout du couloir : « J'espère que tu ne tomberas pas, parce qu'on va être deux à s'étaler. »

Finalement, le moniteur cardiaque ne révélant que des troubles de panique et d'anxiété, le cardiologue lui recommanda d'éviter le stress inutile : je devenais donc nuisible à sa santé.

Mon séjour se déroula sans trop de heurts, si on fait fi de Ma Voisine de Chambre. Haaaa! Ma Voisine de Chambre! Que dire? Une dame d'un âge très très mûr qui s'était brisé la hanche en tombant. Jusque-là, on compatit. Comme elle s'était frappé la tête dans sa chute, elle a été hospitalisée dans l'aile des traumatismes crâniens. Étant sous morphine la moitié du temps, elle était dans un état relativement confus, mais pas assez droguée pour dormir vraiment. Quel dommage!

Pour une raison que j'ignore toujours, elle avait décidé qu'il était inutile d'appuyer sur le fameux bouton rouge sur le côté de son lit pour appeler l'infirmière. C'est ainsi que, de jour comme de nuit, je l'entendais crier «Garde! Garde!», probablement convaincue que toute personne qui oserait s'aventurer devant la porte de notre chambre était nécessairement une infirmière. Jusque-là, on peut encore avoir un peu de compassion. Mais en plus, chaque fois qu'elle recevait des soins ou que les infirmières essayaient de la faire manger, elle criait à tue-tête:

« Ayoye, ayoye, ayoye!

– Mais, madame…, disait l'infirmière doucement.

– Ayoye, ayoye, ayoye!

– C'est qu'on ne vous a pas touchée encore… »

Fini la compassion. Je veux sortir d'ici.

Je quittai donc l'hôpital après dix jours pour aller passer le mois le plus ennuyeux de toute ma vie à la maison. Mes maux de tête étaient devenus tellement forts que je passais pratiquement toutes mes journées à dormir et me levais uniquement pour manger ou écouter *Oprah Winfrey* à 16 heures.

Durant cette période, je n'ai presque pas vu mes enfants, étant incapable d'assurer la tâche des repas et des devoirs. Mon Neurochirurgien m'ayant formellement interdit de conduire l'automobile jusqu'à nouvel ordre, je me retrouvais confinée à la maison. Mon moral commençait sérieusement à s'effriter. Pour ajouter à mon angoisse grandissante, tous les bulletins de nouvelles ne parlaient plus que de cette actrice anglaise* qui venait de décéder d'une hémorragie céré-brale sur les pentes de ski à Mont-Tremblant. Le doute s'insinuait dans mon esprit. Et si c'était plus grave que je le pensais? Et si l'hémorragie laissait des séquelles? Et si ces maux de tête duraient toute ma vie? De plus, Mon Neurochirurgien m'avait prévenue de me rendre immédiatement à l'urgence si j'avais le moindre signe d'atteinte neurologique: engourdissements, trouble de la vue, difficulté à parler, perte d'équilibre. À bien y penser, il me semblait que j'avais tous ces symptômes!

De plus en plus désespérée par mon état qui n'allait pas en s'améliorant, je téléphonais quotidiennement à Ma Mère pour lui répéter ma rengaine:

«Il me semble que ça ne va pas bien bien mieux mon affaire.» (Pas étonnant compte tenu de ce que j'avais, mais dont j'ignorais encore l'existence...)

Et à chaque appel, Ma Mère, mettant de côté ses propres angoisses, me rassurait:

«Mais non, Véro, le médecin te l'a dit: si tu devais avoir des séquelles, on le saurait déjà. Et il t'a bien confirmé que les maux de tête étaient temporaires.»

J'avais besoin de sa solidité et de son calme au moins apparent. Elle m'avouera plus tard qu'après chacun de mes appels, elle se précipitait dans le bureau de sa collègue et amie médecin pour se faire rassurer à son tour.

Mon Ex, lui, commençait à avoir hâte d'être déchargé un peu de la responsabilité des enfants. Et

---

* Le 16 mars 2009, l'actrice britannique Natasha Richardson s'est blessée à la tête lors d'une chute pendant une leçon de ski sur les pistes du mont Tremblant. La blessure, d'allure mineure, n'a inquiété personne. Toutefois, après quelques heures, l'actrice s'est plainte de douleurs et a dû être transportée à l'urgence de l'hôpital de la région de Mont-Tremblant et ensuite à l'Hôpital du Sacré-Cœur à Montréal dans un état critique. Le lendemain, elle était conduite au Lenox Hill Hospital de New York. Elle est morte le 18 mars.

Mon Chum, bien que conscient de mon état, ne semblait pas comprendre pourquoi je passais mes journées au lit et étais incapable de m'occuper de certaines tâches dans la maison. En fait, c'était ça le gros problème de mon hémorragie cérébrale : c'était un mal invisible aux yeux de mon entourage.

Après tout, je n'avais pas de bandage sur la tête, pas de signes physiques. De plus, je me faisais un devoir de prendre ma douche, de m'habiller et de faire bonne figure, même s'il me fallait toute ma volonté. J'arrivais à faire bonne figure pendant une vingtaine de minutes, rien de plus. Je traînais une fatigue incommensurable. Je ne supportais pas le bruit et la lumière me rendait folle. J'avais l'impression d'être en dépression et de subir le jugement négatif et l'incompréhension des autres. Je m'ennuyais des enfants, mais quand je les voyais, je me sentais totalement incompétente parce que je n'étais absolument pas en mesure de répondre à leurs besoins.

Au bout d'un mois, j'ai commencé à pouvoir regarder la lumière au bout du tunnel (pas celle qu'on voit lorsqu'on meurt, mais l'autre, celle qui nous signale qu'on va s'en sortir). Les maux de tête diminuaient et je dormais moins souvent. Je n'avais toujours pas le droit de conduire, mais je pouvais commencer à faire de la physiothérapie et ainsi entamer ma phase de « récupération ». Ah ! Ah ! Ah ! Si j'avais su la suite, je ne me serais jamais donné autant de mal !

J'étais pressée de commencer la physiothérapie pour pouvoir en finir rapidement et reprendre enfin ma vie normale. J'y suis allée trois fois par semaine durant six semaines. Marcher en équilibre sur une planche, en avant, en arrière, jouer au badminton, main gauche, main droite, (chose que je n'avais jamais réussie de toute ma vie, mais bon !), rester en équilibre sur un coussin gonflable, sur la jambe droite, sur la jambe gauche. Je ne voyais pas trop en quoi cela m'aiderait à reprendre mon travail, mais si c'était ce que je devais accomplir pour répondre aux attentes de La Physiothérapeute, eh bien, allons-y encore et encore!

Et voilà enfin que, deux mois plus tard, j'avais rendez-vous pour la résonance magnétique qui allait prouver à tous que j'étais saine d'esprit et apte à reprendre mon travail et la garde de mes enfants.

LA POINTE DE L'ICEBERG...

La résonance magnétique devait durer vingt minutes. L'imagerie par résonance magnétique, mieux connue sous le nom d'IRM, est un examen permettant de fournir des images détaillées des organes internes grâce à l'utilisation d'ondes radio et d'un puissant champ magnétique. Pour passer l'examen, on nous glisse dans une espèce de long tube étroit dans lequel il faut demeurer complètement immobile, au grand dam des patients claustrophobes.

Une heure trente plus tard, j'étais toujours allongée sur la table d'examen. J'avais une furieuse envie de me gratter. Non mais, rester immobile durant vingt minutes, ça va toujours, mais une heure et demie? On m'avait bien prévenue non seulement de ne pas bouger, mais en plus de ne pas respirer trop profondément ni d'avaler trop fort, sous peine de devoir recommencer l'examen!

Alors tant bien que mal, j'essayais de transporter mon esprit ailleurs afin d'oublier mon œil qui piquait et mon envie de tousser. Moi qui suis à la limite de la claustrophobie, c'était déjà un exploit d'entrer dans ce tube. Je commençais à avoir faim et je savais que Mon Chum devait s'impatienter dans la salle d'attente. J'eus une bonne pensée pour les autres patients qui devaient se demander sérieusement ce qui prenait autant de temps.

Les habitués de ce type d'examen devaient certainement me soupçonner de bouger sans arrêt, obligeant du même coup La Radiologiste à recommencer l'examen. À moins que mon cerveau soit devenu tellement petit que La Radiologiste n'arrive plus à le localiser? Inquiétant...

Elle s'approche justement de moi, La Radiologiste. Dieu soit loué! Je peux me racler la gorge et bouger mes membres engourdis. D'un ton neutre, un peu trop professionnel, elle me demande:

«Quand voyez-vous votre médecin?

– La semaine prochaine, que je lui réponds en m'étirant de tout mon long avant de m'asseoir sur la table.

– Hum... je pense que vous allez devoir le rencontrer plus vite que ça.

– Ah bon? Pourquoi donc?

– Oh, je ne suis pas autorisée à en discuter avec vous. Vous devez voir votre médecin. Je vais l'appeler pour vous.»

Ben ben l'fun, ça. Juste assez d'informations pour me faire PANIQUER, et ensuite elle disparaît dans son sarrau immaculé. Je n'ai jamais su son nom et je ne la reverrai jamais.

La technicienne qui m'aide à descendre de la table me regarde, l'air peiné, et me dit:

«Je ne vous dirai pas que tout est beau, n'est-ce pas?

– Ah ben non, hein? On dirait pas...»

Ça va vraiment de mieux en mieux cette soirée...

En sortant de la salle d'examen, je dois affronter, tel que je m'y attendais, les regards mauvais des autres patients qui attendent leur tour depuis au moins une heure et demie. Mon Chum m'aperçoit et me lance un «Enfin!» plus joyeux qu'impatient. Je pense qu'il a hâte d'aller souper.

«Ça s'est bien passé?» me demande-t-il gentiment dans la cabine où je me débarrasse avec joie de la magnifique jaquette d'hôpital bleu pâle, usée et tout à fait sexy!

Je réfléchis à la question et lui réponds avec sincé-
rité : « Ben, sais-tu, je l'sais pas ! »

Il est tard et nous sommes affamés. Nous décidons
donc de nous arrêter au premier restaurant du coin qui
semble potable : Le Palais du Sous-marin. Pas la grande
classe, mais j'aime beaucoup les sous-marins et c'est
sans aucun doute l'un des meilleurs que j'aie mangés
depuis longtemps.

En blaguant, je lance à Mon Chum : « J'espère que
ce ne sera pas mon dernier repas au restaurant ! Parce
que si c'était le cas, j'aurais quand même pu choisir un
resto un peu plus sophistiqué. »

Je ne pensais pas être si proche de la vérité. Ce ne
sera pas le dernier repas au restaurant de ma vie, mais
le dernier pour un méchant bout de temps !

Mardi matin. J'ai très bien dormi, comme toujours,
mais je suis un peu perplexe quant à mon examen de la
veille. *Je devrais peut-être appeler l'hôpital, juste au cas
où La Radiologiste m'aurait oubliée... ?*

En effet, j'ai bien fait d'appeler puisque la secrétaire en neurochirurgie n'a jamais vu passer mon dossier. Elle m'apprend ainsi que Mon Neurochirurgien
est en vacances toute la semaine. Je lui explique ma
situation. Elle aussi semble intriguée par mon examen.

« Je vérifie avec La Neurochirurgienne qui est de
garde aujourd'hui et je vous rappelle. »

C'est ainsi que, quelques heures plus tard :
« Madame Lettre, La Neurochirurgienne veut vous
voir demain matin à la première heure, elle vous fera
passer avant ses autres rendez-vous. Présentez-vous à
9 heures à la clinique de neurochirurgie. » *Hum...*

J'appelle Ma Mère : « Je crois que tu devrais monter
à Montréal. » Celle-ci, en incorrigible optimiste, arrive
avec une toute petite valise pour une nuit à Montréal,
convaincue qu'elle sera de retour chez elle le surlendemain, d'autant plus qu'elle doit partir pour Cuba trois
jours plus tard. Quant à Mon Chum, contaminé par

tant d'optimisme, il ne fait qu'annuler son premier rendez-vous de la journée. Il compte retourner au travail après ce petit saut à l'hôpital.

J'étais légèrement inquiète, mais au fond de moi je ne pensais pas vraiment que ça pouvait être si grave. Mon Chum avait déjà évoqué avec Ma Mère ce que Le Neurochirurgien lui avait laissé entrevoir : une complication possible, du genre anévrisme au cerveau. S'ils m'en ont parlé, je n'en ai pas gardé le moindre souvenir. Mon Chum, s'il en vivait, cachait bien son angoisse. Quant à Ma Mère, elle a décidé une fois pour toutes dans sa vie de ne pas s'inquiéter pour des malheurs qui ne sont pas encore confirmés.

Mercredi matin. On se pointe à l'hôpital Ma Mère, Mon Chum et moi comme les Trois Mousquetaires. Ma Sœur aînée, Le Quatrième Mousquetaire comme dans la littérature, assume du mieux qu'elle peut son rôle de notaire. Elle découvre ce matin-là à quel point la respiration profonde peut être d'une grande aide, non seulement pour contrôler les palpitations cardiaques occasionnées par la situation de sa sœur cadette, mais également pour lui éviter de sauter à la gorge d'un couple en processus de médiation qui ne s'entend pas sur... la garde de leur chat !

Nous ne sommes là que depuis dix minutes lorsque La Neurochirurgienne nous fait entrer dans son bureau. Je m'assois devant elle. Mon Chum et Ma Mère prennent place, tant bien que mal, sur deux petites chaises coincées entre la porte et la table d'examen.

« Comment allez-vous, madame Lettre ?

— Très bien, merci. Que se passe-t-il au juste ?

— Je vais vous expliquer, mais avant, j'ai besoin de vous examiner. »

Et là recommence une série de tests que je ne connais que trop bien, pour vérifier mon équilibre, ma motricité et ma coordination. Puis elle me fait rasseoir.

« Madame Lettre, vous n'avez jamais eu de maux de tête avant votre accident ?

– Non, jamais.

– C'est très surprenant. Voyez. »

Elle nous montre alors sur son écran d'ordinateur ce qui me semble être le scan de mon hémorragie cérébrale. Il s'agit en fait de la résonance magnétique et il semble que ce qu'on voit à l'écran ne soit pas très bon.

« On peut voir très clairement que sous l'hémorragie se cache une tumeur d'environ 5 x 4 cm. En réalité, nous croyons que lors de votre chute, c'est la tumeur qui a saigné. »

Deuxième coup de 2 x 4.

Je suis paralysée, mais en même temps extrêmement lucide. Je jette un coup d'œil à Mon Chum et à Ma Mère, qui ont l'air hébété eux aussi mais gardent contenance. À ce moment-là, j'ai l'impression que tout est irréel. C'est trop gros, trop grave, trop inattendu pour être vrai. Je réussis à articuler calmement, même si mon cerveau est complètement pétrifié : « Est-ce que je peux vivre avec ça ? »

Décontenancée par cette question farfelue, La Chirurgienne hésite : « Bien... si vous gardez cette tumeur... vous allez commencer à engourdir... à paralyser... puis vous tomberez dans le coma... et vous mourrez... »

Bon. Ses mots ont le mérite d'être clairs, nets et précis.

Ce verdict horrible acheva de nous abattre.

« Alors, est-ce que ça s'opère ? » Certaine d'une réponse négative qui allait me condamner à ne plus avoir que quelques mois à vivre.

J'étais déjà en train de penser à la façon dont j'allais vivre mes derniers jours, lorsque La Neurochirurgienne me répond sur un ton tranchant : « Bien sûr que ça s'opère. »

On voit bien qu'on n'exerce pas le même métier, elle et moi. Comment suis-je censée savoir ce qui se fait ou non en matière de tumeur au cerveau, moi qui travaille dans la pub et qui n'ai jamais connu personnellement une personne atteinte d'un cancer ? Son air condescendant me laisse sous-entendre que je ne comprendrai jamais, avec mon petit cerveau.

« Et c'est dangereux ? que j'ose demander.

– L'opération ? Bien, si vous voulez savoir si un de mes patients est déjà décédé sur la table d'opération, la réponse est non. »

Non seulement elle est surspécialisée en neurochirurgie, mais elle est également experte dans les formulations exprimées avec une économie de mots que la publicitaire en moi aurait apprécié à sa juste valeur en d'autres circonstances.

Bon. Je suppose que c'est suffisant comme information.

« Et quand voulez-vous opérer ? » Tout en me disant intérieurement que je devrais peut-être en profiter pour accompagner Ma Mère à Cuba avant de passer sous le bistouri.

Mais encore une fois, elle coupe court à mes réflexions : « Ce soir ou demain au plus tard. J'ai déjà avisé le bloc opératoire et ils vont déplacer des opérations pour vous passer en priorité. Il faudrait faire votre admission dès maintenant. »

Wooohhh minute ! Est-ce que j'ai bien entendu ? Elle me dit que je ne ressors pas d'ici et que je dois être opérée AU CERVEAU ???

Je me mets à paniquer. Je ne la connais que depuis vingt minutes, et « connaître » est un bien grand mot dans les circonstances. Je ne sais même pas vraiment qui elle est et j'ai à peine retenu son nom. Tout ça va trop vite. Beaucoup trop vite. J'ai peur. J'ai appris récemment que mon cerveau est plus petit que la normale. J'apprends maintenant qu'on doit m'en enlever un morceau. Va-t-il me rester assez de matière cérébrale pour conserver mes facultés ?

Au risque de l'entendre me répondre d'un ton encore plus incisif, si c'est possible, j'ose une autre question : « Est-ce que ça fait une grosse différence entre être opérée cette semaine et la semaine prochaine ? Ne devrais-je pas attendre le retour de Mon Neurochirurgien qui suit mon dossier depuis le début ? »

Heureusement, elle s'est adoucie et semble réaliser que nous sommes en état de choc, même si aucun de nous trois ne pleure, ne gémit ou ne s'arrache les cheveux (cette dernière réaction aurait été parfaitement inutile et prématurée dans mon cas. Le traitement de radiothérapie allait s'en charger bien assez tôt, même si je l'ignorais encore).

Décontenancée, elle précise, d'un air un peu ébahi : « Bien… vous pouvez toujours attendre. Toutefois, n'importe qui avec une telle tumeur me supplierait de lui enlever au plus vite. »

Elle n'a pas dit « n'importe qui de sensé », mais je sens bien que c'est ce qu'elle veut dire. Je réaliserai plus tard le bien-fondé de la chose, lorsque la pathologie révélera qu'il s'agissait d'une tumeur « araignée » qui se propage et grossit à vive allure en s'infiltrant dans le cerveau.

« Voici ce que je vous propose : pensez-y et parlez-en entre vous, mais vous devez m'aviser d'ici 11 heures de votre décision, car dans ce cas vous devrez revenir ce soir pour votre admission. »

Il est 9 h 45 lorsque nous quittons son bureau. Les Trois Mousquetaires se sont transformés en Trois Zombies qui traversent les couloirs de l'hôpital sans dire un mot.

Personne ne pleure. Nous sommes curieusement très calmes. Trop calmes. Je n'arrive plus à penser normalement. Je suis en état de choc.

Nous marchons silencieusement depuis plusieurs minutes déjà, lorsque je décide de briser ce silence qui nous paralyse :

« Bon. Qu'est-ce que je fais ? » Comme si à cette étape j'avais encore plusieurs options…

« Pensez-vous qu'on pourrait vérifier ses références au moins !? C'est que… c'est quand même assez personnel, un cerveau. J'aimerais au moins savoir si elle est bonne.

— Je vais demander aux filles du bureau de me donner leur opinion », reprend Ma Mère, toujours très pragmatique et efficace. Elle travaille au sein d'une équipe de médecins, qui, de plus, sont toutes mères de famille.

Son appel causera un véritable tsunami dans le département ce matin-là. Une de ses collègues consulte les sites de référence médicale, pendant qu'une autre téléphone à son ancien patron neurochirurgien et qu'une troisième communique avec un centre de recherche en cancérologie.

Une dernière accepte d'être notre porte-parole et téléphone elle-même à La Neurochirurgienne pour valider ce que nous avons entendu, mais que nous n'arrivons pas à croire. La productivité de ce département n'a pas été à son mieux ce matin-là, mais le soutien moral, lui, n'avait pas de prix.

De retour à la maison, je téléphone à Ma Sœur pour lui demander de venir nous rejoindre pour dîner.

« Et puis, ta rencontre avec Le Doc ?

— Viens à la maison, je vais te dire ça. »

Pas question de tout lui révéler au téléphone comme ça. Des plans pour qu'elle se tue en chemin !

« Mais, tes résultats ? Est-ce qu'il faut que je m'inquiète ?

— Viens à la maison, j'te dis ! » lui répondis-je du ton dur et autoritaire de la personne qui n'a plus de temps à perdre dans la vie.

Elle arrive échevelée, anxieuse et en pleine crise de palpitations cardiaques, après avoir annulé ses rendez-vous et franchi le mur du son au volant de sa voiture. Elle lance, furieuse : « Ne me faites plus jamais ça ! » J'ai envie de lui répondre : « J'espère bien qu'on n'aura jamais plus à le faire ! »

Pendant que Ma Mère se charge d'informer Ma Sœur, j'appelle Ma Cousine et Ma Meilleure Amie pour leur communiquer la nouvelle. La situation me paraît tout à fait surréaliste. Comme si mon esprit s'était détaché de mon corps et que j'observais la scène d'en haut.

Puis je tente, sans succès, de rejoindre Mon Ex car c'est lui qui va devoir assumer la charge des enfants. Pour un petit bout, j'en ai bien peur. Une chance, Mon Ex et moi entretenons une excellente relation et sommes demeurés de bons partenaires malgré notre séparation. Et puis, il commence à avoir l'habitude d'être monoparental!

Répéter la même nouvelle à mes amies et aux membres de ma famille était une manière de l'apprivoiser. La mettre en mots m'aidait à appréhender, du moins partiellement, la réalité. J'allais chercher l'affection et les encouragements dont j'avais un pressant besoin.

L'annoncer à Mon Boss fut une tout autre affaire. J'avais été engagée à peine quatre mois plus tôt et j'avais promis des résultats à la hauteur de mes ambitions. Or, je devais lui dire que sa super nouvelle vice-présidente ne serait pas de retour avant un bon moment. La performante en moi se sentait humiliée, à tort ou à raison. Mais surtout, Mon Boss venait de perdre son propre frère à peine deux semaines auparavant, décédé, ironie du sort, d'une tumeur cérébrale. J'avais même fait un don important en sa mémoire au département de recherche sur le cancer cérébral de l'hôpital. On pouvait presque m'accuser d'avoir calculé mon coup!

Il est maintenant 10 h 45.

On se croirait sur le parquet de la Bourse. Je suis toujours au téléphone avec Ma Meilleure Amie. Ma Mère essaie, avec son cellulaire, de rejoindre sa collègue de bureau pour récolter le fruit de ses recherches. Ma Sœur annonce la nouvelle à Mon Beau-Frère, son conjoint, de son propre cellulaire. Mon Chum est également sur son téléphone en train d'annuler sa journée de travail et sûrement quelques autres.

Ma Mère veut parler une nouvelle fois avec La Neurochirurgienne. Quand enfin elle l'obtient au bout de la ligne, celle-ci l'informe qu'elle vient tout juste de raccrocher avec la collègue de Ma Mère.

Laquelle collègue et amie est justement en train d'appeler Ma Mère. Ma Sœur lui répond sur l'antiquité qui sert de téléphone cellulaire à Ma Mère, qui en profitera pour se briser en deux (le téléphone, pas Ma Mère). Elle se retrouvera, paniquée, à essayer de parler plus fort que tout le monde autour d'elle tout en essayant de revisser la penture du téléphone. Le chaos!

Toute cette consultation populaire nous a évidemment conduits à la seule conclusion possible : il fallait opérer sans perdre de temps.

COURSE CONTRE LA MONTRE

Je vais dans ma chambre préparer mon sac pour l'hôpital. Bénéficiant de mon expérience précédente, je sais exactement quoi apporter.

— Pyjamas, vêtements d'intérieur et pantoufles, car je ne veux surtout pas passer mon séjour en jaquette et pantoufles d'hôpital en papier ciré sous peine de devenir définitivement une patiente à numéro.

— Nécessaire de toilette : shampoing, savon, crème. À moins d'utiliser les produits antibactériens de l'hôpital. Décapage garanti !

— Brosse à dents et dentifrice pour éviter d'être un total repoussoir dans l'éventualité où mes visiteurs voudraient bien me faire l'accolade.

— Un bandeau pour me couvrir les yeux au cas où j'aurais la malchance d'avoir un lit près du couloir et de devoir ainsi dormir sous une lumière permanente.

— Des bouchons pour les oreilles pour ne pas entendre la voisine se lamenter ou le voisin ronfler, sous peine de craquer et de les étrangler durant leur sommeil.

— Des gougounes pour éviter de trébucher dans la douche de l'hôpital, entraînant avec moi le fil de la sonnette d'urgence, ce qui pourrait me faire perdre à jamais le privilège de prendre une douche ! (ce qui m'arrivera d'ailleurs...)

– Un iPod pour écouter de la musique ou plutôt pour ne pas entendre les autres patients se plaindre. Je déconseille fortement d'emprunter ledit iPod car on se retrouve avec la musique de quelqu'un d'autre, ce qui n'est pas toujours heureux. Lors de ma première hospitalisation, Ma Fille de dix ans m'avait gentiment prêté le sien. Au bout de dix jours, je ne sais pas ce qui était le plus pénible... les nombreuses piqûres ou les « tounes » de Lady Gaga...

– Des magazines *no brainer* que je peux feuilleter sans penser à rien et qui m'entretiennent dans l'illusion que je sais toujours lire, même sous l'effet de la morphine, alors que mon électroencéphalogramme est pratiquement plat. Les magazines à potins font très bien l'affaire.

– Un parfum d'ambiance (je suggère la lavande), pour combattre l'odeur des désinfectants, changer l'air alentour et en mettre un peu sur l'oreiller le soir avant de dormir, histoire d'oublier où je suis.

– Un baume à lèvres et une crème pour les mains. On a tendance à se dessécher dans ces hôpitaux surchauffés.

– Un beau gros toutou. Les enfants en ont bien, eux! Pourquoi pas nous, hein? Rassurant et coloré, il fait un bon appui pour dormir dans le lit orthopédique.

– Des jeux de sudoku pour entretenir la mémoire des chiffres et le raisonnement déductif, ou des mots croisés pour stimuler la mémoire verbale.

J'ignorais encore à quel point ces habiletés me seraient utiles à court terme pour réussir à garder mon propre dossier médical en mémoire.

– Des livres, dans l'éventualité où mon cerveau serait en mesure de s'attaquer à quelque chose de plus consistant que les journaux à potins. Même si je ne les lis pas, je peux les laisser traîner sur la table de chevet. Ils pourront toujours impressionner le personnel médical qui, à force de m'examiner à la loupe, en viendrait à douter de mes capacités mentales.

— Et, très important, la liste de mes contacts téléphoniques, puisque je n'aurai pas le droit d'utiliser
le cellulaire à l'hôpital. Depuis que nos téléphones
mémorisent les numéros, je suis complètement prise
au dépourvu lorsque je ne peux plus me servir de mon
fidèle cellulaire. Je ne sais même pas le numéro de Ma
propre Sœur par cœur!

Il fallait donc retourner à l'hôpital pour faire mon
admission. J'avais émis une seule condition à l'intervention du lendemain. Je voulais souper avec mes
enfants avant de passer sous le bistouri. Permission
accordée par La Neurochirurgienne, à la condition que
les examens préopératoires aient été complétés.

Le centre hospitalier est en état de rénovation et de
construction majeure. Trouver une place de stationnement relève de l'exploit, surtout en milieu de journée.
Pour accélérer les choses, Mon Chum me dépose avec
Ma Mère à la porte des consultations externes et part
à la recherche d'un endroit où laisser sa voiture.

Pendant qu'il tourne en rond et s'impatiente à l'extérieur, Ma Mère se déchaîne à l'intérieur. Secrétariat
de la neurochirurgie. La secrétaire a, entre les mains,
les requêtes signées par le médecin. Elle nous suggère
d'aller au bureau d'admission pendant qu'elle envoie les
papiers nécessaires par le courrier interne de l'hôpital.
Ma Mère, bien au fait des lourdeurs possibles du système
hospitalier, court-circuite le tout, arrache littéralement
les documents des mains de la secrétaire un peu hési-
tante et m'entraîne à sa remorque vers l'admission. Sans
oublier de préciser à la secrétaire, encore sous le coup de
la surprise, de dire à Mon Chum où nous rejoindre.

Non, non, pas stressée du tout, La Mère...

Bureau de l'admission. La préposée regarde sans
trop comprendre les documents que Ma Mère lui
brandit sous le nez. Elle me demande mes coordonnées,
ne trouve mon nom sur aucune liste. Cherche et finit
par nous avouer l'air un peu penaud que c'est sa première journée à ce poste de travail et qu'elle ne sait pas

trop comment procéder, puisque ma situation ne correspond pas aux cas types d'admission pour lesquels elle a reçu une brève formation.

Ma Mère, qui a déjà eu comme collègue le responsable de l'admission lorsqu'elle travaillait en milieu hospitalier, ne lui laisse pas le temps d'être submergée par le doute. « Vous devez inscrire ses coordonnées à l'écran, avec le nom du médecin. Puis, vous allez porter directement à votre chef de service ce document qui s'appelle "Requête de chirurgie". Ne le mettez pas dans le courrier parce qu'il n'arrivera pas à temps pour que le responsable du bloc opératoire finalise l'horaire du lendemain. Redonnez-moi les documents pour les prises de sang. Pas de temps à perdre ! »

La préposée semble à la fois soulagée et impressionnée. « Ah, merci de votre aide, madame. Est-ce que vous travaillez dans l'hôpital ?

— Non, mais ce serait trop long à expliquer. Merci. »

Mon Chum, qui a enfin réussi à garer son véhicule et à nous retrouver, se fait entraîner immédiatement vers l'étage pour les prises de sang et autres examens.

Salle de préchirurgie, Ma Mère toujours aussi déchaînée, explique à l'infirmière de service que nous avons en main les requêtes pour les prises de sang et l'électrocardiogramme et que nous sommes pressés. Jamais pré-admission n'aura été réglée en si peu de temps.

Il faut expliquer que cette journée, déjà assez bien remplie, était loin d'être terminée. En effet, la tumeur au cerveau n'avait jamais fait partie de mon plan de match. Quelque temps plus tôt, Mon Chum et moi avions décidé de vendre notre maison et d'acheter un condo qui nécessiterait moins d'entretien et qui nous rapprocherait du même coup de l'école des enfants. Lorsque mon accident est survenu, la promesse de vente de la maison était signée et nous étions en plein processus d'achat du condo.

Si Ma Mère avait déclenché un premier tsunami dans son milieu de travail, le second devait survenir dans une étude de notaire du Vieux-Longueuil. Dès que la décision d'opérer fut prise, Ma Sœur, notaire de profession, prit en main la direction juridique de mes affaires.

« Bon, pas de temps à perdre, lance-t-elle entre deux palpitations cardiaques. Un, tu dois passer à mon bureau pour signer une procuration en faveur de ton chum, au cas où tu ne serais pas disponible le jour de la vente de la maison. Deux, il faut revoir ton testament. Trois, je vais voir si tu ne pourrais pas déjà signer ton emprunt hypothécaire et ton acte d'achat pour le condo. Quatre, il faudrait aussi faire signer ton chum sur les documents au cas où il ne serait pas disponible le jour de l'achat. »

C'est tout ?

Elle nous donne rendez-vous à son bureau une heure plus tard et repart en palpitant en direction de son étude où l'attend son personnel, impatient d'avoir des nouvelles.

Il faut dire qu'elle était partie en coup de vent le matin même, en lançant un laconique : « C'est ma sœur, je vous expliquerai ! »

J'ai su plus tard qu'elle est arrivée à son bureau en larmes et au bord de la crise d'hystérie. « Allez ! Go ! Marie, tu me fais tous les actes nécessaires pour le condo, ils seront là dans une heure. Ruth, testament et mandat d'inaptitude pour signature dans une heure. Je révise le tout pendant ce temps-là. »

Ses associés, un peu inquiets non seulement de ses palpitations, mais de sa capacité mentale à exercer pleinement ses responsabilités professionnelles dans les circonstances, prendront l'initiative de réviser par-dessus son épaule, au cas où...

Entre-temps, Mon Ex a téléphoné. Il est très affecté par cette nouvelle qui, en soi, n'est effectivement pas très bonne. Nous nous mettons d'accord pour aller souper tous ensemble ce soir, avec les enfants, avant que j'entre à l'hôpital. Nous convenons de ne pas leur dévoiler tout de suite la vérité, mais plutôt de leur expliquer que je dois avoir une espèce de drainage au cerveau, conséquence de mon hémorragie cérébrale. Mes enfants sont encore jeunes (huit et dix ans) et, comme tous les adultes un peu naïfs, nous sommes persuadés que notre mise en scène va les protéger encore quelques jours. Si on réussit à faire bonne figure, ça devrait bien aller.

Pour l'instant, je ne suis pas prête à composer avec la réaction des enfants. Et puis il y a une petite possibilité que la tumeur soit bénigne. Je m'accroche désespérément à cette mince lueur d'espoir.

Nous convenons donc de nous retrouver au resto pour 17 heures et partons en direction de l'étude de notaire de Ma Sœur. Les papiers sont résumés en moins de deux et signés au fur et à mesure qu'ils sortent de l'imprimante.

« Signez ici, et ici et ici. Et là aussi. Et là. Des questions ? »

Les Trois Mousquetaires se regardent, hébétés.

« En gros, si je comprends bien, dis-je, j'ai une tumeur au cerveau, je vais être opérée dans quelques heures, j'ai acheté et hypothéqué un nouveau condo, j'ai abdiqué tous mes pouvoirs juridiques en faveur de Mon Chum, et je peux mourir en paix, c'est ça ?

– C'est ça !

– Bon, ben, allons manger ! »

J'ai pu avoir un souper « normal » avec les enfants avant d'entrer à l'hôpital. Dans la mesure, bien sûr, où la définition de « souper normal » consiste à souper au restaurant un soir de semaine, avec leur père, Mon Chum et leur grand-mère qui se trouve là comme par hasard, bien qu'elle demeure et travaille à Québec. Un peu naïfs les adultes, non ? Mais les enfants acceptent de jouer le jeu. Seul Beau-Fils n'a pu se joindre à nous.

Le souper a été super agréable. Il faut dire qu'au restaurant, mes enfants, comme beaucoup d'autres, mettent une trêve à leurs querelles intestines et démontrent le savoir-vivre que je persiste à leur inculquer, souvent sans grand espoir de réussite. Les napperons de papier ornés de leurs dessins décoreront ma chambre d'hôpital.

Il est 19 heures. Les Trois Mousquetaires retournent à l'hôpital. On nous dirige vers la salle de débordement. Vraiment! La salle de débordement. C'est pour les surplus de l'hôpital? Aucune idée, mais c'est extrêmement déprimant d'être dirigé là. Il y a une dizaine de lits. J'ai droit à un lit sur le bord d'un mur, ce qui m'arrange puisque ça signifie que j'aurai seulement un voisin ou une voisine. Ma Mère et Mon Chum sont toujours à mes côtés. L'infirmière me fait remplir le questionnaire habituel sur les allergies. Comme elle doit procéder aux prises de sang, elle me fixe un élastique bleu sur le bras en guise de garrot. Mon Chum me lance alors d'une voix forte et enjouée: « Hey, t'es dans l'équipe des Bleus! »

Je suis partie à rire. Et là, j'ai réalisé. J'ai réalisé que si je ne pouvais pas choisir ce qui m'arrivait, je pouvais choisir la façon dont j'allais le vivre. C'était la seule chose que je contrôlais : mon attitude. Je savais que ma situation était grave. Mes proches le savaient aussi. L'épreuve était déjà assez dramatique en soi, je n'étais pas obligée de la traverser en me laissant submerger en plus par les larmes, les crises et le désespoir. Je n'étais pas obligée d'arrêter de rire. Et dès cet instant, j'ai choisi. Choisi de vivre mon cancer avec humour.

LE JOUR DU BISTOURI

C'est aujourd'hui. Le Grand Jour. Je passe sous le bistouri pour la première fois de ma vie. Fidèle à moi-même, je fais les choses en grand. Pour une première, je n'ai pas choisi une petite intervention banale. Oh, que non! J'aurai le cerveau ouvert pendant plus de huit heures!

Curieusement, ce n'est pas vraiment l'opération qui m'inquiète, même si je sais que c'est majeur. Ça doit être l'avantage de mon petit cerveau; il s'arrange pour ne comprendre que ce qui fait son affaire pour le moment. En fait, ce qui m'incommode le plus est d'avoir faim et soif. Il est seulement 8 h 30 et je dois être à jeun pour l'opération prévue au cours de l'après-midi. Je déteste la sensation de soif et de faim. Ça me rend extrêmement bougonne.

Ma Mère et Mon Chum sont à mes côtés, entassés dans l'espace de moins d'un mètre qui me sépare de mon voisin. L'attente s'annonce interminable et éprouvante pour notre système nerveux déjà mis à rude épreuve.

Ma Mère a alors une idée de génie.

« Tu ne voudrais pas une petite pilule pour dormir?
— Tu penses? Ça fonctionne vraiment ces affaires-là?
— Certainement. »

Ma Mère a une certaine connaissance des petites pilules et, surtout, elle sait pertinemment à quel point je peux devenir insupportable lorsque j'ai faim. Elle veut bien m'entourer, me rassurer et m'encourager, mais n'a probablement ni la force ni l'envie de supporter ma mauvaise humeur en plus de contrôler ses propres angoisses.

« Ben tiens, pourquoi pas ? Au point où j'en suis. »

Ma Mère se lève aussitôt. Je l'entends expliquer à l'infirmière que je suis un peu énervée par l'idée de l'opération et qu'il faudrait vraiment me donner quelque chose pour calmer mes nerfs. Au fait, parlait-elle d'elle ou de moi ? Je sens qu'elle aurait bien accepté un ou deux comprimés elle-même.

Quelques minutes plus tard, j'avale la petite pilule magique qui me mettra K.-O. jusqu'à l'opération. C'est fou comme une si petite pilule peut être aussi puissante. Je ne reprendrai connaissance que plusieurs heures plus tard, pour constater dans un état semi-comateux que je suis littéralement stationnée dans le couloir du bloc opératoire, à côté de deux autres patients, dans l'attente de mon tour. Je me sens seule et abandonnée.

C'est alors que j'aperçois Mon Ange Blond. Eh non ! ce n'est pas l'effet de la drogue, ni la mort imminente. C'est la voisine de Ma Sœur qui avait déjà veillé sur moi lors de ma première hospitalisation. Elle connaît l'hôpital et son personnel ; elle est gentille et son calme, rassurant. La présence d'une personne familière est un vrai cadeau du ciel dans les circonstances. Elle me tient la main. Je sens mes larmes couler sur mes joues. Je suis contente qu'elle soit là, car je n'arrive plus à faire taire les horribles questions angoissantes et sans réponses qui tourbillonnent dans mon pauvre petit cerveau de plus en plus affolé : et si l'opération tournait mal ? Et si je me réveillais avant que ce soit terminé ? Et si je souffrais atrocement après ?

Je reprends la méditation que j'avais commencée la veille, afin de me calmer et de me préparer mentalement. Je n'ai jamais fait de méditation. Je n'ai même aucune idée de la façon de faire. Mais instinctivement,

quelque chose me dit de parler à mon corps, à mon cerveau. Ma façon à moi de faire de la visualisation a été de
donner des noms à mes organes. J'ai également demandé
à ma conscience de superviser le tout durant le travail des médecins. Que voulez-vous, j'ai plus de quinze
ans d'expérience en gestion de projet! Il me semblait
naturel de nommer quelqu'un à titre de responsable du
bon déroulement des opérations durant le temps où je
serais endormie. Je leur ai tous demandé de fonctionner
normalement et d'être réceptifs à la chirurgie.

Ma tumeur s'est vu attribuer le nom de Germaine,
puisque actuellement c'était elle qui gérait et menait
ma vie. Or, deux Germaine dans le même corps, ça ne
pouvait pas fonctionner. Il fallait qu'elle s'en aille.

Je suis ensuite retombée dans le coma d'où je ne me
réveillerai que le lendemain.

L'opération a duré huit heures. Je suis entrée au
bloc opératoire à 16 heures le jeudi pour en ressortir
vivante à minuit dix, le vendredi. La Neurochirurgienne confiera à Ma Mère plus tard que mon cerveau
était « malléable », ce qui lui a facilité la tâche. Les
ordres que j'ai donnés à mon corps ont peut-être porté
fruit, qui sait?

Pendant que je flottais dans le coma et qu'on jouait
dans mon cerveau, Ma Mère et Mon Chum traversaient
l'œil du cyclone. Ils me confieront plus tard à quel point
ils se sont sentis inutiles et désemparés après mon
départ pour le bloc opératoire. Mon Chum, qui verba-
lise peu ses émotions, répétait cette question sans
réponse qui hantait aussi Ma Mère : « Pourquoi elle?
Pourquoi elle?»

Au cours de cette interminable attente, Ma Mère
a confié à Mon Chum, un peu honteusement : « C'est
curieux, mais honnêtement je ne ressens plus rien. Ni
crainte, ni peine, ni angoisse. Je me sens juste complètement vide...

— C'est aussi comme ça que je me sens », lui a-t-il
avoué.

C'était comme si l'intensité des émotions était tellement forte que leur cerveau s'était mis hors circuit. Une trêve dans la tornade qui nous emportait. Il ne leur restait plus qu'à faire leur temps dans la salle d'attente. Cette salle d'attente, réservée en principe aux familles dont un membre est aux soins intensifs ou au bloc opératoire, est en fait la seule salle commune de l'étage. Et surtout, c'est le seul endroit qui dispose d'un poste de télé d'une grandeur acceptable et d'un nombre suffisant de fauteuils pour réunir une famille. Cette salle semblait bien connue des patients qui étaient en état de se déplacer. Par conséquent, Mon Chum et Ma Mère se retrouvèrent coincés entre quatre beaux-frères fanatiques de hockey et trois belles-sœurs qui se racontaient les derniers malheurs de Michèle Richard.

Pour Mon Chum, va pour le hockey, mais autant que possible chez lui, dans sa chambre, bien calé sur ses oreillers. Quant à Ma Mère, totalement allergique au hockey et aux aventures de Michèle Richard, elle a été poussée dans les derniers retranchements de sa bonne éducation.

Sans se concerter ouvertement, Chum et belle-mère étaient bien décidés à avoir un minimum de paix pour vivre une des pires soirées de leur vie. Ma Mère a donc commencé à s'allonger du mieux qu'elle le pouvait sur les trois quarts de coussin que lui avait laissé un des beaux-frères et a fermé les yeux pour bien signifier qu'elle avait besoin de se reposer. Mon Chum, en gendre attentif, a suggéré de baisser le volume de la télé. Ce qui, du même coup, a refroidi les ardeurs des fans de hockey et le potinage des belles-sœurs.

Quand un des fans de hockey s'est levé pour aller aux toilettes, Ma Mère en a profité pour s'allonger un peu plus et occuper la place vide, les yeux toujours fermés. L'homme, ne sachant plus où s'asseoir et n'osant pas réveiller cette dame qui semblait si épuisée, a provoqué la fin de l'occupation de la salle d'attente.

Mon Chum et Ma Mère ont au moins pu retrouver un peu de tranquillité.

Vers 23 heures, c'est le changement d'équipe sur l'étage. Le personnel qui entre parle, rit et marche fort. On peut les comprendre, ils commencent leur quart de travail. Ma Mère, qui se rappelle trop bien à quel point je m'étais plainte de ne pas réussir à dormir lors de ma première hospitalisation à cause du vacarme incessant dans les corridors, sort de ses gonds. Elle interpelle les préposés et infirmiers trop bruyants à son goût et leur rappelle que des patients essaient de se reposer. Mon Chum, craignant une attaque subite de démence sénile, fait tout son possible pour ramener sa belle-mère dans la salle d'attente en lui rappelant poliment qu'elle n'est pas l'infirmière-chef.

Pendant ce temps, à son domicile, Ma Sœur se retrouve malgré elle au cœur de la gestion d'une véritable centrale téléphonique. Comme mes amis et les membres de ma famille ne peuvent me joindre, pas plus que Mon Chum ou Ma Mère, ils tentent par tous les moyens d'aller aux nouvelles du côté de Ma Sœur.

Combien d'appels a-t-elle reçu ce soir-là? Elle ne le sait pas, mais elle se souvient qu'elle n'a pas eu le temps de se laver et qu'en guise de souper elle a grignoté des biscuits soda, tout en faisant les cent pas autour de sa table de salon, le téléphone collé à l'oreille comme une prothèse auditive!

Peu après minuit, Ma Mère, impressionnée, aperçoit La Neurochirurgienne marcher à côté de ma civière, droite et alerte malgré les huit heures d'intervention délicate. Elle lui explique qu'elle préfère me garder intubée pour la nuit afin que je respire plus confortablement. Elle précise du même souffle que ce n'est pas du tout parce que je ne suis pas en mesure de respirer par moi-même. Ma Mère et Mon Chum accusent le coup. Ils n'avaient jamais envisagé une telle possibilité. Elle ajoute enfin que la tumeur a été complètement enlevée et qu'aucun centre nerveux n'a été touché lors de l'opé-ration, donc que je ne devrais pas avoir de séquelles motrices. Ça non plus on ne l'avait pas envisagé.

ÉMERGER DU COMA

Je me réveille vers 11 heures le lendemain, pour découvrir avec horreur que mes mains sont emmitouflées dans d'épaisses mitaines (comme celles qu'on met aux nouveau-nés pour empêcher qu'ils s'égratignent avec leurs ongles). Mais il y a pire. JE SUIS INTUBÉE.

Être consciente et intubée en même temps ? Je suis aussi calme que si je m'étais réveillée pour m'apercevoir qu'on m'avait enterrée vivante.

Je n'arrive pas à respirer, j'étouffe, ça pique, ça gratte, ça fait mal, j'ai les mains prises, je voudrais tout arracher. Mais le pire, c'est que personne ne semble me voir. Je vais mourir aux soins intensifs dans l'indifférence générale ! C'est alors que, ô miracle, j'aperçois Mon Ange Blond. Elle enlève mes mitaines. Je lui fais signe que je veux écrire. Elle m'apporte une tablette de papier et un crayon. J'arrive à griffonner quelque chose comme « J'étouffe, c'est l'enfer ». Vocabulaire très à propos pour émouvoir un ange !

N'étant pas de service aux soins intensifs, elle n'est pas autorisée à me débrancher. Elle appelle donc une infirmière. Je les entends argumenter un peu. L'infirmière semble dire qu'il est trop tôt pour enlever les tubes. Mon Ange Blond insiste et l'emporte. Je lui en serai éternellement reconnaissante. Enfin, je peux respirer. Je n'avais jamais vécu une sensation aussi horrible. Plus jamais d'opération, s'il vous plaît!

Seule condition imposée par l'infirmière: lui démontrer que je suis en mesure de respirer par moi-même. Je dois aspirer dans une espèce de tube pour faire monter une petite boule rouge et réussir à la maintenir en place avec mon souffle durant au moins trois secondes. Ça semble facile, mais après une anesthésie, ça ne l'est pas tant que ça. Mais pas question d'être rebranchée!

Allez, aspire, aspire. Pfouuuuuu! C'est fatigant.

Finalement, je finis par comprendre le principe. Et personne n'a l'air de superviser mes progrès de toute façon. Je peux donc relaxer un peu. Les infirmières sont tellement débordées qu'elles n'ont plus le temps de s'occuper de moi, surtout maintenant que je respire. Quelques minutes plus tard, je pousse l'audace jusqu'à me lever, en traînant avec moi mon soluté, pour aller aux toilettes. Ça semble faire l'affaire des infirmières qui se contentent de me jeter un coup d'œil rapide.

Je ne me rappelle pas avoir mangé cette journée-là, ni avoir reçu la visite de Mon Chum, de Ma Sœur, de Ma Mère, ou encore de Mon Ex. Les trous de mémoire sont monnaie courante après une anesthésie prolongée. La morale de cette histoire? Si quelqu'un de votre entourage se fait opérer sous anesthésie générale, attendez au moins vingt-quatre heures après son opération pour vous présenter à son chevet. Si vous y allez quand même, rappelez-vous que c'est surtout pour vous rassurer, mais n'espérez aucune reconnaissance en retour!

Tout à coup, une des infirmières vient m'annoncer qu'ils ont besoin de mon lit. Mon pauvre cerveau, abruti par les médicaments et l'agression qu'on lui a fait subir, n'a aucune envie de traiter cette information.

Besoin de mon lit? Ça veut dire quoi, ça?... Je dois partir?... Pour aller où avec tous ces tubes?... Elle n'a pas lu mon dossier? Elle doit bien savoir que je n'ai pas le droit de conduire mon auto. Et puis j'ai un peu mes habitudes ici, moi. J'y ai passé cinq jours il y a tout juste deux mois et je sais que c'est l'endroit le plus confortable et le plus tranquille de l'hôpital. Sans compter que c'est là qu'il y a les meilleures réserves de drogues.

Ah!... On veut seulement me transférer dans une chambre à l'étage!

Mon petit cerveau traumatisé commence à comprendre et se calme un peu. Il est tout de même 23 heures! Ça ne peut pas attendre un peu, le déménagement? *Nice, very nice.*

Le fonctionnement du monde médical demeure pour moi un grand mystère. J'ai une hémorragie cérébrale sans séquelles et on me surveille pendant cinq jours. Je subis une intervention de huit heures à cerveau ouvert et on me garde moins d'une journée aux soins intensifs.

Peut-être ai-je épuisé le nombre de journées permises aux soins intensifs dès ma première hospitalisation?

Je préfère penser, avec mon nouvel état d'esprit, que je dois aller vraiment mieux puisqu'ils n'ont plus besoin de me surveiller tout le temps. Ou bien que je n'aurais pas dû aller si rapidement aux toilettes toute seule en traînant mes solutés...

Je suis donc transférée à l'étage, en pleine nuit, moins de vingt-quatre heures après ma sortie du bloc opératoire. J'espère que mes agrafes sont solides et que ma matière cérébrale n'ira pas se répandre sur le plancher.

Ma chambre est en face du poste des infirmières et j'ai un lit sur le bord de la fenêtre. Ma Voisine de Chambre semble dormir.

J'installe mes affaires dans et autour de mon lit. Il faut dire que l'organisation physique de mon espace est devenue un art. Chaque objet a une place spécifique, ce qui me permet de les retrouver à tâtons dans le noir.

Je commence à peine à sombrer dans le sommeil lorsque ça commence.

Ma Voisine de Chambre me demande d'appeler l'infirmière pour elle. Je constate qu'elle a les mains dans des petites mitaines (comme celles que j'avais au réveil de mon opération... ce matin).

Je m'exécute, par solidarité.

Comme l'infirmière ne vient pas tout de suite, Ma Voisine de Chambre réitère sa demande d'une voix plus forte et presque fâchée. Je lui assure que c'est fait, mais que l'infirmière doit être occupée. Ma Voisine de Chambre recommence son manège. Cette fois-ci, elle m'engueule littéralement.

Il est minuit. J'ai été opérée AU CERVEAU, BORDEL!

Je n'ai aucune empathie. Aucune.

L'infirmière arrive. Je comprends, d'après leur échange, qu'elle vient régulièrement... pour rien. Elle lui demande alors de dormir et de ne pas me déranger.

Brève accalmie. Le manège recommence. Je ne le supporterai pas. Pas cette fois.

Je me lève. Accompagnée de mon fidèle soluté qui roule derrière moi, je me place d'un air résolu devant le poste des infirmières, qui me fixent l'air légèrement inquiet. Il faut dire que j'ai les yeux bouffis, la moitié de la figure enflée, les cheveux hirsutes, raidis par le sang, et un pansement en forme de fer à cheval sur le côté de la tête. Ajoutez que je suis absolument hors de moi et que je brandis mon soluté comme une épée vengeresse.

« Écoutez-moi bien. J'ai été opérée au C-E-R-V-E-A-U ce matin. Il y a une heure, j'étais encore aux soins intensifs. J'ai besoin de repos. Il n'est pas question que je reste dans cette chambre. Si c'est la seule chambre de libre, installez-moi dans le couloir. J'ai un bandeau pour les yeux, je pourrai y dormir. »

Je suis devenue une vice-présidente en jaquette d'hôpital. Exit la patiente soumise qu'on expulse des soins intensifs en pleine nuit et à qui on refile en douce La Mauvaise Voisine. Les infirmières comprennent rapidement que je suis fermée à toute négociation. Quinze minutes plus tard, je me retrouve dans une chambre au bout du couloir et dans un lit, encore sur le bord de la fenêtre, avec un Voisin de Chambre cette fois-ci.

Je constate avec étonnement qu'il y avait encore des lits disponibles et sur le bord de la fenêtre en plus! (Avoir un lit sur le bord de la fenêtre c'est un peu comme avoir le hublot dans l'avion!) Et je plains sincèrement la personne qui prendra ma place dans l'autre chambre.

Je me réveille le lendemain avec un Voisin de Chambre plutôt agréable. Il a l'air aussi normal que moi. Il a fait une chute à la suite d'un coma diabétique. Il se présente comme un habitué de l'hôpital puisqu'il en est déjà à son deuxième séjour prolongé depuis le début de l'année. Il est même tellement habitué qu'il se croit obligé de porter l'uniforme de rigueur pour le patient docile, soit la jaquette bleue avec une seule attache et les pantoufles en papier. Je ne le verrai jamais vêtu autrement – si on peut employer le mot « vêtu » dans ce cas – pendant toute notre cohabitation forcée. Par ailleurs, il est gentil, discret et respectueux. Trop âgé pour inquiéter Mon Chum et juste assez pour lancer un coup d'œil admiratif à Ma Mère. On va bien s'entendre.

À LA DOUCHE !

Outre le fait d'avoir été réveillée et désintubée en même temps, le plus pénible ont été les injections contre les phlébites : une longue aiguille qui pénètre la peau du ventre et qui laisse une vive sensation de brûlure. JE N'EN VEUX PLUS !

Les infirmières sont inflexibles. Seule La Neurochirurgienne peut ordonner l'arrêt des injections. Je veux savoir quand je la verrai. Je suis quand même ici depuis plus de trois jours !

On ne sait pas, mais en attendant, on pique.

L'aiguille est à peine retirée qu'apparaît dans le cadre de porte Ma Neurochirurgienne toute pimpante, probablement sortie d'une longue nuit au bloc opératoire.

À Ma Mère qui lui demandera comment elle fait pour avoir l'air toujours aussi en forme avec un tel horaire de travail, elle répondra d'un ton désinvolte, mais où perce quand même une certaine fierté : « C'est incroyable, vous savez, ce qu'on peut faire avec une bonne douche chaude ! »

Ah bon ! Curieux que ça ne m'ait pas été proposé comme alternative thérapeutique.

Ma Mère, elle, est convaincue que passé un âge certain, la douche chaude n'a plus aucun effet. Elle le sait, elle l'expérimente quotidiennement ces temps-ci.

La Neurochirurgienne est contente de mes progrès et m'annonce que les injections contre les phlébites ne sont plus nécessaires, puisque j'ai commencé à marcher. GRRRRR! Elle n'aurait pas pu écourter sa douche chaude et arriver deux petites minutes plus tôt?

Le matin même, Ma Mère a passé plus d'une heure à essayer avec un peigne fin d'enlever un peu du désinfectant rougeâtre qui raidit mes cheveux. Le but est d'essayer de les replacer dans le bon sens afin de cacher le pansement en fer à cheval qui contourne mon oreille droite jusque sur le dessus de ma tête. Nous sommes relativement fières du résultat. Il faut avouer que nos attentes en matière d'esthétique ont beaucoup diminué...

Depuis le début de cette aventure, Ma Mère est comme une maman tigresse qui défend son petit toutes griffes dehors. Elle signale à La Neurochirurgienne que le pansement n'a pas été changé, qu'il est plein de croûtes, pendouille et ne couvre plus que le tiers de la plaie.

D'un geste ferme, La Neurochirurgienne arrache mon pansement, inspecte mes points et m'annonce du même souffle que je peux me laver les cheveux. Décidément, elle aurait vraiment dû faire sa visite plus tôt ce matin, elle nous aurait évité bien des efforts inutiles.

Je suis issue d'une lignée de femmes de milieu modeste, mais fière. Chez nous, la tradition se passe de mère en filles, et de tantes en cousines. Être bien coiffée et bien habillée est un signe de respect pour soi et les autres. La perspective de prendre enfin une douche me réjouit. Je compte sur l'aide de la préposée... qui, bien sûr, est débordée.

Qu'à cela ne tienne! Ma Mère, qui s'est déjà offerte pour prendre soin de moi pendant les prochaines semaines et qui a, du fait même, renoncé à son voyage à Cuba, se porte volontaire. Autant apprendre tout de suite.

Faire un shampoing à sa fille, ce n'est rien. Mais quand ladite fille a eu le crâne ouvert trois jours plus tôt et qu'il s'orne d'une cicatrice avec des croûtes de sang séché et cinquante points de suture, la tâche prend une dimension un peu plus angoissante.

La préposée nous indique la salle de douches. Celle-ci est entièrement en céramique du plancher au plafond. Très tendance, même si les tuiles datent d'une trentaine d'années. C'est presque *vintage*. Quant aux dimensions de la douche, les nouveaux designers n'ont qu'à aller se rhabiller! La douche de l'hôpital ressemble à un lave-auto. Il y a d'ailleurs des bottes de caoutchouc pour la personne qui lave son auto, je veux dire, son patient.

La préposée explique sommairement qu'il s'agit de laver les cheveux sans frotter la plaie, sans surtout diriger le jet sur les points de suture et sans espérer enlever tout de suite toutes les croûtes de sang séché. L'idée n'avait même jamais effleuré Ma Mère.

Sa belle assurance la quitte graduellement à mesure qu'elle observe avec plus d'attention les agrafes en métal et les croûtes de sang séché. Elle s'imagine déjà responsable de l'inondation fatale du cerveau de sa fille, à cause d'un jet mal dirigé. Sans compter qu'elle pourrait trébucher avec les fameuses bottes de caoutchouc grandeur Homme XXL et finir en traumatologie sur le lit voisin de sa fille cadette, visitée par sa fille aînée en crise incontrôlable de palpitations cardiaques.

La préposée est déjà repartie en lançant un « vous êtes capable » encourageant à Ma Mère.

Je m'assois sur la petite chaise et commence à retirer ma jaquette. Ma Mère enfile les bottes de caoutchouc. Nous avons oublié le shampoing dans la chambre. Ma Mère, soulagée de retarder le moment fatidique, s'élance vers la chambre, les bottes aux pieds. Elle affronte dignement les regards intrigués des visiteurs qu'elle croise au cours de son périple. C'est vrai qu'il ne pleut pas dehors aujourd'hui, mais bon!

Retour au lave-auto, ou plutôt à la douche où, affalée sur la chaise, je mets toute mon énergie à faire bonne contenance. La petite serviette sur le banc, les sandales de caoutchouc aux pieds, je suis prête. Allons-y avec le jet! Aaah! Un pur bonheur!

C'est le moment du shampoing. Ma Mère commence doucement, tellement doucement que nous en avons pour deux jours à ce rythme-là.

« Vas-y, Maman, frotte, ça ne fait pas mal. »

Ma Mère, encouragée, s'approche des agrafes et de la plaie chirurgicale. La tentation est trop forte.

Je lance un « Ouch! » pathétique.

Je l'avoue, si un jour Ma Mère fait de l'hypertension, j'en serai en partie responsable.

Je pars à rire : « C'est une blague! »

Ma Mère rit jaune. On va s'en sortir.

Fin de la douche. Nous avons oublié les serviettes. Qu'à cela ne tienne, Ma Mère repart dans le corridor, bottes de pluie toujours aux pieds, à la recherche du chariot qui contient les serviettes propres.

Un doute s'insinue dans mon cerveau embrumé. Et si elle en profitait pour se venger de ma mauvaise blague et ne pas revenir? J'essaie alors de récupérer le savon et le fameux shampoing qui tombent en entraînant sur leur passage le fil de la sonnette d'urgence.

Je ne sais pas comment arrêter cette fichue sonnette. Je verrai du même coup surgir à la porte du lave-patient Ma Mère échevelée, l'infirmière d'un calme olympien qui me demande si tout va bien et la préposée qui rigole en douce, je le sais.

Je suis douchée, enduite de crème, les cheveux partiellement propres, dans un pyjama tout pimpant, acheté en urgence par Ma Sœur hystérique et qui, après le premier lavage, deviendra une jolie nuisette pour Ma Fille.

Je revis. Mon Voisin de Chambre, lui, ne semble pas comprendre mon aversion pour les jaquettes d'hôpital qui lui servent d'uniforme. Ma Mère et moi savourons notre équipée en mangeant quelques chocolats Turtles apportés la veille par Ma Meilleure Amie. Juste avant de retomber dans un sommeil bien mérité, je suggère d'une voix douce à Ma Mère : « Tu pourrais peut-être enlever les bottes de caoutchouc ? »

RECOUVRER SA LIBERTÉ

Comme j'avais le visage enflé du côté droit, j'appliquais de la glace dès que je pouvais en obtenir d'un membre du personnel toujours aussi débordé. Il me semblait que cela s'améliorait, puisque Mon Chum me regardait d'un air toujours aussi amoureux.

Dans ces cas-là, on peut toujours compter sur une amie ou une sœur pour nous donner l'heure juste. Lorsque Ma Sœur arriva pour sa visite quotidienne, devant mon visage enflé, elle lança : « Eh bien dis donc, toi, t'as l'air de Frankenstein avec du Botox mal injecté ! »

Ce qui était tout à fait à propos étant donné que, justement, Ma Mère avait préalablement suggéré à La Neurochirurgienne de remplacer le trou laissé par la tumeur par du Botox qui pourrait se libérer en temps et lieu pour combler d'éventuelles rides. Nous nous trouvions bien drôles. La Neurochirurgienne, pas tellement.

J'ai reçu beaucoup de visites durant mon séjour. Mon Chum, exemplaire, est venu tous les jours. J'attendais sa venue avec impatience pour briser la monotonie de mes journées. Ma Mère m'avait apporté pour 100 dollars de revues à potins. Il y en avait partout.

Ma Sœur, fatiguée de tenir la centrale téléphonique où elle répétait, sans relâche, la même information à deux cents personnes, avait capitulé et remplacé le tout par la centrale du courriel. Lorsqu'elle s'est assise à son bureau pour amorcer sa journée de travail, son Outlook lui annonça pompeusement qu'elle avait... deux cent vingt courriels non lus.

Après avoir passé tout son avant-midi à lire, trier, répondre, commenter et rassurer tout le monde, elle débarqua à l'hôpital pour l'heure du dîner, armée de sa boîte à lunch et des deux cent vingt courriels qu'elle avait imprimés pour moi, afin que je puisse lire les mots d'encouragement de mes amis et de ma famille.

L'intervention au cerveau comme telle ne me causait pas de réelles douleurs. Ce qui me faisait souffrir de plus en plus, c'était ma jambe gauche qui refusait de plier. La Neurochirurgienne informée de la chose me rassura. Ce n'était pas une séquelle de l'intervention, puisqu'elle était absolument certaine de n'avoir touché aucun centre moteur ou nerveux. L'explication la plus plausible était que ma jambe réagissait au fait d'avoir dû supporter mon poids pendant toute la durée de l'intervention, ayant été couchée et immobilisée durant huit heures sur le côté gauche.

Elle me précisa qu'ils avaient pourtant bien pris le temps de me positionner correctement. Des douleurs comme celles que j'avais pouvaient malheureusement survenir, mais elle m'assura que ça devrait s'en aller. Aujourd'hui, je comprends à quel point cette douleur à la jambe était bénigne pour elle puisqu'elle connaissait tous les risques potentiels auxquels j'avais échappé. Sa réponse avait beau être rassurante, il n'en demeurait pas moins que cette damnée jambe refusait d'obéir et me faisait de plus en plus souffrir.

Sur ces entrefaites, je reçus la visite de l'Infirmier en chef de l'équipe de traumatologie, qui avait assuré le suivi de mon dossier à la suite de l'hémorragie cérébrale. Il semblait absolument sidéré d'apprendre que je venais d'être opérée pour une tumeur. J'en profitai pour lui parler de ma jambe. Comme j'avais apprécié les services en physiothérapie après mon accident de ski, je lui demandai si, selon lui, ça pourrait encore m'aider.

Le problème, c'est qu'on ne savait plus dans quelle catégorie me classer. Or, voyez-vous, notre système de santé tient à bien catégoriser les patients, ce qui permet de contrôler quel établissement voit quel type de patient. Et s'il est une chose que la rigidité bureaucratique déteste, c'est d'être prise avec le fait que la réalité vivante n'entre pas dans des cases prédéfinies.

Suis-je un cas de traumatologie avec une tumeur (j'ignore encore que c'est un cancer) ou un cas potentiel d'oncologie avec un historique de traumatologie? Hum! Dans le premier cas, le centre de réadaptation pourrait peut-être encore m'offrir ses services, dans le deuxième cas, je serais suivie pour la tumeur, mais on ne saurait pas quoi faire avec cette foutue jambe. J'ai l'impression de tomber entre deux chaises...

Comme j'avais tissé de bons liens avec cet infirmier, il accepta de me prendre à nouveau sous son aile. Il revint une heure plus tard en me disant que le centre de réadaptation allait me contacter pour fixer un rendez-vous en physiothérapie. Un autre ange sur mon chemin!

Cinq jours après l'intervention chirurgicale, La Neurochirurgienne m'annonça que je pouvais retourner à la maison. La prochaine étape consistait à attendre les résultats de la pathologie, ce qui devrait prendre une dizaine de jours.

Même si elle ne pouvait pas nous confirmer que la tumeur était maligne, la Neurochirurgienne avait des doutes suffisants pour avoir déjà référé mon dossier en oncologie dans un autre hôpital, puisque ce service n'était pas encore disponible là où je venais d'être opérée. Elle nous laissa quand même entrevoir une toute petite lueur d'espoir: on pourrait toujours annuler en oncologie si la tumeur se révélait bénigne. Je la crus d'emblée, Mon Chum et Ma Mère pas du tout, mais ils ne m'en dirent rien.

De ma chambre, je pouvais observer la construction du futur centre d'oncologie dont l'ouverture était prévue dans un an. J'étais arrivée trop tôt, c'est bien moi ça!

La Neurochirurgienne ajouta qu'elle avait l'habitude de travailler en étroite collaboration avec l'autre équipe. Je comprendrai au fil des mois que la notion d'étroite collaboration est un concept assez mal défini ou du moins d'application variable et très, très relative.

De mon séjour, je conserverai le souvenir particulièrement touchant d'une infirmière de nuit qui maîtrisait parfaitement l'art de faire une piqûre sans douleur. Comme elle avait un look peu traditionnel et des *piercings*, l'idée m'avait même effleurée qu'elle était peut-être une ancienne junkie. Un soir où je la complimentais sur son talent que j'aurais souhaité plus répandu parmi le personnel infirmier, elle me raconta son histoire.

« Tu sais, ça fait seulement deux mois que je suis infirmière. Il y a cinq ans, j'ai eu un cancer très rare et très grave. Mes enfants étaient jeunes. Je ne voulais pas y passer. J'ai fait un pacte avec Dieu. Je lui ai dit que si je guérissais, je deviendrais infirmière pour prendre soin des autres. C'est ce que j'ai fait ! »

Son histoire m'a inspirée. Bon ! Je m'imagine mal passer de publicitaire à infirmière, moi qui ai échoué à pratiquement tous mes examens de sciences au secondaire et qui n'arrive pas à enlever une écharde dans le pied de Mon Fils sans qu'il hurle de douleur (peut-être pas nécessairement à cause de ma technique, mais quand même !).

J'avais retenu le message. Remercier à l'avance pour ma guérison et traduire ma reconnaissance en redonnant aux autres.

C'est ainsi qu'accompagnée de mes toutous, mes 100 dollars de magazines, ma boîte de chocolat et Ma Mère à mes côtés, j'ai pu quitter l'hôpital et rentrer à la maison.

JAMBE DE BOIS

Les jours suivants ont été difficiles. J'avais l'impression d'avoir cent ans!

Privée d'énergie, j'étais incapable de me faire à manger ou de me laver les cheveux toute seule. Même tenir le séchoir à bout de bras était une activité trop exigeante. Je devais me contenter de rester assise pendant que Ma Mère se chargeait de me coiffer.

J'ai pris conscience à quel point il pouvait être pénible d'être dans une situation de dépendance en raison d'un problème de santé. Et à quel point ça peut être exigeant pour les aidants naturels!

Ma Mère avait pris congé pour s'occuper de moi. On a beau avoir trente-six ans, être une femme indépendante, on est toujours heureuse d'être la fille de notre mère dans ces moments-là.

Je dormais et mangeais beaucoup malgré mon absence d'activité physique. Petit à petit, j'ai commencé à marcher sur de courtes distances autour de la maison malgré la température qui était toujours froide et pluvieuse, puis j'ai réussi à m'aventurer jusqu'au bord du fleuve qui était tout près.

Je me déplaçais alors avec une canne, ma jambe gauche, extrêmement douloureuse, refusait toujours de plier complètement.

J'ai appris plus tard par Mon Ange Blond la façon dont nous sommes immobilisés durant une opération au cerveau. Nous sommes placés dans une espèce de sac de billes duquel l'air est retiré et qui se referme sur nous. Une sorte de sac sous-vide. Ce « sac », une fois l'air retiré, devient aussi dur qu'un bloc de béton.

Ah! Ça explique bien des choses. Peut-être cela pourrait-il être repensé? Il me semble que ça ne serait pas un luxe de mettre un petit coussin moelleux sous le patient AVANT de retirer l'air du sac.

J'étais encore bien loin d'être au bout de mes peines. Quelques jours après ma sortie de l'hôpital, soit une semaine après l'opération, j'avais à affronter ce qui pour moi était une véritable épreuve: me faire enlever les broches de la tête. J'étais terrorisée. Il y en avait cinquante. CINQUANTE! Et si ça faisait mal? Je supportais à peine de me faire laver les cheveux, je n'osais pas penser que quelqu'un allait m'enlever des broches avec une pince.

J'appréhendais cette journée presque autant que celle de l'opération. Heureusement, Mon Ange Blond s'était offerte pour me les enlever à la maison, chez Ma Sœur en l'occurrence. Je faisais tout mon possible pour remettre à plus tard le rendez-vous.

Mon Ange Blond partait en vacances le lendemain. Avec un peu de chance, ça pourrait attendre son retour?

« T'es sûre qu'il n'est pas trop tôt? Il me semble que ça ne fait pas longtemps...

– Non, Véro. Ça fait déjà deux jours qu'on peut les enlever. »

Ne voulant courir aucun risque, deux heures avant j'ai avalé deux Percocet. Moi qui ne prenais jamais de médicaments, j'étais devenue très amie avec le Percocet qui se situe quelque part entre le Tylenol et la morphine. J'avoue que je ne manquais jamais ma chance quand on m'en offrait à l'hôpital. D'ailleurs, il m'en reste une jolie provision à la maison.

J'arrivai donc au rendez-vous légèrement droguée et passablement détendue.

Mon Ange Blond m'expliqua que les broches que j'avais sur la peau du crâne n'étaient pas, comme je le croyais, identiques à celles qu'on utilise pour lier des documents entre eux. En fait, ça ressemble plus à des pinces à linge. Il faut appuyer sur la broche pour qu'elle s'ouvre et se détache de la peau.

Ma Mère était assise en face de moi à la table, observant les manœuvres de Mon Ange Blond. Elle commence. La première. Ah bon! Ça a bien été. La deuxième aussi. Et ainsi de suite jusqu'à la quarante-cinquième environ. Là, les choses ont commencé à se corser un peu. Les pinces étaient bien prises dans la peau et le sang séché que les nombreux shampoings n'avaient pu enlever complètement. Disons qu'il y avait... une certaine résistance.

J'ai vu Ma Mère devenir blanche comme un drap.

« Ça va, maman? »

Et l'Ange Blond de taquiner Ma Mère: « Ne restez pas là, je veux bien en débrocher une, mais je n'ai rien apporté pour en recoudre une autre qui se serait fendu le front en tombant! »

J'adore cet Ange Blond, qui est capable de blaguer comme nous.

Et enfin, la dernière pince est tombée sur la table. Finalement, il n'y en avait que quarante-sept.

Ouf, c'était terminé!

Une autre étape venait d'être franchie. Le tout aura duré environ deux minutes quarante-cinq secondes. J'ai réalisé que j'avais pris trop de Percocet. J'en avais encore pour deux heures au moins avant de retrouver mon état normal.

Ma Sœur, qui avait quitté le bureau au pas de course afin d'assister à la « Dé-Frankenstein-isation » de sa cadette, est arrivée six secondes trop tard.

« C'est déjà fini à ce que je vois! Bon, ben... je vais peut-être retourner travailler d'abord... », avec dans le ton, le regret de ne pas avoir eu l'occasion de jouer à la grande sœur rassurante et calme, même si elle continuait à palpiter d'angoisse.

J'arborais maintenant une immense cicatrice en forme de fer à cheval qui traversait mon crâne depuis l'oreille droite jusqu'à la nuque. Sans les agrafes chirurgicales, j'en étais réduite à faire confiance à mon cuir chevelu pour retenir mon crâne et mon cerveau. Par chance, La Neurochirurgienne, qui est une femme toujours élégante, avait pris la peine de ne raser que l'espace minimal nécessaire pour pratiquer l'incision, j'avais encore assez de cheveux pour dissimuler la cicatrice. Mais c'était temporaire...

Mis à part cet épisode éprouvant, les deux semaines qui suivirent furent plutôt calmes et sans histoire. Excepté que nous devions maintenant planifier notre déménagement qui arrivait à grands pas. Je n'avais absolument pas prévu de développer un cancer du cerveau lorsque nous avons mis la maison en vente. Et voilà qu'on se retrouvait avec un déménagement sur les bras qui allait tomber en plein milieu de mes traitements intensifs, même si nous ne le savions pas encore.

UN GBM, DITES-VOUS ?

Finalement, après dix interminables jours ouvrables, nous avons reçu l'appel tant attendu de l'autre hôpital pour fixer une rencontre avec les oncologues.

Les Trois Mousquetaires, contrôlant du mieux possible leur angoisse, ont donc repris leurs armes, c'est-à-dire un calepin, un crayon et leur humour, et sont repartis en Pontiac Montana pour le fameux rendez-vous, La Quatrième Mousquetaire étant condamnée encore une fois à palpiter dans son coin, ou plutôt à son bureau.

L'hôpital est vieux et poussiéreux, mais apparemment c'est le meilleur établissement de Montréal pour le traitement du cancer.

Nous nous retrouvons assis dans un petit bureau qui a eu la chance d'être rénové, à attendre La Radio-Oncologue. Elle finit par arriver, en jeans, sans maquillage, et je ne lui donne pas un an de plus que moi. Je la trouve immédiatement sympathique.

Assis sur le bout de nos chaises, dans un état partagé entre la crainte et l'espoir, nous attendons qu'elle nous donne les résultats de la pathologie qui va sceller mon sort. Elle commence d'emblée à nous parler du traitement. À notre air médusé et de plus en plus horrifié, elle se rend compte que c'est à elle que revient l'odieuse tâche de m'annoncer les mauvaises nouvelles. Elle croyait que La Neurochirurgienne nous avait déjà contactés avec les résultats de la pathologie. Nous commençons tout juste à avoir un aperçu du prétendu travail d'équipe qui devait être si bien coordonné.

Elle me lance, d'un air navré : « Vous avez un GBM.
– OK. C'est quoi un GBM ? »
S'attend-elle vraiment à ce que je sache ce que c'est ?
« C'est un glioblastome multiforme.
– OK... Et c'est malin ?
– Oui, c'est malin.
– OK... Donc... ?
– Vous allez recevoir un traitement combiné de radiothérapie et de chimiothérapie. »

Je ne vois pas le regard entendu qu'échangent Ma Mère et Mon Chum, paralysés par la confirmation de ce qu'ils avaient déjà déduit des suppositions de La Neurochirurgienne.

Étonnamment, je suis très calme. Peut-être parce que, en cas d'urgence, mon côté rationnel prend le dessus. J'ai toujours été ainsi. J'ai déjà été dans des situations extrêmement stressantes. Le genre de situation où votre vie est en danger. Et j'ai eu ce calme-là. Ça m'a toujours rendu service.

Elle entreprend alors de nous expliquer en détail le traitement de radiothérapie qui a pour objectif de détruire d'éventuelles cellules cancéreuses trop petites pour être visibles au microscope chirurgical et qui n'auraient donc pas été retirées par l'intervention. Elle nous informe ensuite des très nombreux effets secondaires. Une vraie liste d'horreurs. Heureusement, s'empresse-t-elle d'ajouter, il est rare qu'un patient ait tous les effets en même temps. Habituellement, le corps n'en choisit que quelques-uns.

Ah bon ! Je ne pense pas que mon corps et moi-même ayons vraiment envie de choisir quoi que ce soit dans une telle liste. J'avoue que j'aurais préféré avoir une tumeur dans une jambe. L'idée de me faire bombarder le cerveau de rayons destructeurs ne m'enchante pas du tout.

Elle parle longuement de la perte des cheveux. Même si ce n'est pas l'effet secondaire le plus grave, il semble que ce soit le plus difficile à accepter, pour une femme en tout cas. Je confirmerai ses dires bien assez vite. Le protocole de traitement consiste en six semaines intensives de radiothérapie, à raison de cinq jours par semaine. Le traitement doit être intensif, mais pas au point de mettre de côté les fins de semaine du personnel. Ils ont congé les samedis et dimanches. Donc mon cerveau et moi aussi !

« Avez-vous des questions ? » demande-t-elle gentiment.

En fait, des questions, nous en avons plein. Les pensées défilent à cent mille à l'heure dans nos têtes au point que nous ne sommes plus capables de les traiter. Nous sommes bouche bée.

« Vous pouvez attendre ici, je vais chercher L'Hémato-Oncologue qui va venir vous expliquer en quoi consistera le traitement de chimio. »

Aussitôt la porte fermée, je me lève d'un bond pour marcher dans la pièce, aux bords des larmes et de l'hystérie. Mais je ne veux pas pleurer. Pas parce que c'est mal, mais parce que j'ai l'impression que si je commence je ne pourrai plus m'arrêter et que je vais m'effondrer. Pas moi. Pas le cancer. C'est impossible. Ça n'arrive qu'aux autres. Perdre mes cheveux ? Prendre de la chimio ? C'est un vrai cauchemar...

Je me couche sur la table d'examen en fixant le plafond. Tout ce que je trouve à articuler entre deux sanglots refoulés, c'est : « Qu'est-ce que je vais dire aux enfants... »

Ma Mère est atterrée. Elle a déjà lu tout ce qu'elle a pu sur les tumeurs cérébrales au cours des dernières semaines. Elle saisit la gravité de la situation. Elle m'avouera par la suite qu'il lui a fallu toute sa volonté pour repousser la panique totale : non seulement sa fille était en danger, mais ses petits-enfants allaient souffrir. Sa seule préoccupation : me soutenir pour que mon moral tienne le coup et que je me batte.

Défilent ensuite L'Hémato-Oncologue et L'Infirmière Pivot qui sera en charge de coordonner mon dossier entre les différents intervenants de l'hôpital et fera le suivi sur le bon déroulement de mon traitement. Encore plus d'informations. Mon Chum est à la fois catastrophé et concentré. Ma Mère n'arrive plus à prendre de notes. Nous approchons du seuil de saturation. Seule bonne nouvelle, si on peut dire, je prendrai ma chimiothérapie sous forme de comprimés, le soir, installée bien confortablement dans mon salon.

Reste le problème de ma jambe qui est un emmerdement supplémentaire dont je me passerais bien dans les circonstances. Je me déplace toujours avec une canne et je souffre constamment, ce qui draine une énergie dont j'aurai bien besoin pour affronter la suite. La Radio-Oncologue ne sait pas quoi en penser. Elle suggère de faire prendre une radiographie et de retourner voir La Neurochirurgienne.

Nous revenons à la maison, mon premier rendez-vous de radiothérapie en poche. J'ai quelques jours de répit avant de commencer.

Le retour en voiture se fait en silence. Je tiens la main de Mon Chum qui conduit les dents serrées. Ma Mère regarde par la fenêtre, bien déterminée à ne pas pleurer, sans quoi elle aussi risque de ne plus pouvoir s'arrêter.

Ma Mère, Mon Chum et moi nous remettons au téléphone pour annoncer la triste nouvelle, que nous anticipions toutefois déjà, à notre entourage. Ma Sœur, elle, réactive la centrale du courriel.

J'en profite pour organiser un souper avec mes chums de filles. Ne sachant pas dans quel état je vais être dans les prochaines semaines, j'ai lancé une invitation de dernière minute. C'est ainsi que onze filles se sont retrouvées au resto un jeudi soir d'avril pour partager fous rires et vin rouge. En repartant du resto, je me suis sentie revigorée et prête à affronter la prochaine étape.

Quelques jours plus tard, j'ai rendez-vous avec La Neurochirurgienne. Je m'attends à être vue aussi rapidement que la première fois, mais ce sera loin d'être le cas. Les Trois Mousquetaires feront deux heures et demie de corridor en jouant à la chaise musicale, puisqu'il n'y a pas suffisamment de chaises pour tous les patients en salle d'attente. Je suis complètement exténuée, Mon Chum est excédé et veut qu'on s'en aille, Ma Mère essaie de calmer tout le monde en plus de ses propres inquiétudes.

Enfin, c'est notre tour. J'entre en traînant de la jambe, appuyée sur ma canne, en rassemblant toute mon énergie. La réaction de La Neurochirurgienne est aussi rapide qu'inattendue. D'entrée de jeu, elle m'interpelle : « Ben voyons, pourquoi vous déplacez-vous avec une canne ? » La longue attente et le stress des dernières semaines m'ont mise à bout de nerfs. Je me sens attaquée et je réplique, au bord des larmes : « Je ne sais pas ce que j'ai à la jambe, je souffre, je fais tout ce que je peux pour récupérer, j'en ai assez, personne ne peut me dire ce qu'elle a... »

Ma Mère, qui assiste à cette scène, me dira plus tard qu'elle a senti une sorte de panique chez La Neurochirurgienne. Elle consulte son écran, nous répète qu'elle est certaine de n'avoir touché à aucun centre sensitif ou moteur lors de l'intervention. Nous nageons en pleine incompréhension réciproque.

Je reprends sur moi pour essayer de lui expliquer la situation, sinon je sens que Mon Chum va péter les plombs. « C'est La Radio-Oncologue qui me renvoie vers vous parce que, selon elle, c'est vous qui savez ce qui arrive à ma jambe.

— Vous avez déjà rencontré La Radio-Oncologue ?

— Oui, et j'ai déjà rendez-vous pour le début des traitements.

— Donc vous connaissez déjà les résultats de la pathologie ? C'est pour vous les annoncer que je vous avais donné rendez-vous ce matin ! »

Hum... de mieux en mieux, le travail d'équipe...

Cet épisode nous aura au moins permis de comprendre deux choses essentielles. Si vous poireautez dans une salle d'attente, considérez-vous comme chanceux : vous n'êtes le cas ni le plus urgent ni le plus grave. Deuxièmement, si vous voulez survivre aux salles d'attente du réseau de la santé sans y laisser votre santé mentale, équipez-vous. Ce que nous avons fait à la suite de cette mémorable attente. Depuis, nous ne nous déplaçons jamais sans nos sacs à dos contenant :

– une bouteille d'eau ou de jus pour éviter d'aller se ravitailler au casse-croûte, auquel cas, on risque de perdre définitivement notre tour ;

– une petite collation, parce qu'il est bien connu que ventre creux n'a pas d'oreilles, ce qui fait que l'on risque de ne rien comprendre aux multiples explications que le spécialiste si ardemment attendu va bien finir par déverser sur nous en un temps record ;

– un iPod pour ne pas avoir à écouter toutes les histoires d'horreur concernant les innombrables complications d'interventions chirurgicales, auxquelles nous n'aurions jamais pensé, et que les habitués des salles d'attente raffolent échanger, dans une sorte d'escalade malsaine qui peut vous saper définitivement le moral ;

– un Nintendo DS avec nos jeux préférés qui nous monopolisent suffisamment pour que nous en arrivions presque à être déçus quand enfin arrive notre tour ;

– un livre au cas où la pile de notre Nintendo s'épuiserait avant d'avoir été appelés. (Rappelez-vous qu'une pile de Nintendo a tout de même une durée limitée et qu'il n'est pas conseillé de débrancher le soluté d'un patient pour recharger votre appareil) ;

– des livres de sudoku pour occuper Mon Chum, qui trouve tout à fait superflu de partir avec autant de bagages pour une visite médicale, mais qui les utilisera jusqu'à la dernière page.

ET LES ENFANTS DANS TOUT ÇA ?

J'ai toujours prêché la transparence avec les enfants. Je les ai toujours traités en « jeunes personnes », ne sous-estimant jamais ce qu'ils peuvent comprendre. Nous avions caché jusque-là la véritable nature de l'intervention chirurgicale, parce que nous voulions être en mesure de leur donner l'heure juste. Maintenant que nous avions l'information en main, nous devions leur dire toute la vérité.

J'avais peur. J'étais nerveuse. Mais je devais le faire. Je savais que ce que j'avais à leur annoncer était grave, mais je ne voulais pas ajouter au drame déjà assez difficile à traverser. Je voulais qu'ils sachent la vérité, tout en trouvant une façon de les rassurer. Pour me préparer, j'ai demandé un entretien téléphonique avec La Psychologue de l'hôpital. Je l'ai écoutée religieusement et j'ai préparé une feuille avec les différentes informations que je voulais transmettre aux enfants.

Mon Ex et moi avons fait ça un vendredi après-midi, alors qu'il venait les chercher pour la semaine. Mon Chum, lui, était responsable d'annoncer à Beau-Fils la triste nouvelle un peu plus tard dans la journée.

J'ai commencé par leur demander ce qu'ils savaient du cancer.

« Ben, tu perds tes cheveux ! dit Ma Fille.

— Tu peux mourir ! » ajouta Mon Fils.

Bon. Partons de là.

« C'est vrai. On perd nos cheveux et c'est une maladie grave. Toutefois, on peut en guérir. »

Je voyais dans le regard de Ma Fille qu'elle savait déjà. Elle était assise à côté de son père et de son frère sur le divan auquel je faisais face.

« Papa et moi, on ne vous a pas tout dit par rapport à mon opération. Ce n'était pas vraiment pour drainer du sang à la suite de mon hémorragie. » (Que voulez-vous, c'est tout ce que j'avais trouvé de plausible à leur dire à l'époque !)

« C'était pour enlever une grosse boule. Une tumeur en fait, j'ajoute doucement. Cette tumeur est maligne, ça veut dire que c'est un cancer. »

Ma Fille se met à pleurer à grosses larmes.

« Maman, j'veux pas que tu meures. »

Mon Fils pleure lui aussi en silence et se colle sur son père.

Je sens que je vais craquer, mais je me reprends. Je dois continuer et, surtout, garder contenance. Je prends une grande inspiration et poursuis. Ce n'est pas possible. Je ne suis pas en train de vivre ça ! Annoncer mon propre cancer à mes enfants de huit et dix ans !

« Je sais, chérie. Je ne veux pas mourir non plus. Il faut que vous sachiez que les médecins sont très positifs. Je suis jeune, je suis en bonne santé (ça fait un peu drôle de dire ça…) et, surtout, la tumeur a été enlevée au complet. J'ai donc toutes les chances de guérir. »

Je vois que Mon Ex a les yeux inondés de larmes et qu'il est trop ému pour parler, alors je poursuis.

« Maman va commencer un traitement. (Je ne sais pas ce que c'est que cette foutue manie de parler de moi aux enfants à la troisième personne, mais je n'arrive pas à me corriger !) Ce traitement va me faire perdre les cheveux.

— Oh non, Maman ! dit Ma Fille à travers ses larmes, elle aussi victime du culte des cheveux.

— C'est pas grave, ma chérie. On va aller me chercher une perruque. Si tu veux, tu viendras avec moi. »

Ce compromis a eu l'air de la rassurer un tout petit peu. Je continue donc.

« Je vais être en congé très longtemps. Probablement un an. Mais ne soyez pas inquiets, nous avons quand même de l'argent qui rentre. » Cette remarque s'adresse à Mon Fils, qui a depuis toujours des angoisses incompréhensibles par rapport à l'argent.

« Et puis, c'est important de savoir que ce n'est pas contagieux, d'accord ? Vous ne pouvez pas l'attraper. » Cette remarque s'adresse encore à Mon Fils, qui a un léger côté hypocondriaque.

« Est-ce que vous avez des questions ? Des choses qui vous inquiètent dont je n'aurais pas parlé ? »

La Psychologue de l'hôpital m'avait bien dit de ne pas m'éterniser. Elle m'avait dit que la rencontre devait durer de dix à quinze minutes pas plus et que, plus tard, nous pourrions répondre aux questions des enfants au fur et à mesure qu'elles se présenteraient.

Les enfants n'ayant pas de questions, le sujet fut clos en moins de dix minutes.

Mon Dieu, quand je pense qu'il m'a fallu des heures de réunion pour gérer des sujets tellement plus futiles que celui-là, c'est à n'y rien comprendre !

Car en pub, ce ne sont pas les sujets futiles qui manquent pour nos réunions : est-ce qu'il y a trop de rouge dans l'annonce, pas assez de bleu, est-ce que le logo est assez gros, est-ce que la femme choisie a l'air d'avoir cinquante ans, comme le groupe cible, ou plutôt quarante-cinq...

Dans les semaines qui ont suivi, j'ai lu avec les enfants un livre prêté par La Psychologue de l'hôpital : *Claire a une tumeur cérébrale*. C'est l'histoire illustrée d'une petite fille de dix ans à qui on diagnostique un cancer cérébral, qui perd ses cheveux à la suite du traitement, mais qui finit par revenir sur les bancs d'école, au milieu de tous ses amis. Ça me paraissait totalement inoffensif et approprié. Je me disais que ce serait une bonne occasion de revenir sur le sujet avec les enfants et de répondre à leurs questions. Je trouvais qu'ils allaient trop bien. Ça s'était trop bien passé. C'était presque irréel.

Eh bien, le livre a eu tout un effet. À la fin de la lecture, je m'apprête à rassurer encore une fois les enfants sur mon traitement et ma guérison. Mais avant que j'aie eu le temps d'émettre un seul commentaire, Mon Fils me demande, l'air catastrophé : « Les enfants aussi peuvent avoir ça ? »

...

Retour à la case Départ...

TOUT LE MONDE À LA SOUPE !

La nouvelle de mon cancer a créé un véritable raz-de-marée dans mon entourage. J'ai reçu des courriels par centaines. Des amis, des amies, des anciens collègues, des anciens patrons, et même des connaissances éloignées. Les témoignages d'affection partaient de Toronto jusqu'à la Gaspésie.

Mon téléphone ne dérougissait pas. Tout le monde voulait me rendre visite. Ma Mère a été obligée de faire le chien de garde et de filtrer les appels pour que je puisse me reposer. Mon Chum était découragé de tout ce beau monde qui voulait voir et avoir sa blonde.

Ma Sœur gérait toujours en parallèle la centrale du courriel qui a littéralement paralysé son bureau pendant un mois. Et si elle avait le malheur de tarder à répondre aux messages, les expéditeurs... l'appelaient !

J'ai dit à Ma Mère, en plaisantant : « Si je meurs, j'crois que tu vas être obligée de louer le Centre Bell ! »

Heureusement, les gens ont compris que je n'étais pas en état de donner suite à tous ces témoignages d'affection. Pas dans l'immédiat en tout cas. Mais tout le monde voulait faire quelque chose pour m'aider. Nous avons donc assisté à une manifestation culturelle qui devrait intéresser nos ethnologues : lorsque les Québécois sont inquiets ou veulent aider, ils font de la soupe !

De la soupe, j'en ai reçu! De la soupe aux carottes, de la soupe au poulet, de la soupe aux légumes, de la soupe aux poireaux, de la soupe au brocoli, de la soupe bœuf et orge et même de la soupe froide aux poivrons! Toutes délicieuses, soit dit en passant!

Nous avons envisagé de façon tout à fait sérieuse de lancer un concours à l'échelle de la province, parmi toutes mes connaissances. Un grand concours de soupe!

Mon congélateur s'est rempli à toute allure de soupes, mais aussi de toutes sortes de plats. Des copines ont même organisé une soirée de cuisine communautaire en mon honneur. J'ai eu droit à des brownies, pur beurre, mais absolument et terriblement cochons, des poivrons farcis de quinoa, du bœuf et du poulet aux légumes. Ma Pharmacienne, qui s'avère aussi être une bonne amie (et un autre ange sur mon chemin!), a également cuisiné pour moi. Je lui ai dit qu'elle ferait fortune si elle vendait des médicaments mélangés dans son fameux pain aux noix ou son sucre à la crème.

J'ai découvert des talents culinaires inconnus: ceux de Mes Cousins. L'idée que ces deux grands rigolos farceurs pouvaient avoir des talents de chef ne m'avait même jamais effleurée. Je sais maintenant où commander mes gaufres, mes quiches, mes tartes aux bleuets, ma sauce à spaghetti et, bien sûr, de la soupe. Ma Mère, qui a toujours prétendu que son jambon était le meilleur, a même concédé la victoire à son neveu.

MÉFIEZ-VOUS
DES PILULES INOFFENSIVES...

J'ai toujours eu les intestins faibles, mais en raison de l'effet combiné de tous les médicaments que je devais maintenant ingurgiter, mon corps réagissait par la constipation. J'étais complètement constipée. Je pouvais rester cinq ou six jours sans aller à la selle. J'avais mal au ventre, mal au cœur, j'étais enflée. J'avais l'impression que j'allais mourir empoisonnée dans mon propre corps !

Pour compliquer les choses, j'avais été fermement avisée à l'hôpital de ne pas forcer pendant plusieurs semaines. La cicatrice sur mon crâne étant encore récente, je devais éviter de me pencher ou de faire toute autre chose qui pourrait mettre de la pression sur ma blessure. Recommandations qui s'appliquaient partout.

J'avais de plus en plus mal au ventre et j'avais beau boire des litres de jus de pruneaux, rien n'y faisait. J'ai même avalé du jus de pruneaux mélangé à de l'eau chaude, truc qu'une infirmière m'avait donné lors de ma dernière hospitalisation. Absolument et totalement dégueulasse, mais j'étais désespérée.

Rien. Toujours rien.

J'avais une prescription pour des Sennosides, un comprimé que l'on peut prendre en grande quantité chaque jour, jusqu'à ce que tout débloque. Je me suis donc rendue à la pharmacie avec Ma Mère pour obtenir le précieux remède. Elle m'avait parlé de son efficacité et semblait certaine que ça réglerait le problème. Ma Pharmacienne aussi.

Une fois à la maison, j'ai commencé par quatre comprimés. Quelques heures plus tard, toujours rien. Je pouvais prendre jusqu'à quatre comprimés quatre fois par jour, soit un maximum de seize. Avec leur teinte brun-vert, on dirait presque des produits naturels.

Je me suis dit : *Ça doit pas être ben ben dangereux...* Erreur.

J'ai donc repris quatre autres comprimés et suis allée me coucher pour faire un petit dodo d'après-midi. Mais à peine quarante minutes plus tard, j'étais réveillée par des crampes abdominales abominables !

C'était intolérable !

Je me suis rendue à la salle de bains, pliée en deux. Je tenais ma cicatrice à deux mains en priant pour qu'elle tienne le coup. J'avais perdu le contrôle de mon corps. Les Sennosides avaient pris le dessus et j'étais en train de vivre un véritable accouchement intestinal.

Vingt minutes plus tard, je suis sortie de la salle de bains, l'air hagard et les cheveux en bataille. Je me suis effondrée sur une chaise, en palpant ma tête pour être certaine que le crâne ne s'était pas ouvert en deux. Tout était beau.

Apostrophant Ma Mère sur un ton chargé de reproches, je lui lance :

« Hey ! Tu ne m'avais pas dit que c'était aussi violent ! »

Elle me répond, l'air un peu navré :

« Ah oui... je ne me rappelais pas que ça faisait ça, mais maintenant que t'en parles... »

Depuis ce jour, j'ai abandonné les Sennosides, mais j'ai trouvé d'autres remèdes plus efficaces, dont un sirop au goût d'érable qui agit tout en douceur.

Méfiez-vous toujours des médicaments qui ont l'air inoffensifs... et des mères qui répondent de façon évasive.

TRAITEMENTS RADIOACTIFS

Arrive le premier rendez-vous en radiothérapie. Ce jour-là, on allait me fabriquer un masque sur lequel seraient inscrites les mesures extrêmement précises destinées à guider les rayons de radiothérapie. Je m'estimais chanceuse que les traitements aient évolué, car Ma Mère me racontait qu'avant, les lignes étaient tracées à même le visage et le crâne des patients et ne pouvaient être enlevées qu'à la toute fin du traitement. Quelle discrétion !

On m'emmène donc dans une salle où on me couche sur une table (je n'appelle pas ça un lit, car c'est dur comme de la roche !). Le Technicien me prévient que ça va être chaud, mais que ça ne durera que quelques secondes. Il prend le masque qui, à ce stade-ci, a l'air d'une feuille de 8 1/2 x 11 avec un cadre de carton. Il le fait chauffer puis l'enfonce sur mon visage. C'est vrai que c'est chaud, mais c'est supportable.

Puis, il le retire. Et là, j'éclate de rire, au grand étonnement du Technicien et des Techniciennes présents. C'est vraiment la chose la plus grotesque que j'aie vue. On dirait une tête d'extraterrestre, une espèce de grande face ronde et allongée avec trois trous béants : deux pour les yeux et un pour le nez et la bouche. Ce qui ressemblait à une feuille de papier s'est transformé en un masque de plastique sur lequel ils commencent à dessiner différentes lignes ponctuées de points de couleur.

Pendant que les Techniciennes colorient mon masque posé sur mon visage, elles me font la conversation pour me changer les idées.

« Comme ça, j'ai lu dans votre dossier que vous avez appris votre cancer par hasard ?

— Hum hum.

— C'est quand même une chance. Je veux dire que vous soyez tombée en planche à neige.

— Hum hum. » (À ce moment-là, je n'ai qu'un petit trou pour la bouche et le nez. Pas facile de formuler de grandes réponses dans ces conditions.)

« Et voilà, terminé. Ce n'est pas plus long que ça.

— Wow. Je vais pouvoir le garder après ? » (J'imaginais déjà toutes les possibilités de masque d'Halloween pour Mon Fils.)

« Heu... bien sûr. Mais je pense que vous serez bien tannée de le voir après vos six semaines de traitement. » (Elle avait TELLEMENT raison, mais je ne le savais pas encore !)

« Donc, vos traitements vont commencer demain. Ce sera dans une salle un peu comme celle-ci, mais située au cinquième sous-sol. La radiothérapie ne fait pas mal. En fait, ce sont les mêmes rayons que pour faire un scan, mais utilisés à très forte dose. Êtes-vous claustrophobe ?

— En fait, ça dépend... est-ce que c'est pire qu'une résonance magnétique ?

— C'est différent. Vous n'êtes pas dans un tube, mais c'est juste que votre tête va être immobilisée complètement durant le traitement.

— Et ça dure combien de temps un traitement ?

— Environ vingt minutes.

— Bof, non. Ça devrait bien aller.

— D'accord, parce que sinon on peut vous donner quelque chose pour vous détendre avant. »

Hum... du Percocet peut-être... ?

Mais même si la proposition est alléchante, je la décline gentiment. Il faut que je fasse attention, je vais finir par prendre goût à cet état de détente permanente. Aussi bien me sevrer tout de suite!

Nous prenons donc le chemin du retour. Je suis un peu nerveuse. En fait, la question sur la claustrophobie m'inquiète un peu, mais pas au point de m'empêcher de dormir.

Arrive le matin du premier rendez-vous, prévu pour 11 heures. Nous nous présentons au cinquième sous-sol où j'ai droit à un autocollant sur ma carte d'hôpital. Autocollant qui me permet de signaler mon arrivée aux Technologues en glissant ma carte sous le lecteur magnétique. Un système d'une grande efficacité, je dois dire. Peut-être qu'avec une telle carte on va me prendre pour une employée et me verser une paye à chaque visite...?

Assise dans la salle d'attente, je m'amuse à deviner les histoires des gens, trouver quel cancer ils combattent. À un moment donné, mon regard se pose sur un monsieur, assoupi sur une chaise, en jaquette d'hôpital, les deux jambes grandes ouvertes, avec rien en dessous.

Je me suis dit: *Cancer de la prostate!*

C'était assez évident... je vous laisse imaginer la scène...

Dans l'autre salle d'attente, je suis accueillie par un Irlandais à l'accent fort prononcé, extrêmement sympathique. En fait, je ne connais pas encore son origine, mais trente rendez-vous vont nous permettre d'en apprendre un peu plus l'un sur l'autre.

Il me tient les mains pendant qu'il m'explique le fonctionnement de l'appareil. Puisque les traitements visent la tête, je n'aurai pas à retirer mes vêtements pour enfiler une chemise d'hôpital. C'est déjà ça.

Mes traitements doivent avoir lieu sensiblement à la même heure chaque jour de la semaine et avec la même équipe. C'est presque vrai, sauf pour les deux premières semaines où on ne semble pas savoir où me caser dans l'horaire. Conséquence: des rendez-vous à des heures aléatoires et de nouveaux visages à chaque visite.

Arrivée dans la salle de radiothérapie, on me demande de m'étendre sur la table et d'appuyer ma tête sur un support de plexiglas. L'Irlandais place le masque sur mon visage et le fixe très serré sur le support : je suis complètement immobilisée, littéralement clouée sur la table.

« Ça va ? me demande-t-il gentiment.

— Hum hum. (Rappelez-vous que j'ai de nouveau un seul trou pour faire la conversation...)

— Nous allons prendre quelques images aujourd'hui, donc ce sera un peu plus long. On vous voit en tout temps sur notre écran, donc s'il y a quoi que ce soit, agitez la main. Voulez-vous un peu de musique ? Nous avons du classique aujourd'hui, ça vous va ?

— Hum hum. »

Je suis bien trop préoccupée par ce nouvel environnement pour m'intéresser au type de musique qui va jouer dans la salle. Mais ça ne va pas durer, car au bout de quelques jours, je serai déjà suffisamment à l'aise pour lui faire changer de CD en fonction de mon humeur de la journée...

La lourde porte se referme. Je ferme les yeux aussi fort que je peux en mettant en application un petit exercice de méditation auquel je me suis initiée la veille avant de m'endormir.

J'entends l'appareil tourner autour de moi. Je vois une lumière bleue à travers mes paupières. C'est le scan. Puis l'appareil s'immobilise. Je n'ose pas ouvrir les yeux. Je me concentre sur la musique et ma méditation. L'appareil repart.

À un certain moment, je sens la panique monter en moi. Je ne peux pas bouger la tête. J'ai l'impression de commencer à asphyxier.

Véro, calme-toi. Calme-toi. Respire.

J'arrive à me détendre. L'appareil bouge encore puis s'immobilise de nouveau.

La porte s'ouvre enfin. Des bruits de pas !

« C'est terminé, madame Lettre. »

Ah bon! Ce n'était pas si pire. Le tout a duré seize minutes. Les prochaines fois seront encore plus courtes, étant donné qu'il n'y a pas de scan à faire.

Je sors de la salle rejoindre Ma Mère et Mon Chum qui m'attendent.

« Et puis? me demandent-ils à l'unisson.

— Ben... c'est ben correct finalement. On ne sent rien.

— Tu n'as pas trop l'air radioactive, me lance Mon Chum en se penchant vers moi pour me renifler le cuir chevelu. Oh, tu sens un peu le brûlé, par exemple. »

Et nous quittons l'hôpital en rigolant.

Je me rendrai ainsi à l'hôpital six semaines consécutives pour un total de trente séances. Pendant cette période, j'ai utilisé ma carte d'hôpital plus souvent que ma carte bancaire. C'est d'une déprime!

Et je peux vous dire qu'à la fin j'ai abandonné avec bonheur mon masque... dans une poubelle de l'hôpital.

NE PAS JUGER TROP VITE...

Pendant cette période, j'ai vécu avec Mon Fils un épisode qui m'a touchée au plus haut point et que je n'oublierai jamais.

Il faut savoir que Mon Fils adore négocier. Il négocie tout. Il est aussi un très grand consommateur. Il dépense presque tout son argent de poche au fur et à mesure qu'il le gagne. Un jour, il a même essayé de me convaincre de lui faire crédit, mais j'ai mis un stop. Tout de même, à huit ans, il faut apprendre à ne pas vivre au-dessus de ses moyens!

Sa deuxième année scolaire se révèle ardue depuis septembre. Son enseignante et lui n'ont pas l'air d'avoir d'atomes crochus et il est constamment en pénitence. Je n'en finis plus de signer des notes de mauvais comportements. Je suis découragée.

Je conviens donc d'une entente avec lui: son argent de poche sera bonifié pour tous ses bons coups à l'école. Que ce soit les bons comportements ou les bonnes notes. Ainsi, plutôt que de le punir pour les mauvais coups, il sera récompensé pour les bons.

Deux semaines plus tard, il revient de l'école, tout fier de me montrer qu'il a eu une dictée parfaite et un seul avertissement de son enseignante pour toute la semaine. Je le serre fort dans mes bras et le complimente:

« Wow, chéri. Je suis très fière de toi. Je pense que ça vaut au moins... 3 dollars !

– Trois dollars ?... Heu... 5 dollars... ? me demande-t-il en battant des cils.

– Hum... OK, 5 dollars », et on se serre la main pour clore notre entente.

Le lendemain, Mon Fils revient me voir.

« Tu sais, Maman, les 5 dollars que tu voulais me donner... garde-les.

– Hein ? » Très étonnée de ce soudain détachement des biens matériels chez Mon Fils. « Mais pourquoi ?

– Parce que.

– Ben voyons chéri, je ne comprends pas. C'est toi-même qui as négocié tes 5 dollars.

– Je sais, mais j'en veux plus. Garde-les. »

Ne pouvant rien obtenir de plus de lui, j'abdiquai.

Toutefois, je ne cessai de repenser à cet échange. Comme toute bonne mère qui se respecte, j'ai essayé de trouver une explication à ce revirement d'attitude inattendu de mon rejeton. Et mon imagination maternelle est allée bon train, il va sans dire...

Le surlendemain, je suis revenue à la charge.

« Chéri. Je ne comprends toujours pas pourquoi tu ne veux plus que je te donne les 5 dollars. Tu l'as pourtant bien mérité, non ? Et tu es toujours le premier à essayer d'obtenir plus de sous !

– Bof. C'est trop compliqué. » Réponse typique d'un homme en puissance, qui ne fait qu'exacerber ma curiosité et augmenter mon inquiétude.

Qu'est-ce qui peut être si compliqué lorsqu'on est âgé de huit ans ?

« Bien, explique-moi, parce que je commence à m'imaginer des choses et ce n'est pas très bon.

– Ah bon ! Comme quoi ?

– Ben... je me demande si tu n'aurais pas triché à ta dictée et que tu aurais eu des remords ensuite. Ou encore si tu ne m'avais pas déjà pris 5 dollars dans mon porte-monnaie sans me le dire...

— Non, c'est pas ça... c'est juste que... j'veux que tu guérisses, me dit-il en grimpant dans mes bras.

— Je ne comprends pas le rapport, mon chéri...

— Ben, j'aime mieux que tu les gardes pour t'acheter des Tylenol... » Et il se met à pleurer.

Oh! Je comprends enfin. Et je me sens horriblement *cheap.*

Il faut dire que, ces derniers mois, j'ai été une grande consommatrice de Tylenol. Les formats « super-size » ne faisaient pas long feu dans ma pharmacie. Récemment, j'avais confié 20 dollars à Mon Fils qui accompagnait Ma Mère à la pharmacie pour m'acheter un nouveau pot. En constatant qu'il lui revenait bien peu de monnaie, il avait fait la réflexion à sa grand-mère que ça coûtait bien cher, les médicaments...

Je me suis promis de ne plus juger trop vite à l'avenir...

LE POUVOIR DE LA MÉDITATION...

Mon Chum a un don. Un véritable don. Lorsqu'il pose sa tête sur l'oreiller, il s'endort. Tout simplement. Alors que moi... je tourne, je viraille, je regarde l'heure, je le pousse un peu parce qu'il ronfle et je finis par m'endormir au bout d'une heure. Juste pour mal faire, on dirait que plus je suis fatiguée, plus j'ai de la difficulté à m'endormir.

La veille de mes traitements de radiothérapie, Ma Mère m'avait parlé des baladodiffusions du site Internet Passeport Santé**. Qu'avais-je à perdre en les essayant?

J'ai donc téléchargé sur mon iPod la méditation *Détente profonde ou Préparation à s'endormir.* Il s'agit d'un texte d'une quinzaine de minutes, lu par le Dr Servan-Schreiber, d'une voix quasi hypnotique, suivi d'une musique douce. Je n'ai pas encore lu le livre de David Servan-Schreiber; il doit être excellent, car tout le monde m'en parle. Mais chose certaine, s'il passe en entrevue à la télé — ou pire, à la radio —, je m'endors immédiatement, même si je suis au volant de ma voiture!

Non mais, quelle voix!

** www.passeportsante.net/fr/audiovideobalado/Balado.aspx

Je n'ai jamais été hypnotisée, mais je pense que je serais un excellent sujet. Parce que, avec ma petite méditation gratuite sur mon iPod, je fais des miracles.

Je l'ai écoutée tous les jours durant une semaine environ.

Fermez les yeux et laissez-vous aller, sans attente particulière.

Petite musique de fond...

On va maintenant inspirer et expirer par le nez.

Prendre conscience de la respiration, sans rien forcer.

On va simplement observer la respiration.

Les inspirations et les expirations.

Petite musique de fond...

On se laisse respirer et être témoin de la respiration.

On peut maintenant porter l'attention sur les pieds.

Prendre conscience des orteils et les laisser se détendre.

Sans faire d'efforts particuliers.

Prendre conscience des pieds au complet, de leur poids, et les laisser se détendre.

Petite musique de fond...

Maintenant, les chevilles se détendent.

Les mollets également.

On peut sentir leur lourdeur sur le sol.

Petite musique de fond...

La détente s'installe maintenant dans les genoux...

Et voilà. Je dors. Je n'arrive jamais plus loin que les genoux maintenant.

J'ai utilisé la technique lors de mes premières séances de radiothérapie et elle a fait ses preuves. Je parvenais à un tel état de détente que je n'entendais même pas les Techniciens entrer dans la salle. Je sursautais lorsqu'ils s'approchaient de moi pour enlever mon masque. Après quelques semaines de traitements, j'étais toutefois trop occupée à chantonner sur la musique d'ABBA pour méditer.

Je me suis également initiée à la visualisation antidouleur.

J'ai bien aimé l'approche de David Servan-Schreiber : imaginer qu'il y a un tube qui part de notre nombril et qui s'en va jusque dans la terre. Ensuite, visualiser la douleur qui sort par ce tube, hors de notre corps. Je trouvais l'image bien amusante.

Comme m'a dit Ma Mère en riant : « Va falloir que tu fasses attention avec cette technique-là. Il ne faudrait pas que les rayons de radiothérapie entrent par ton cerveau et ressortent aussitôt par ton tube imaginaire, sinon tu vas te taper tout ça pour rien ! »

On a bien rigolé.

Tout ça pour dire que ça peut fonctionner ou que, du moins, ça vaut la peine d'essayer.

Lors de mes traitements, j'ai croisé à quelques reprises dans la salle d'attente un grand gaillard. Un homme d'une cinquantaine d'années, très grand et très costaud. Il me racontait que les deux premières semaines de son traitement, il était tellement énervé que les techniciens ont dû lui administrer de fortes doses de calmants.

« Et toi ? me demanda-t-il.

– Ça se passe bien. *Vive la méditation.*

– C'est pas croyable, hein ? Un p'tit bout de femme comme toi, toute menue, capable de faire ça sans broncher, pis un grand gaillard comme moi, qui a besoin de calmants. C'est ben pour dire ! »

C'est vrai. C'est bien pour dire...

LA PREMIÈRE FOIS
QUE J'AI PLEURÉ

Depuis le début de mes mésaventures, je n'ai pas pleuré une seule fois. J'ai déjà senti les larmes me monter aux yeux, mais je n'ai jamais vraiment pleuré. Je me demande si je suis anormale ou si je nage en plein déni. Ma Mère se demande d'ailleurs la même chose. Ma Sœur, elle, en est certaine.

C'est comme si mon instinct de survie avait pris le dessus et m'avait empêchée de m'effondrer. Je suis dans le pratico-pratique. Organiser l'horaire des enfants, m'occuper de mes rendez-vous à l'hôpital, régler mes assurances, trouver une femme de ménage et ainsi de suite.

Jusqu'à un certain matin, à l'heure du petit-déjeuner. Ma Sœur, toujours responsable de la centrale d'information, a chargé Ma Mère de sonder ma réaction sur une offre de mes collègues de travail. Il faut se rappeler que j'avais débuté dans ce nouveau milieu seulement quatre mois avant ma chute en planche à neige. J'avais donc à peine eu le temps de faire mes preuves et de socialiser avec mes nouveaux collègues.

« Ils se cotisent pour t'offrir le service d'emballage et de déballage pour ton déménagement et veulent savoir si c'est quelque chose qui te rendrait service. »

Je la regarde et je craque. Je me mets à pleurer comme un bébé, entièrement déstabilisée d'apprendre que ces collègues qui m'avaient si peu côtoyée, non seulement pensaient à moi, mais voulaient en plus m'offrir un cadeau.

Ma Mère, complètement ébranlée de me voir (enfin!) pleurer, s'approche de moi et passe son bras autour de mes épaules.

«Mais voyons, qu'est-ce qui te fait pleurer comme ça?» me demande-t-elle doucement.

Je la dévisage, un peu intriguée et vaguement inquiète. Sous l'effet cumulatif du stress des dernières semaines, en serait-elle venue à oublier que ce ne sont pas les sujets qui manquent pour pleurer, tout de même!

«Ben, je ne sais pas. J'ai l'impression d'être un imposteur. Quatre mois. Tu te rends compte? J'ai travaillé à cet endroit seulement quatre mois. Et là, pouf! Je suis en arrêt de travail pour un an! Ils doivent regretter de m'avoir embauchée. Et tous ces collègues qui me connaissent à peine et qui vont se cotiser pour moi...»

Je me sentais légèrement déprimée. Très touchée, mais déprimée en même temps. En fait, je me sentais trop redevable. Mon Boss et Mon Équipe avaient déjà été extraordinaires jusqu'ici. Mais là, c'était trop. Trop gentil. Moi, toujours forte, autonome, indépendante. Je devais accepter pour une fois d'être vulnérable et, surtout, de recevoir l'aide qu'on m'offrait si généreusement de tous les côtés.

Je dois reconnaître que c'était un cadeau tout à fait extraordinaire et dont j'avais vraiment besoin. Le déménagement approchait à grands pas et nous avions à peine réussi à emballer une dizaine de boîtes. Avec les rendez-vous à l'hôpital, je n'avais pas beaucoup d'énergie à y consacrer. Ma Mère et Mon Chum non plus. La seule idée d'avoir à coordonner les efforts des amis et cousins qui s'offraient pour nous aider nous épuisait. Le déménagement était tout simplement de trop.

«Véro, je pense que tu devrais accepter. Arrête de faire la fière et prends donc l'aide qu'on t'offre.

– Mais oui. C'est sûr que j'accepte, mais laisse-moi pleurer encore un p'tit peu, OK ? »

Ma Mère et Ma Sœur m'avoueront plus tard qu'elles avaient le sentiment d'avoir, elles aussi, reçu un magnifique cadeau. Ni l'une ni l'autre ne se sentait l'énergie de penser au déménagement en plus de tout le reste.

J'ai envoyé un courriel à tous les employés du bureau pour les remercier. Je leur disais que lorsqu'on traverse une telle épreuve, il y a des choses auxquelles on s'attend de la part de notre chum et de notre famille. Mais que là, j'avais été complètement déstabilisée. Pour moi, ils représentaient l'Être humain à son meilleur. L'Humain qui fait preuve d'entraide, d'empathie et de générosité.

L'évaluateur de l'entreprise de déménagement s'est donc présenté, environ deux semaines avant le déménagement. Mon Chum était parti travailler. Je finissais de déjeuner avec Ma Mère. Avouons-le, nous nous permettions de nous lever un peu plus tard qu'à l'habitude. Il fallait bien tirer un avantage quelconque à être confinées à la maison, par manque d'énergie pour moi et pour cause de dévouement maternel dans le cas de Ma Mère. Nous arrivions à garder le moral, mais pas sans un effort constant. Tout événement fortuit ou tout petit plaisir quotidien qui nourrissait notre attitude positive était donc bienvenu.

L'évaluateur se présente et commence à faire le tour avec Ma Mère. Arrivée au cabanon, Ma Mère, qui, pour faire passer un peu de son inquiétude, est toujours prête à verbaliser ce qui m'arrive, déverse toute mon histoire sur l'homme en question. Ce à quoi il répond qu'il comprend bien, puisqu'il a vécu un événement similaire il y a de nombreuses années.

Pauvre évaluateur. Il est harponné par Ma Mère, qui le tire à l'intérieur, le plante devant mon café et me dit : « Véro, écoute bien ça. »

Il me raconte ainsi qu'il y a trente-cinq ans, il a eu une tumeur rare le long de la colonne vertébrale. Il a subi une intervention chirurgicale de plusieurs heures, avec le pronostic d'une paralysie partielle des membres. « J'ai 72 points de suture dans le dos pour le prouver. » Ma Mère et moi le croyons sur parole. Pas envie du tout de voir lesdits points de suture.

« Voyez-vous, je venais de me marier et j'ai décidé que je ne serais pas une statistique. Il m'a fallu quelques années pour surmonter la douleur et récupérer ma force physique. J'y suis arrivé. Je travaille même dans le déménagement. Et je peux vous dire que je profite de la présence de mes petits-enfants ! »

Il avait les yeux lumineux des personnes qui ont regardé l'adversité bien en face et avec détermination.

Puis il a ajouté : « Vous savez, je ne partage pas ça avec tout le monde. Mais je sais que vous aussi, vous êtes une battante. Je le vois dans vos yeux. Vous êtes bien entourée. Lâchez pas. »

Ce jour-là, il était le porteur du message d'espoir dont nous avions besoin. Comme l'a résumé Ma Mère : « Ben, coudonc, Véro, on l'a notre cadeau pour la journée ! »

La veille du déménagement, deux Cubains fort sympathiques ont débarqué chez nous pour emballer tout ce qui se trouvait sur leur passage, et quand je dis tout, c'est littéralement tout. En cinq heures, ils avaient ramassé tout ce qui leur tombait sous la main.

La méthode d'emballage cubaine est un peu différente de la nôtre. C'est ainsi que j'ai retrouvé, quelques jours après le déménagement, une boîte contenant la vaisselle sale qui était en attente dans le lave-vaisselle, le téléphone de la cuisine et les fruits qui se trouvaient dans un bol sur la table de la salle à manger !

Heureusement, nous avions nous-mêmes transporté les chats. Sinon ils se seraient sans doute retrouvés coincés dans une boîte identifiée « Sous-sol », entre le débouche toilette et mes plats Tupperware. Je dis bien « plats », car je cherche toujours mes couvercles...

Je ne regrette pas la maison que je n'ai jamais vraiment aimée. Elle avait appartenu à Mon Chum et à Son Ex et je ne m'y étais jamais vraiment sentie chez moi.

Mes enfants non plus, je crois. Et puis, elle commençait à tomber en morceaux. Tout était à refaire.

J'étais donc prête pour une nouvelle étape. Un beau condo tout neuf à deux pas de l'école qui se révélera plus grand que notre maison, une fois tous nos objets déballés par les sympathiques Cubains.

Quel beau cadeau !

MON COMBAT CONTRE LA CALVITIE

Comme l'avait prédit La Radio-Oncologue, quatorze jours - jour pour jour - après le début de mes traitements, j'ai commencé à perdre mes cheveux.

Je lui avais demandé s'il y avait une petite chance que je ne les perde pas.

« Vous seriez ma première patiente à ne pas les perdre », m'avait-elle répondu, avec un petit sourire en coin.

Mais, comme je suis de nature optimiste et bien convaincue que tout est possible dans la vie, j'avais espoir que peut-être...

Après tout, mes traitements étaient commencés depuis deux semaines et mes cheveux semblaient tenir bien en place.

Eh bien non ! Je n'allais pas faire exception.

J'avais déjà fait couper mes cheveux deux semaines auparavant. J'étais passée d'une longueur aux épaules à une coupe courte. Je me disais que s'ils tombaient, ce serait mieux s'ils étaient déjà courts.

Bof. Non. Pas vraiment.

J'aurais pu m'épargner une coupe de cheveux et je ne vous conseille pas de vous faire faire une teinture non plus. C'est carrément démoralisant, quelle que soit la longueur ou la couleur des cheveux.

Je n'avais qu'à tirer doucement sur mes cheveux pour qu'ils quittent ma tête en groupe de dix ou vingt.

Dans mon cas, la perte de cheveux n'était pas causée par la chimiothérapie, mais par la radiothérapie. Pour l'instant, je perdais donc uniquement les cheveux de la nuque, du côté droit, de façon localisée et graduelle.

Cette chute de cheveux a d'ailleurs débuté lors de mon court séjour chez Ma Sœur, qui nous hébergeait pendant le branle-bas de combat de notre déménagement. Ce qui m'a valu la taquinerie de Mon Beau-Frère : « Ben là ! Déjà qu'on la loge et qu'on la nourrit, faudrait pas qu'elle bouche les drains en plus de ça ! » (Toujours notre humour familial particulier !)

Fascinée de voir mes cheveux quitter ma tête si facilement, je suis restée au moins vingt minutes devant le miroir à épurer ma coupe de cheveux. Jusqu'au moment où Mon Chum est venu me sortir de mon hypnose.

« Bon. Lâche ça, là. Ça donne rien.

— Non, mais regarde ! C'est capoté ! » ajoutai-je en retirant une grosse poignée de cheveux sans effort et sans douleur.

L'heure était venue d'aller chercher ma prothèse capillaire.

Nous nous sommes retrouvées, Ma Mère, Ma Sœur, Ma Fille et moi, dans un salon spécialisé de Montréal. Nous avions décidé de faire ça en gang, encore une fois. Comme nous avons une tradition de sorties de filles intergénérationnelles, l'achat d'une prothèse capillaire nous semblait une autre bonne occasion de nous retrouver entre nous. Nous essayions de plaisanter de façon décontractée, mais on sentait planer un certain doute : ce ne sera peut-être pas notre sortie intergénérationnelle la plus géniale.

Une jeune femme nous accueillit et nous fit entrer dans un petit salon privé. Elle nous expliqua la différence entre les prothèses faites de vrais cheveux et les prothèses synthétiques.

Finalement, les prothèses de vrais cheveux... c'est des cheveux humains... morts, non ?

Ça ne m'inspirait pas du tout. De plus, c'est beaucoup, beaucoup d'entretien.

La première prothèse capillaire était parfaite. Cheveux brun foncé, coupés au carré. On aurait juré mes vrais cheveux. En mieux, car il n'y avait aucun cheveu blanc et la mise en plis était impeccable !

Je me suis dit : *C'est la bonne !*

La spécialiste nous précisa qu'on ne devait la laver qu'une fois toutes les deux semaines. On la laisse sécher et elle reprend sa forme toute seule. Ma Mère et Ma Sœur se regardèrent : « Il nous faudrait ça à nous aussi ! »

Notre moral était néanmoins en chute libre. Notre doute se confirmait : ce ne serait pas du tout une sortie géniale. Ma Fille avait la larme à l'œil et Ma Mère ne parlait plus. C'est Ma Sœur qui brisa la glace en lançant joyeusement : « Bon ben, tant qu'à y être, on va toujours bien se payer ta tête ! Amenez-en une blonde et une rousse bouclée, qu'on rie un peu ! »

Et on a bien rigolé, en effet.

Mais lorsque la conseillère m'a annoncé qu'elle devait me raser les cheveux, j'ai arrêté de rire d'un seul coup.

« Comment ça ? Là ? Maintenant ?

– Bien sûr. Ça ne sert à rien que vous enduriez tout le traumatisme de la perte des cheveux. Vous feriez aussi bien de les faire raser tout de suite. »

Mais je n'étais pas prête. Pas encore.

Vous allez peut-être vous demander pourquoi. Après tout, ce ne sont que des cheveux et ça repousse (que je déteste cette phrase, je veux tuer chaque fois que je l'entends).

Eh bien, je vais vous dire pourquoi. Parce que de un, je venais de perdre une bataille contre la maladie. Pas la guerre, mais une bataille. De deux, parce que dans notre société, le culte des cheveux est TRÈS fort ; on louange les vedettes pour leurs cheveux et une pub sur cinq en parle. Et de trois, parce que, à partir de maintenant, chaque fois que j'allais me regarder dans le miroir, j'allais devoir affronter l'image de la maladie.

Jusqu'à maintenant, ça ne paraissait pas que j'étais atteinte du cancer. Mes enfants n'étaient pas traumatisés, j'avais l'air normal. Mais là, c'était définitif. J'allais devoir assumer mon cancer.

Je suis finalement repartie en laissant un dépôt pour la perruque et en promettant de revenir me faire raser lorsque je serais prête.

Pendant les semaines qui ont suivi, mon crâne a continué à se dégarnir systématiquement, mais seulement du côté droit, là où je recevais ma radiothérapie. Ma Sœur a suggéré que je marche en gardant la tête toujours tournée du côté gauche, mais c'était un peu compliqué comme technique et pas vraiment élégant!

J'arrivais à porter des bandeaux qui camouflaient mon début de calvitie. Je gagnais du temps.

Puis, par un beau samedi matin, j'ai commencé à perdre mon toupet. Comme mes standards de beauté diminuaient de semaine en semaine, j'avais dit la veille à Ma Mère : « Tant que j'ai des cheveux en arrière et que ma frange tient le coup, je suis OK. Qui sait? Je ne serai peut-être pas obligée de me faire tout raser. »

Ben non!

J'ai eu la chance, si on peut parler de chance dans ce cas, de ne pas perdre mes cils et mes sourcils. Mais tous les cheveux y sont passés. Un par un, lentement, mais sûrement. Lorsque je me lavais la tête, la surface de l'eau était entièrement couverte de petits cheveux. J'ai bien dû me rendre à l'évidence. Mais là, au moins, j'étais prête. Je n'en pouvais plus de lutter contre une attaque de déprime chaque fois que je perdais des plaques de cheveux. De plus, c'était très douloureux.

Je pouvais prédire avec exactitude quand j'allais perdre des cheveux et où, car avant qu'ils tombent, la racine des cheveux était extrêmement sensible. Il m'arrivait de me réveiller la nuit parce que j'avais mal du seul fait de me tourner sur mon oreiller. C'était comme si j'avais des bleus sur la tête.

J'ai donc repris rendez-vous au salon spécialisé et y suis retournée quelques jours plus tard, accompagnée de Mon Chum. Je craignais sa réaction. J'avais peur qu'il ne me trouve plus belle. Mais j'avais encore plus peur de ne plus me trouver belle moi-même.

Finalement, comme il arrive si souvent, c'était moins pénible que ce que j'avais prévu.

Lorsque la coiffeuse a passé le rasoir sur ce qui me restait de cheveux, je me suis sentie soulagée.

Une fois rasée, je ne me suis pas trouvée si mal. Bon, c'est sûr, j'avais une immense cicatrice. Mais ce look « Sinead O'Connor » me donnait un petit air sexy. Et puis, c'était bien plus confortable sous la perruque.

Elle a finalisé la coupe et l'ajustement de ma prothèse capillaire, m'a remis les instructions d'entretien et a répété à plusieurs reprises de faire attention aux sources de chaleur: four, lave-vaisselle, fer à friser, séchoir à cheveux, lesquelles pouvaient faire fondre ma perruque.

C'est clair.

Depuis ce temps, un ruban rouge orne la poignée de notre four pour me rappeler de m'en éloigner lorsque je cuisine avec ma perruque sur la tête.

UNE JOURNÉE
DE CONVALESCENCE... ?

7:00 Le réveil sonne. Je me lève, car les enfants sont chez moi aujourd'hui et ils vont à l'école.

7:15 Terminer de faire les lunchs.

7:35 Pousser les enfants dans le dos pour qu'ils ne partent pas en retard pour l'école.

8:00 Ils sont partis. Ramasser la vaisselle du déjeuner. Vider le lave-vaisselle. Remplir le lave-vaisselle.

8:15 Je déjeune enfin. Je prends toutes mes petites pilules.

8:45 Je saute dans la douche. Quelle horreur! Les poils sous mes bras sont plus longs que mes cheveux! Je ne pensais jamais voir ça! Rasage.

9:00 Je sors de la douche. Je dois sécher mon crâne et le peu de cheveux qui s'y trouvent sous peine de voir se développer des champignons sous ma perruque. Quelle ironie!

9:30 Je m'enduis tout le corps de crème. Je m'habille et enfile ma perruque.

9:45 Je fais des appels pour le *shower* de bébé d'une copine. Comme j'étais la seule en « congé », je me suis offerte pour l'organiser.

10:15 Je passe au bureau d'UPS récupérer une lettre recommandée.

Essayez de récupérer une lettre quand vous vous appelez Lettre...

« Bonjour, c'est pour une lettre.

– Quel nom ?

– Lettre.

– Oui, madame, je sais que vous venez chercher une lettre. Je veux avoir votre nom de famille.

– Ben, c'est ça, L-E-T-T-R-E. Lettre. »

Finalement, au bout de cinq minutes, elle finit par me comprendre et me remet la lettre recommandée.

10:45 Je passe à la banque pour déposer (enfin !) mon premier chèque d'assurance salaire.

11:00 Je mange un peu, car je dois bientôt partir pour l'hôpital.

11:30 Départ pour l'hôpital.

13:15 Retour de l'hôpital.

13:35 Je termine mon dîner.

14:25 Je passe la balayeuse sur les deux étages du condo, poils de chats obligent.

14:30 Un peu de repos. On sonne à la porte. C'est Ma Voisine qui veut savoir à quel moment je veux aller acheter des fleurs pour mes boîtes à fleurs. Comme je suis nulle avec les plantes, elle va m'aider à faire quelque chose qui a de l'allure dans mes trois immenses boîtes.

15:10 Les enfants arrivent de l'école.

16:30 On termine les devoirs de peine et de misère.

17:00 Je commence à préparer le souper.

17:45 Mon Chum arrive avec Beau-Fils.

18:30 Fin du souper. Par chance, c'est Mon Chum qui ramasse la vaisselle. Pendant ce temps, je pousse dans le dos des enfants pour qu'ils enfilent leurs habits de soccer, car ils jouent à 19 heures.

19:00 Soccer. Heureusement, le terrain est juste au bout de la rue. Quelle bonne idée d'avoir déménagé !

20:00 Douches pour les enfants. Je les mets au lit.

20:45 Les enfants sont couchés. Je dois appeler Ma Mère et Ma Sœur pour leur confirmer que je suis toujours vivante.

21:30 Dodo.

Pour avoir un aperçu de ma journée du lendemain, remplacez la banque par l'épicerie, la balayeuse par les fleurs et le soccer par une réunion des propriétaires du condo, et ça vous donne une bonne idée.

Qui a dit que c'était reposant, la convalescence... ?

UN REPOS BIEN MÉRITÉ...

Ma journée se déroulait bien, quand tout à coup, BAM! Coup de barre! (Phénomène qui se reproduira d'ailleurs régulièrement au cours des prochains mois.) Je me traîne jusqu'à mon lit et me jette dessus tout habillée. Je m'enroule dans le couvre-lit et m'enfouis la tête dans les oreillers, trop épuisée pour aller fermer le store. J'étais censée aller à l'épicerie chercher quelque chose pour le souper, mais je m'en fous complètement. Mon corps et mon cerveau ne répondent plus. On mangera du Kraft Dinner.

Je suis couchée depuis quelques minutes à peine lorsque le manège commence.

Mon Fils.

« Maman, est-ce que je peux me faire une tartine de beurre d'arachides?

– Hum... oui, oui.

– ... De Nutella d'abord?

– Non! De beurre d'arachides. »

Fermer les yeux et essayer de récupérer un peu.

Ma Fille.

« Maman, peux-tu m'aider à réviser mes verbes en anglais, s'il te plaît? Je sais la première page par cœur.

– Hum...? Mais tu as trois pages à apprendre, non?

– Oui, j'ai terminé la première.

– Va apprendre les deux autres et je te ferai réviser plus tard. »

Retour à mon repos.

Mon Fils.

« Maman, es-tu vraiment fatiguée ?

– NON ! Je fais semblant ! *Non, mais quelle question !*

– Oh ! On voulait que tu nous aides à mettre des prix sur nos jouets pour la vente de garage.

– Plus tard chéri, OK ?! »

Bon. Maintenant, je vais pouvoir me reposer.

Dring. Dring.

« Oui, allô ? »

Ma Fille entre dans la chambre, le téléphone dans les mains.

« Maman, peux-tu parler au téléphone ? »

Difficile de dire non, étant donné que la personne au bout du fil entend la conversation.

« Allô ? Oui, non, merci, au revoir. »

Bon. Où en étais-je ? Dormir un peu, me reposer.

Mon Beau-Fils.

« Véro ? On est le combien aujourd'hui ?

– Hein, quoi ?

– On est le combien aujourd'hui ?

– Le 26. »

Remarquez bien que pendant tout ce temps, je n'ai pas levé la tête de l'oreiller, espérant que les gentilles personnes de mon entourage finiraient par me laisser tranquille.

Dring. Dring.

« Allô ? répond Ma Fille. Maman, c'est Ton Chum.

– Hum… oui ?

– Véro, dis aux enfants de venir ramasser leurs vélos dehors, je ne peux pas entrer la voiture dans le garage. »

…

J'abdique.

C'est ainsi que j'ai mis fin à mon repos – pourtant bien mérité – pour reprendre mon rôle de mère et de conjointe.

KRAFT DINNER ET...
TÊTES DE VIOLON !

La semaine avance et je suis toujours aussi fatiguée. Surtout en fin d'après-midi. Je suis de moins en moins capable de m'occuper des repas. Dans les derniers jours, nous avons mangé successivement du Kraft Dinner, de la pizza et des grilled cheese. Moi qui me faisais un devoir de servir des repas nutritifs et équilibrés à ma petite famille...

Il est déjà presque 17 heures et ce sera bientôt le moment de préparer un autre souper. Mon Dieu, que ça revient vite les repas ! Et dire que j'ai déjà épuisé ma réserve de soupe !

Je commence donc à fouiller dans le frigo pour trouver une idée de quelque chose qui se mangerait. Mais rien ne m'inspire. Je suis trop lasse pour aller à l'épicerie chercher quoi que ce soit. J'ai quelques morceaux de viande au congélateur, mais pas assez pour nourrir cinq bouches. Et puis, le temps de les faire dégeler, ce sera l'heure d'aller au lit !

Je me retourne donc vers l'armoire, pour me retrouver face à la dernière boîte de Kraft Dinner.

Non. Je ne peux pas. Pas encore une fois !

Mais je suis vraiment fatiguée. Ce serait si simple.

Je suis tiraillée entre ma conscience et ma fatigue. Finalement, c'est cette dernière qui aura le dessus.

J'ai commencé à préparer le Kraft Dinner. J'avais toutefois, dans le frigo, deux paquets de têtes de violon. Ce légume fougère qu'on ne peut manger que durant une très courte période au printemps. Pour une raison que j'ignore, mes enfants en sont fous. En fait, je soupçonne la vinaigrette d'en être la cause. Les têtes de violon, si vous n'en avez jamais mangé, sont de petites crosses de jeunes fougères qu'on doit nettoyer avec soin et faire bouillir dans beaucoup d'eau pour s'assurer qu'elles ne sont pas toxiques. Elles deviennent très tendres, mais en fait, elles n'ont pas une saveur très prononcée. Alors on ajoute du beurre et du citron, ou encore notre vinaigrette préférée en abondance.

J'ai donc fait cuire les têtes de violon en suivant rigoureusement les instructions sous peine d'empoisonnement alimentaire sévère, particulièrement dans mon cas.

Vingt minutes plus tard, le repas était prêt : Kraft Dinner et têtes de violon.

Je trouvais la combinaison des plus curieuses, mais au moins j'avais bonne conscience car mes rejetons auraient une portion de légumes verts.

Ce soir-là, au souper, j'ai eu droit à une véritable ovation. Mon Fils s'est exclamé avec adoration : « Maman ! C'est le meilleur souper que j'aie jamais mangé ! »

Et dire qu'on se complique la vie avec nos repas élaborés...

UNE RETRAITE FERMÉE

J'ai décidé de m'offrir une retraite dans notre maison
de campagne, située dans le pittoresque village de
Knowlton. Une maison pleine de charme, dont nous
avons fait l'acquisition il y a trois ans, mais qui a
besoin d'être restaurée. Petit à petit, nous avons fait
quelques rénovations assez réussies, je dois dire. Mais
de toute façon, elle est parfaite avec tous ses petits
défauts. Ses planchers usés, ses murs un peu croches
et abîmés. C'est une maison qui a une âme, et l'endroit
idéal pour se reposer. Pas de téléphone ni d'Internet.
Mis au fait de cette particularité, les gens ont des réac-
tions partagées. D'un côté, il y a ceux qui me trouvent
chanceuse, et de l'autre, ceux qui me trouvent folle ou
qui sont convaincus qu'ils ne pourraient jamais survivre même quelques jours seuls... sans téléphone ?
Sans INTERNET ?! Oh, et j'ai oublié d'ajouter, sans le
câble ! En fait, nous avons une télé et un DVD, ce qui
est amplement suffisant. Moi, tant que je peux écouter
des films... Et puis, je ne suis pas irresponsable quand
même, j'apporte mon cellulaire pour les urgences.

Ça me fait penser à une chanson du groupe québécois La Chicane*** :

*** *Jusqu'à dimanche,* texte du groupe La Chicane, sur l'album
Ent'nous autres (2003), Dkd Disques.

Jusqu'à dimanche, j'prends mes vacances de moé!
J'veux pas d'TV, pas d'téléphone,
J'veux pas savoir c'que font mes chums,
J'ai même pas l'goût d'avoir du fun,
J'veux rien savoir de personne...

Je suis exactement et totalement dans cet état d'esprit.

Mes traitements de radiothérapie sont terminés et j'ai droit à une pause de quelques semaines avant de commencer ma deuxième phase de chimiothérapie. J'ai vu trop de monde, trop de médecins, j'ai reçu trop de piqûres et vécu trop d'émotions. J'ai besoin de me retrouver un peu. Je veux prendre une pause des responsabilités familiales, des travaux du condo, des soupers à préparer pour cinq, du soccer, des quarante-deux appels téléphoniques et courriels quotidiens à retourner. J'ai avisé tout le monde de ne pas s'inquiéter si je disparais de la circulation pendant sept jours. Le seul compromis auquel j'ai consenti est de me rapporter à Ma Sœur tous les deux jours pour lui confirmer que je suis toujours en vie.

Je me rends compte que je n'ai pas passé de temps seule depuis plusieurs années. Je suis super excitée. J'ai apporté ma valise, mon ordi et Mon Chat. Le bonheur.

Après avoir fait quelques courses et installé mes affaires, j'improvise un souper vite fait, bien fait et me cale dans le divan pour regarder un film. J'en ai loué sept. Un pour chaque soir de ma retraite.

À 22 h 30, je monte me coucher. Mon Chat, fidèle comme un chien, me suit et prend place au pied du lit. Je dors d'une traite jusqu'à 8 h 30 le lendemain. Ahhhh! Ce n'est pas possible comme on dort bien ici. Il faut dire que j'ai bien équipé mes lits, et lorsqu'on s'enfonce dans le matelas en recalant la couette jusqu'aux yeux, il est difficile de ne pas tomber dans les bras de Morphée.

Je me lève avec l'intention de déjeuner et d'aller prendre un café au village. Après mon déjeuner, je retourne à l'étage pour m'habiller. Mais la seule vue de mon lit crée... un appel irrésistible.

Pas possible. Je ne peux quand même pas être encore fatiguée après une nuit de dix heures... non?

Eh bien, oui!

Je me recouche et me réveille de nouveau à midi trente.

Cette fois, j'espère pouvoir commencer ma journée. Je grignote un peu. Ces temps-ci, j'ai toujours la nausée et peu d'appétit. Lorsque quelque chose me fait envie, je m'arrange pour l'avoir sous la main!

Je finis par m'habiller et lire un peu le journal local afin d'être au courant des derniers potins et nouveautés du village. Je suis dans mon hamac. Il y a plein d'oiseaux. Je vois des geais bleus. Ça sent le lilas. Le pur bonheur. Un vrai moment de répit depuis le début de toute mon aventure.

J'envoie un texto à Ma Sœur: « Dans le hamac. Oiseaux. Limonade. Super. »

Il est 15 heures. Je me sens fatiguée et je crois que je pourrais dormir encore, mais il fait tellement beau dehors. Je veux en profiter. Je prends mon sac, mets ma perruque, mes lunettes fumées et pars en direction du village.

Knowlton est, selon moi, un des plus beaux villages du Québec. Ses vieilles maisons, les jardins un peu débridés, les trottoirs qui tombent en ruine, mais qui, pour moi, ajoutent au charme de l'endroit. Le pont, la rivière, les petits commerces, les cafés, les antiquaires. Je me trouve chanceuse d'avoir accès à un si bel environnement pour venir me ressourcer. C'était vraiment une bonne idée de venir ici.

Je passe à la bibliothèque pour prendre des livres sur les oiseaux. J'ai toujours dit que pour ma retraite je m'adonnerais à l'ornithologie. Bon. Sans être pessimiste, disons qu'un cancer cérébral ça vous refroidit les projets de retraite!

Tant pis, je me mets à l'ornithologie dès maintenant. Je repars donc avec deux beaux livres illustrés sous le bras. En revenant à la maison, je m'arrête chez

Barnes, le marchand du village. Je vais enfin installer moi-même les deux crochets manquants dans la salle de bains que Mon Chum me promet d'installer depuis des mois. Il ne faut pas grand-chose pour me faire plaisir ces temps-ci !

Le premier crochet à installer est celui de la porte de la salle de bains. Ça fait un an qu'on ne peut pas barrer cette porte au grand dam de nos invités et de Mon Beau-Fils très pudique.

Je commence à visser. Est-ce dans le bon sens ? Oui. Je continue. J'espère que ça va être droit. Mon Chum DÉTESTE que je fasse des trous dans les murs. C'est un de nos sujets récurrents de dispute, lorsque je veux installer des cadres ou des crochets sur les murs. Il a horreur de ça et ne se gêne pas pour me le faire savoir. Finalement, ça fonctionne. Je vérifie la porte. Ça ferme. Ce n'est pas parfait, mais avec une porte centenaire dont le cadre est tout de travers, on fait ce qu'on peut, pas vrai ?

Le deuxième crochet est destiné à mettre la serviette à main à côté du lavabo. Assez simple. J'en ai acheté un blanc décoratif qui devrait convenir parfaitement. Je commence à visser. Tabarouette ! Ça ne veut pas « mordre » dans le bois. Je continue. Toujours pas. Je ressors la vis. OH MON DIEU ! Il y a un trou béant. Mon Chum va me tuer. Il faut ABSOLUMENT que je réussisse. *OK Véro, t'es capable.* Je recommence. Je tourne en poussant. J'ai chaud. J'enlève ma veste et ma perruque. Je continue. Pousse, tourne. Et enfin, à mon grand soulagement, je sens que la vis mord dans le bois et s'enfonce !

J'accroche la serviette à main. C'est parfait. J'apprendrai plus tard par Mon Chum qu'il faut normalement percer un trou avant de faire entrer la vis que j'avais choisie, sinon on risque de fendre le parement en bois. Je suis passée près de la catastrophe !

Je descends à la cuisine pour grignoter quelque chose. J'ai acheté des avocats pour faire du guacamole, de la salsa et des tortillas. Comme je ne cuisine pas beaucoup ces temps-ci, je me suis simplifié la tâche en

achetant une préparation toute faite dans laquelle il
faut simplement ajouter la chair de deux avocats bien
mûrs. Jusque-là, tout va bien. J'ai tout ce qu'il faut et,
miracle!, mes avocats sont mûrs.

Malheureusement, je ne suis pas très équipée au
chalet pour cuisiner (cela dit, n'étant pas un grand
chef, je ne suis pas vraiment équipée nulle part, mais
bon, ça, c'est une autre histoire). Je lis les instructions.

MODE DE PRÉPARATION FACILE
*1. Prendre deux avocats mûrs, les couper en deux,
enlever le noyau et la peau et retirer la pulpe avec
une cuiller.*
*2. Dans un bol, écraser la pulpe avec une fourchette,
pas trop finement.*
3. Mélanger le contenu du sachet en remuant bien.
*4. Couvrir et mettre au réfrigérateur jusqu'au
moment de servir.*

J'enlève la chair de l'avocat, la mets dans un bol et
prends le pile-patates en métal. Mais voilà. Je ne sais
pas si c'est à cause de l'épuisement occasionné par le
cancer ou de la fatigue d'avoir vissé deux crochets dans
ma salle de bains, je suis à peine capable d'écraser mes
avocats. Après deux minutes d'efforts, tout ce que je
réussis à faire c'est d'imprimer les petits motifs carrés
du pile-patates dans la chair de l'avocat.

Je relis les instructions.
*2. Dans un bol, écraser la pulpe avec une fourchette,
<u>pas trop finement.</u>*

Y a vraiment aucun danger que ça arrive!

Par contre, l'utilisation de la fourchette serait peut-
être préférable dans ma situation; je reviens donc à cet
outil de base.

Au bout de cinq minutes, je m'assois dehors sur la
grande galerie avec mes tortillas, ma salsa, un verre de
limonade et mon guacamole qui est délicieux. Retour
au bonheur.

DES PENSÉES NOIRES

Malheureusement, je n'ai pas toujours le moral. Ce matin, par exemple, je me suis réveillée inquiète et en colère. J'avais vraiment le sentiment que j'allais mourir jeune et je trouvais ça injuste. Je me suis mise à penser à la liste que j'avais commencé à écrire : toutes les choses à faire avant de mourir.

J'ai toujours eu une telle liste, même avant d'être malade. Sauf qu'elle était dans ma tête. Je ne l'avais jamais mise sur papier. C'est un exercice assez amusant. J'ai constaté avec satisfaction que j'avais déjà réalisé plusieurs choses sur cette liste. Et du même coup, il me reste encore des choses bien trop importantes à accomplir pour mourir tout de suite.

Je me suis demandé aussi quelle serait ma réaction si la résonance magnétique prévue dans un mois révélait d'autres tumeurs, ou si la tumeur revenait en force dans huit mois. Je sais maintenant que mon seuil de tolérance aux traitements n'est pas tellement élevé. Je sais que je ne m'acharnerai pas. Je ne veux pas vivre diminuée non plus. En fait, je crois que c'est ce qu'il y a de plus stressant avec un cancer cérébral. Le cerveau est le moteur de tout. Et si la tumeur revenait et touchait des fonctions fondamentales ? Et si je commençais à perdre des capacités cognitives ou motrices ? Quand j'y pense, j'angoisse. Un ancien collègue de travail m'a écrit un jour sur Facebook pour m'encourager. Il a lui-même survécu à un cancer très rare et très mortel qui l'a frappé il y a quelques années. J'ai retenu son message : n'agis pas comme si tu te battais contre le cancer, agis comme si tu avais déjà gagné. C'est la philosophie que j'applique.

Ce qui ne m'empêche pas, certains jours, d'avoir une furieuse envie de me promener le crâne à l'air pour montrer à tout le monde que j'ai le cancer. Autant la plupart du temps je veux passer inaperçue et avoir l'air « normale », autant en d'autres occasions je voudrais crier à tout le monde que je suis malade et leur donner une bonne leçon.

Par exemple, ce matin, j'ai croisé dans la rue un de mes voisins. Il faut savoir que la moyenne d'âge sur ma rue ici, à Knowlton, est probablement de quatre-vingt-deux ans. Je demande donc à ce voisin comment il va, vu que je ne l'ai pas croisé de l'hiver.

« Ah, ça va, dit-il d'une voix morne qui exprimait tout le contraire. Pour que ça aille mieux, ça coûterait plus cher. » *Remarque intéressante... pas sûre de bien comprendre, mais ça mérite réflexion.*

J'avais tellement le goût de lui balancer : « Eh bien moi, j'ai le cancer. Du cerveau en plus. Je ne sais même pas si je vais me rendre aussi loin que vous dans la vie. »

Mais, heureusement pour lui, il ne m'a pas demandé comment j'allais.

Tout cela pour dire que j'avais le choix encore une fois. Me morfondre sur ma pauvre petite personne et entretenir mes pensées noires, ou me botter les fesses et changer mon humeur. J'ai choisi la seconde option. J'ai complété mon programme d'entraînement maison que j'avais mis de côté depuis plusieurs semaines. Ensuite, je suis allée marcher au village, faire des courses et prendre un bon bol de café au lait, sans oublier un petit arrêt sucré au magasin de bonbons. Ça ne peut que me faire du bien d'avaler autre chose que des comprimés !

De retour à la maison, j'avais suffisamment d'énergie pour reprendre la peinture de mes chaises Adirondack que je vais sûrement réussir à terminer un jour. J'ai fini la journée avec un verre de rosé et une assiette de saumon fumé. Dommage que ce soit le moment où mes deux voisins ont décidé de passer la tondeuse. Autrement, ç'aurait été une fin de journée parfaite.

UN MASSAGE ÉSOTÉRIQUE

Avant de partir pour ma retraite, Ma Meilleure Amie m'avait transféré le communiqué d'un spa très connu qui offrait gratuitement, afin de former ses massothérapeutes, des massages pour les personnes atteintes du cancer. Gratuit, dites-vous?

J'ai sauté sur l'occasion et réservé ma place. En fait, je ne savais pas que les cancéreux avaient besoin d'un type de massage particulier, mais je n'avais pas grand-chose à perdre. Pour une fois que je pouvais tirer un quelconque bénéfice de mon état de santé!

C'est ainsi que je me suis retrouvée, dans un endroit paisible et très holistique, à raconter mon histoire des derniers mois à un massothérapeute «en stage». J'ai eu droit à un massage d'une heure, d'une très bonne qualité. Cela dit, assez différent de ce à quoi je suis habituée, moi qui suis une fervente des massages. Le massothérapeute m'exposait ses croyances sur l'énergie et sur une espèce de théorie selon laquelle l'oreille serait comme l'ordinateur de notre corps et que nous pouvions tout traiter à partir de là.

Eh bien! Je suis sceptique, mais en même temps, comme je suis de nature très ouverte, je me suis dit que c'était possible. Qui sait si, dans quatre-vingts ans, ce ne sera pas une science reconnue et remboursée par les assurances!

Ce qui m'a conduite à réfléchir à toutes les croyances dont nous sommes bombardés, surtout lorsque nous recevons un diagnostic de cancer (ou de toute autre maladie).

Vous ne trouvez pas qu'il y a tellement d'informations qu'on ne s'y retrouve plus ? Tellement de théories, tellement de livres, tellement d'articles sur Internet.

Tous ces livres sur le pouvoir de guérison, sur ce qu'il faut manger pour prévenir le cancer et sur les habitudes de vie, m'irritent d'une certaine façon. Je mangeais déjà tous ces aliments, j'avais de bonnes habitudes de vie, auxquelles je crois toujours d'ailleurs, ce qui n'a pas empêché la nature de faire son œuvre. Mais les livres qui me hérissent le plus sont ceux qui prétendent nous aider à découvrir la signification de notre cancer.

Ah le beau sujet ! Car voyez-vous, ma croyance à moi est – tenez-vous bien – que ça ne veut rien dire. Vous avez bien lu. Rien. Je ne crois pas que ce soit la manifestation d'une vieille blessure non guérie, ou la punition venant d'une vie antérieure ou une façon pour la vie de nous remettre sur le droit chemin, ou quoi que ce soit de similaire.

Non. Je pense que ça arrive et c'est tout. La vie distribue ses cartes. Certains auront des accidents de voiture, d'autres des accidents vasculaires, d'autres perdront un être cher et certains, comme moi, auront le cancer.

Avez-vous remarqué que les êtres humains éprouvent le besoin de trouver une signification à tout ce qui leur arrive ? Nous avons besoin de comprendre, de rationaliser, d'expliquer, de trouver une raison à tout. Je crois que c'est pour cela qu'il s'écrit tant de livres explorant toutes sortes de théories. Les enfants atteints n'analysent pas leur cancer. Ils ne se demandent pas ce que ça veut dire. Ils le vivent et c'est tout. C'est probablement pour ça qu'ils sont tellement plus sereins devant la maladie que nous, les adultes.

Sans essayer de tout décortiquer, d'analyser, ils continuent à vivre malgré la maladie, tout simplement, avec beaucoup plus de légèreté. Nous devrions prendre exemple sur eux.

Cela dit, je crois totalement aux bénéfices d'une vie saine et d'une attitude positive. Définitivement et sans conteste. Malade ou pas.

Je crois aussi que rien n'arrive pour rien, ou plutôt que ce qui peut paraître «terrible» ou «injuste» peut souvent prendre une tournure inattendue. Prenez mon accident de planche à neige, par exemple. J'étais terriblement frustrée d'être en arrêt de travail à cause de cela. Mais maintenant, je comprends que cet événement constituait une chance inouïe, puisque c'est ce qui a permis de découvrir ma tumeur à temps. Et qui sait si je ne tirerai pas quelque chose de positif de mon cancer (peut-être ce livre?). En tout cas, je peux à tout le moins apprécier mon été de congé et le fait de ne reprendre le travail qu'une fois la récession terminée! J'avoue, un peu honteusement, que de ne pas avoir à développer de nouveaux comptes clients, ce qui constituait une grande partie de mes fonctions, peut être considéré comme un soulagement dans le contexte économique actuel.

Ce qui me fait penser au fameux conte taoïste traditionnel chinois qu'une bonne amie m'a envoyé un jour.

Il était une fois un vieil homme pauvre, qui vivait à l'écart du village avec son fils unique et son cheval, qui était leur seule richesse. Un jour, le cheval brisa son enclos et s'enfuit. Apprenant la nouvelle, tout le village monta voir le pauvre homme pour le plaindre: «Quelle catastrophe! Vous venez de perdre votre unique cheval! C'est terrible!»

Et le vieux de répondre: «Comment pouvez-vous savoir que c'est une mauvaise chose?»

Le lendemain, le cheval revint avec une horde de chevaux sauvages que le fils captura dans un nouvel enclos. Du coup, ils devinrent riches, car ces chevaux valaient une fortune. Alors, tout le village monta voir le vieux et son fils, pour les louanger: «Quelle chance! C'est merveilleux toute cette richesse qui vous tombe dessus!»

Et le vieux de répondre: «Comment savez-vous si c'est une bonne chose?»

Le lendemain, en essayant de monter un cheval sauvage, le fils tomba et se brisa la jambe. Encore une fois, le village monta plaindre le vieux: «Votre fils unique va devenir invalide! Quelle catastrophe, comment allez-vous survivre?»

Et le vieux de répondre encore: «Comment savez-vous que c'est une mauvaise chose?»

Une semaine plus tard, le seigneur de guerre de la région passa au village et réquisitionna tous les jeunes hommes valides pour partir en guerre contre le royaume voisin... mais pas le fils du vieux: il avait la jambe cassée!

Intéressant, non?

Je pense fondamentalement que la maladie peut représenter une occasion unique de faire une pause dans sa vie, d'examiner si on est satisfait de ce qu'on a accompli jusqu'ici et de réajuster le tir si ce n'est pas le cas. Mais on ne devrait jamais attendre d'être malade pour faire ce genre de diagnostic sur soi-même et sur sa vie. On devrait le faire un peu tous les jours.

Se coucher le soir en se demandant si on est content de sa journée et, sinon, trouver ce qui a manqué et y remédier le lendemain. Trop simpliste, vous me direz. Peut-être, mais ça fonctionne pour moi.

Tout ça pour dire que je n'ai jamais eu envie de lire tous ces livres trop sérieux pour moi, de m'analyser et d'essayer de déchiffrer les messages plus ou moins subtils de mon corps. Je vivais déjà la maladie. Je n'avais pas envie de lire sur le sujet en plus!

Non, ce que je voulais, ce dont j'avais besoin, c'était de rire. Mon mot d'ordre: DÉDRAMATISER. Pas banaliser ou nier. Mais vivre avec autant de légèreté que possible.

Tout ça pour revenir au massage un peu ésotérique, mais au cours duquel j'ai tout de même eu une révélation. Alors que j'avisais le massothérapeute de ne pas, de toute évidence, me masser la tête, il m'a balancé une question toute simple : « Et pourquoi pas ? »

— Ben... à cause de ma cicatrice.

— Vous savez, me dit-il doucement, le corps a une mémoire. Une mémoire de la douleur. Et lorsqu'il a eu mal, il cherche à se protéger et il se fige. C'est à ce moment que l'énergie arrête de circuler. »

Bon. J'ai peu de croyances, mais je crois quand même au principe de l'énergie qui circule. Vous voyez, tout n'est pas perdu pour moi !

Et je me suis rappelé les bons conseils de Ma Physiothérapeute qui m'encourageait tout le temps à masser les endroits douloureux de ma jambe pour « réduire les adhérences » et stimuler la circulation sanguine de façon à favoriser la guérison.

Alors je me suis dit : Pourquoi pas ?

Mes amis, La Révélation je vous dis ! Cela faisait des mois que je n'osais pas moi-même me toucher le cuir chevelu et voilà cet inconnu qui, tout à coup, s'en donne à cœur joie, sans manifester aucun dégoût pour mon immense cicatrice crânienne.

J'y ai laissé quelques poils de tête, mais je suis repartie avec la certitude que le sang circulait enfin de nouveau dans mon cerveau (ça ne pourra pas nuire !) et surtout que j'avais envoyé un message important à mon corps : tout ce que nous avions vécu lui et moi dans les derniers mois était maintenant chose du passé.

Le fait d'avoir touché à la zone sinistrée venait de me faire franchir une autre étape.

PERRUQUE OU PAS
DE PERRUQUE ?

Plus j'avançais dans la maladie, plus la gestion de la perruque devenait compliquée. En effet, le but de la perruque, c'est de passer inaperçue, de faire en sorte que les autres ne sachent pas que vous avez le cancer. Or, je me suis retrouvée dernièrement dans plusieurs situations où les gens que je rencontrais étaient au courant de mon cancer. Avec mes faux cheveux foncés, coupés parfaitement au carré, même si l'illusion était parfaite, la perruque me donnait plutôt l'impression d'un déguisement. Il y a eu également des soirées où la moitié des gens savaient que j'avais le cancer et l'autre moitié, non. Que faire ?

En plus, il faut bien le dire, ça pique cette chose-là. Et c'est chaud. Je comprends maintenant pourquoi tant de femmes se promenaient le coco à l'air, ou coiffées d'un simple foulard à l'hôpital. On dit qu'il faut souffrir pour être belle, alors dans certains cas, cela vaut peut-être la peine d'endurer, mais nous sommes en juin et j'ai l'impression que plus l'été va avancer, plus la perruque va prendre le bord.

Cela dit, je commence à développer pas mal de trucs pour contourner le port de la perruque. Par exemple, lors d'une visite au spa avec Ma Mère l'autre jour, je ne voulais pas sentir couler sur moi les regards curieux ou navrés des gens. J'avais donc décidé de la porter.

Toutefois, à bien y penser, je me suis dit que c'était un peu risqué de m'aventurer dans le hammam chaud et humide avec ma prothèse capillaire.

Et si elle frisait? Ou pire, si elle fondait?

Non. Pas de risque à prendre. Je suis allée acheter des faux cheveux à la pharmacie, ces espèces de rallonges synthétiques bon marché. J'en ai pris deux qui étaient fixées à des bandes élastiques. J'ai tressé les cheveux et les ai fixés sous mon bandana à l'aide d'épingles. Croyez-moi, le résultat est à s'y méprendre. Et c'est beaucoup plus confortable que la perruque : à essayer absolument, si vous êtes une femme bien sûr, sinon on pourrait vous prendre pour un travesti.

Bon, j'admets quand même avoir découvert récemment un usage plutôt inattendu pour ma prothèse capillaire. Je revenais du centre-ville lorsque je reçois un message texte de Ma Meilleure Amie me disant qu'elle a le moral à terre à cause de ce gars qu'elle vient tout juste de rencontrer. J'ai une bonne demi-heure de route avant d'arriver chez moi et il est déjà 21 h 30. Je veux lui parler avant qu'elle se mette au lit. Mais voilà, il y a plusieurs mois déjà que j'ai perdu mes écouteurs sans fil pour mon cellulaire. Jusque-là, ça ne me dérangeait pas trop, puisque je ne travaillais plus et utilisais rarement ma voiture, je n'avais pas ressenti le besoin de faire des appels dans mon auto.

Eh oui. Je l'ai fait.

J'ai coincé mon cellulaire entre mon crâne et ma prothèse capillaire!

Bien sûr, on repassera pour l'esthétique de la chose... mais ça a marché! Ni vu, ni connu, j'ai pu parler comme bon me semble en gardant mes deux mains sur le volant.

On n'arrête pas le progrès. À quand les prothèses capillaires avec Bluetooth intégré?

UNE PREMIÈRE FOIS À TOUT...

On dit qu'il faut toujours une première fois à tout. Aujourd'hui, c'est le premier lavage de ma prothèse capillaire. Au moins, les instructions sont claires et ça ne devrait prendre que quelques minutes.

INSTRUCTIONS
Brosser votre prothèse avant de la laver.
Verser un bouchon de shampooing dans un bain d'eau tiède froide, JAMAIS CHAUDE. Laisser tremper environ 5 minutes.
Rincer parfaitement, en changeant l'eau deux ou trois fois.
Utiliser le conditionneur tel que convenu.
Éponger la pièce à l'aide d'une serviette. Démêler les cheveux avec les doigts puis sécher à l'air libre (PAS DE SÉCHOIR À CHEVEUX).
Peigner la pièce capillaire lorsqu'elle est sèche.

Je commence donc à remplir le fond de la baignoire d'eau tiède, le lavabo de ma salle de bains étant un peu étroit et l'évier de la cuisine rempli de la vaisselle du matin.

Je verse le bouchon de shampooing et mélange le produit avec les doigts. Puis, après un moment d'hésitation à la suite de la troisième relecture des instructions, j'immerge ma prothèse dans l'eau en priant silencieusement d'être en train de faire la bonne chose. À 700 dollars pièce, je ne voudrais surtout pas qu'elle rapetisse au lavage et me retrouver avec une espèce de petit toupet à la fois coûteux et ridicule!

Je laisse tremper la prothèse cinq minutes en ne m'éloignant pas trop. Je suis le genre de fille avec mille et un trucs en tête, je pourrais très bien commencer autre chose et l'oublier complètement.

Au moment du rinçage, je change l'eau du bain, puis je plonge ma main pour y enfoncer la perruque. Comme elle flotte et remonte à la surface, je dois l'enfoncer de nouveau et la maintenir au fond de l'eau. Je m'arrête subitement!

EURK! C'est dégueulasse!

J'ai eu un flash horrible. Je n'ai tué personne dans ma vie, je le jure, mais là, j'avais vraiment l'impression d'être en train de noyer quelqu'un. C'était une sensation absolument dégoûtante.

Par chance, ma prothèse, elle, n'avait pas l'air aussi traumatisée que sa propriétaire; elle a eu la bonté de conserver sa forme et sa brillance. En la déposant sur le petit support pour la faire sécher, j'espérais ne pas avoir de mauvaise surprise, comme une pratique de soccer de dernière minute qui m'obligerait à porter ladite perruque toute dégoulinante. Remarquez, il pleut toujours quand je vais voir jouer mes enfants au soccer, alors peut-être que ç'aurait fait encore plus naturel!

Je m'installai ensuite devant mon ordinateur pour réserver les billets de mon premier voyage en train! Comme j'ai décidé d'aller passer une semaine avec Ma Mère à son chalet de Saint-Jean-Port-Joli, je me suis dit que ce serait amusant d'y aller par ce moyen, moi qui ai principalement voyagé en avion ou en auto.

Je commence donc à naviguer sur le site de Via Rail. C'est simple et compliqué en même temps. Simple, car le site est bien fait, compliqué, car il y a trop de choix:

Économie Tarif Spécial, Économie Tarif Super escompte, Économie Tarif Réduit, Économie Tarif Régulier, Affaires Tarif Super escompte, Affaires Tarif Réduit, Affaires Tarif Régulier. D'emblée, je peux éliminer la section tarifaire enfants, étudiants et âge d'or. Ça fait déjà ça de moins.

Trente minutes plus tard, j'ai finalement fait mon choix en analysant bien toutes les possibilités. Je commence la transaction. Je choisis mes dates, mon lieu de départ et d'arrivée.

Numéro de la carte de crédit.

Nom du détenteur.

Date de naissance du détenteur.

Date d'expiration.

Date d'expiration... de la carte ou du détenteur? Dans mon cas, la question se pose! Ah ah ah! De la carte sûrement.

Et voilà! J'ai finalement réussi à réserver mes billets de train. Heureusement d'ailleurs, parce que je commençais sérieusement à douter de mes capacités cognitives, surtout après ce qu'on a fait subir à mon cerveau!

Que voulez-vous, il faut une première fois à tout...

CE QU'ON NE SAIT PAS
NE FAIT PAS MAL...

J'ai enfreint la règle que je m'étais donnée de ne pas consulter les statistiques sur Internet. Quelle erreur! J'ignorais qu'elles seraient aussi terribles et pessimistes. Et en même temps, ça expliquait bien des choses, bien des comportements des gens autour de moi.

Pour être honnête, j'ai mis quatre jours à m'en remettre.

Tout ça a commencé dans la salle d'attente de Mon Médecin de Famille pour mon examen annuel (je dois bien faire vérifier le reste de la tuyauterie, y a pas que le cerveau dans la vie!). Je n'avais avec moi que ma petite valise avec mon ordi et... une copie de mon dossier médical que je devais apporter à l'autre hôpital pour ma deuxième consultation. Je n'avais pas apporté de livre.

Pour passer le temps, je me suis donc mise à lire les notes incompréhensibles de mon dossier. Il y avait même des dessins! Je comprenais certains bouts, d'autres non. Il y avait le nom de ma tumeur. Glioblastome grade 4. Je savais déjà que c'était un glioblastome, mais c'était la première fois que je voyais le chiffre 4 à côté ou que j'en entendais parler. Je me suis demandé si c'était sur une échelle de 5 ou de 10...

Rappelez-vous: je suis la première de la famille à avoir un cancer et, fidèle à mon principe qu'en matière de santé toute vérité n'est pas bonne à savoir, j'ai, jusqu'à present, refusé de lire sur le sujet. Comment pouvais-je savoir, moi, que le grade 4 était en fait le plus élevé ?

Surtout que tous les médecins rencontrés jusqu'ici avaient refusé de se prononcer sur des chiffres ou d'avancer un pronostic précis. J'étais sur le point de comprendre pourquoi...

Voici un extrait du premier article que j'ai trouvé :

Les glioblastomes

Les glioblastomes sont des tumeurs de l'adulte (âge moyen 56 ans) évoluant rapidement et ayant une forte tendance nécrosante spontanée microscopique, macroscopique et radiologique. Après exérèse ou biopsie, une irradiation est en général entreprise. Selon les auteurs, la dose de 30 à 40 Gy est délivrée dans tout l'encéphale en 3 à 4 semaines suivies d'un complément dans un volume réduit. Les résultats restent mauvais : la survie moyenne est de l'ordre de 9 à 10 mois. L'âge est un facteur pronostique déterminant. En effet, la survie à 3 ans est de l'ordre de 20 % en dessous de 40 ans et de 0 % de 60 à 70 ans. Des essais américains déjà anciens ont montré que la survie médiane est de 36 semaines après chirurgie et radiothérapie, et de 14 semaines en cas de chirurgie seule sans irradiation.

J'étais soufflée. Je n'arrivais pas à en croire mes yeux. Je réalisais pleinement et réellement pour la première fois que j'allais peut-être mourir avant mes quarante ans. Jusqu'à maintenant, malgré la gravité de ma situation, je ne m'étais jamais sentie en danger de mort. Mais en lisant ces chiffres, toute ma détermination, mon positivisme et ma joie de vivre ont disparu. D'un seul coup.

J'ai alors continué à fouiller. Que voulez-vous, je ne pouvais quand même pas m'arrêter à ce chiffre de trente-six semaines ! C'était trop tard, j'avais mis le bras dans l'engrenage. J'allais devoir affronter les statistiques.

J'ai trouvé d'autres chiffres, un peu mieux, mais quand même pire que tout ce que j'avais imaginé : 20 % survivent plus de trois ans, 1 % plus de dix ans.

Complètement paniquée, j'ai envoyé un courriel à Ma Super Copine. La Super Copine, c'est celle qui est la meilleure pour vous botter les fesses et vous aider à ne pas vous apitoyer sur vous-même. Ce n'est pas nécessairement celle qui vous connaît depuis le plus longtemps, ni celle qui sait tout sur vous (*quoiqu'elle en sache pas mal*), mais c'est elle qui a toujours le bon mot pour vous remonter et sur qui vous pouvez vous appuyer lorsque ça va mal.

Elle m'a répondu, de son calme implacable.

« J'attendais ce courriel, Véro. Je me demandais quand tu réagirais. Mais je crois que tu n'as pas lu les mêmes choses que moi. Ça fait deux mois que je lis sur le sujet (*Quoi ? Deux mois... décidément. Combien d'autres savent comme elle qu'il ne me reste que quelques années à vivre alors que je suis dans l'ignorance totale ?*). J'ai lu des articles beaucoup plus encourageants que ce dont tu me parles. Maintenant que tu es prête, je vais te les envoyer. »

En effet, je peux vous dire que si vous parlez anglais, votre espérance de vie est nettement meilleure puisque les statistiques des grands hôpitaux américains sont beaucoup plus optimistes.

Ma Super Copine m'a même envoyé un lien vers un regroupement de « survivants » du cancer du cerveau, glioblastome grade 4. Quatre ans, sept ans, neuf ans et toujours vivants.

Elle m'a envoyé plusieurs autres articles, tous relativement encourageants. Tous disent la même chose, le fait que je sois jeune, que la tumeur ait été opérée et que je sois en bonne forme physique augmente mes chances. Mais les chances de quoi ? De ne pas mourir dans deux ans ? De guérir ? En fait, il semble que ce type de cancer soit incurable.

Bon.

J'ai eu un choc. Un grand choc. J'ai immédiatement pensé à mes enfants. Surtout à Ma Fille qui est en symbiose avec moi et qui nourrit une relation tendue avec son père. Qu'allait-elle devenir sans moi ? Penser que je pourrais manquer toutes les étapes importantes de leur vie me tuait plus sûrement que le cancer.

Je me suis parlé sérieusement : *Véro, t'as le choix de t'apitoyer sur toi-même, de vivre comme une victime dont les jours sont comptés, ou de te dire que, oui, tu as une maladie incurable, mais que plein de gens ont une maladie incurable avec laquelle ils apprennent à vivre.*

C'est vrai. Pensons à la sclérose en plaques. C'est aussi une maladie incurable. Certaines personnes, souvent relativement jeunes, en sont affectées et poursuivent néanmoins une vie normale, en « gérant » leurs symptômes.

Alors j'ai choisi de renoncer à m'apitoyer.

Si facilement que ça ? me demanderez-vous, sceptiques.

Eh bien oui.

Je connais les chiffres, d'accord, mais c'est à moi de décider ce que j'en fais, comme les mettre de côté et ne pas en tenir compte. J'allais beaucoup mieux avant de les connaître, de toute façon. Et ces statistiques qui condamnent les malades enlèvent, selon moi, un élément essentiel à la guérison : l'espoir.

Mais une des choses à laquelle il faut renoncer dans le cas d'une maladie grave, c'est la tentation de vivre enfin une vie irresponsable. Absolument. Vous devez être indignés de lire ces lignes, mais je vous assure que bien des personnes malades, ou du moins atteintes d'une maladie incurable hautement mortelle, ont déjà évalué les bénéfices à vivre une vie sans responsabilités à long terme. En tout cas, moi je l'ai considéré l'espace d'une journée.

Pensez-y. Si vous deviez mourir dans six mois, soyez honnête, est-ce que vous paieriez vos factures ? Vos contraventions ? Est-ce que vous n'en profiteriez pas pour voyager plutôt que de contribuer à votre REER ? Il peut y avoir un certain attrait à savoir qu'on va mourir à brève échéance : on peut vivre enfin une vie complètement folle, irresponsable, intense.

Mais, comme j'ai choisi de vivre longtemps, il va falloir que je calme un peu mes ardeurs pour ne pas flamber tous mes avoirs en un an.

Cela dit, j'envisage désormais ma vie par tranches de six mois en me disant, de un, que je suis très chanceuse d'être là tous les six mois pour en profiter, et de deux, que je dois continuer à réaliser les rêves qui sont sur ma liste des choses à faire avant de mourir ! Je n'ai jamais été de ceux qui remettent tout à plus tard, alors je suis convaincue que j'ai encore le temps d'accomplir et de profiter de plein de choses extraordinaires.

Depuis ce jour, je n'ai plus jamais consulté les statistiques.

Au moment où j'écris ces lignes, Mon Chat est couché sur mon ventre, chaud et ronronnant (le chat, pas mon ventre !). Et il me semble que c'est déjà un bon présage de bonheur.

QUE DE REBONDISSEMENTS !

Parfois, je trouve qu'il y a autant d'imprévus dans le domaine de la santé que dans le domaine de la rénovation ! (Il faut dire que je suis une experte des déménagements et des rénovations, mais ça, ce serait pour un autre livre...)

Cet après-midi devait avoir lieu ma résonance magnétique de contrôle. Vous savez, l'examen TRÈS important qui confirmera que je ne me suis pas tapée six semaines de radiothérapie pour rien ou, encore mieux, qui confirmera que la radiothérapie a bien éliminé tous les foyers ou toutes les ramifications de la tumeur (et ne les a pas multipliés, comme je le crains secrètement !).

Je me présente donc avec dix minutes d'avance. On me demande d'attendre avant d'aller revêtir la jaquette d'hôpital. J'ouvre donc mon Nintendogs. Il me semble que ça fait bien longtemps que je n'ai pas pris soin de Mon Chien Virtuel.

Oh mon Dieu ! Non seulement il est affamé et déshydraté, mais il est aussi CRASSEUX ! Beurk ! Pour me culpabiliser davantage, les concepteurs du jeu ont même programmé des puces virtuelles qui sautent sur mon chiot. C'est vraiment chien, c'est le cas de le dire !

Je lui donne donc à boire et à manger. Et je le lave deux fois plutôt qu'une, en me félicitant de ne pas avoir un vrai chien à ma charge. Je me préparais à le sortir pour l'emmener jouer au frisbee au parc lorsque je capte une conversation à l'accueil.

Deux employées discutent.

« Tu dois annuler le dernier patient de 16 heures. Nous avons une urgence. Un patient des soins intensifs. »

L'une d'elles prend le téléphone et appelle. N'obtenant apparemment pas de réponse au bout du fil, elle raccroche et se tourne vers sa collègue debout derrière elle.

« Ça ne répond pas. De toute façon, je viens de voir sur sa fiche qu'il demeure à Granby. Il doit être déjà en route depuis longtemps.

– Qui est l'autre patient avant ?

– Mme Lettre. »

Au moment où elles prononcent mon nom, je lève la tête de mon Nintendogs pour croiser leur regard.

Oh non. Pas question. Pensez-y même pas !

Une des deux employées s'approche de moi.

Non. Non. Non.

Eh bien oui.

« Madame Lettre, nous allons devoir reporter votre examen. De toute façon, vous ne voyez pas votre médecin avant le 14 juillet.

– Non, pas tout à fait, j'ai rendez-vous dans un autre hôpital, le 7 juillet, et je dois apporter mon CD. J'en ai donc besoin pour cette date sans faute.

– Je vais vous donner rendez-vous le 30 juin alors. »

Merde. Merde. Merde. Mes billets de train...

« C'est que je pars pour Québec en train samedi et mes billets sont déjà achetés. Je reviens le 3 juillet. »

Que voulez-vous, ma vie est toujours planifiée au quart de tour. Même en convalescence...

Je prends un air désolé, même si je suis déterminée à ne pas céder.

« J'aurais bien voulu vous dépanner, mais... »

Celle qui semble être la responsable me toise d'un air hautain.

« Si on doit vous annuler, je ne peux rien faire. Ce sont les ordres.

— Mais je suis déjà ici ! » protestai-je avec vigueur.

Je sens la colère monter en moi ; j'envisage même de faire une mégascène.

Mais Ma Mère m'a trop bien élevée. Et je ne crois pas que la confrontation soit la meilleure façon d'obtenir satisfaction. Je me retiens donc le temps de prendre une bonne respiration.

Pendant ce temps, j'entends Mon Chien Virtuel aboyer d'impatience ; il attend désespérément que je l'emmène au parc.

Finalement, la responsable consulte son écran d'ordinateur et m'offre un compromis : « Est-ce que vous pourriez revenir demain alors ? Je pourrais vous donner une place à 14 h 30. »

Je n'ai rien de prévu demain. Et je ne pars pour Québec qu'après-demain. Curieusement, je ressens de l'empathie pour le patient qui, parti de Granby, se fera annoncer sitôt arrivé à Montréal que son rendez-vous est annulé et qu'il reviendra bredouille.

Alors, je cède.

« D'accord, mais il faut me rembourser le stationnement. *Quand même, j'ai l'habitude de négocier !*

— Je vais vérifier auprès de mon supérieur. »

Finalement, je suis repartie de l'hôpital avec un billet tout neuf de stationnement en poche pour mon rendez-vous du lendemain.

Mon Chien Virtuel devra attendre encore un peu pour sa promenade...

PETIT TRAIN VA LOIN...

Hier, je suis retournée à l'hôpital comme prévu, pour ma résonance magnétique. J'avais oublié à quel point c'était bruyant, ce machin. C'est vraiment gentil à eux de nous mettre de la musique dans les écouteurs, mais honnêtement, à quoi ça sert ? On n'entend rien !

Avant mon rendez-vous à l'hôpital, je suis allée dîner avec une amie. Tant qu'à rassembler mon énergie pour sortir de chez moi, autant en profiter ! Il faut dire que ces dernières semaines j'ai tout de même renoué avec un minimum de vie sociale. Un petit déjeuner par ici, un petit dîner par là. Ça fait du bien à mon moral de sortir un peu du condo !

Cette amie a été traitée pour un cancer du sein l'an dernier. Elle est aujourd'hui aussi belle qu'avant. Rien ne laisse soupçonner qu'elle a traversé une telle épreuve. Ce qui illustre assez bien le caractère absurde du cancer. C'est une maladie si discrète et sournoise qu'on ne se doute pas de sa présence. Elle nous confronte à la mort, exige des traitements qui minent nos forces, mais en bout de ligne elle ne laisse pas de traces apparentes, à tout le moins chez ceux qui réussissent à la combattre.

Comme le dit si bien cette amie : « On ne sait même pas qu'on est malade nous-même avant de recevoir notre traitement. »

«Ah oui, monsieur le Docteur. Je suis malade? Ah bon, si vous le dites!»

C'est vrai que le cancer, quand il n'est pas à un stade avancé, n'est absolument pas douloureux. On ne sent rien. C'est très curieux. Quand on y pense, ce sont les traitements qui nous rendent le plus malades.

Encouragée par cette rencontre positive, je suis arrivée avec un peu d'avance à mon rendez-vous à l'hôpital. J'ai eu droit à une piqûre réussie. Je dis bien «réussie», car pour une fois, ça n'a pas été très douloureux, contrairement à mon expérience des dernières semaines en radiothérapie. Comme je prenais simultanément de la chimiothérapie, je devais faire vérifier mes formules sanguines chaque semaine. Or, l'infirmière responsable de mon cas avait beau être une femme très gentille, elle ne réussissait jamais à me piquer. Elle était également tenace, malheureusement pour moi. Elle pouvait s'y reprendre jusqu'à quatre fois avant de se résoudre à demander à une autre infirmière de le faire à sa place.

La dernière fois que je me suis présentée à La Piquerie (c'est ainsi que Mon Chum et moi avions surnommé le local au bout du corridor où les patients subissent les prélèvements sanguins), elle m'a piqué sur le bras droit, puis sur le bras gauche, puis encore sur le droit. Toujours sans résultat. Cette fois-là, j'ai perdu patience.

«Bon, si ça ne marche pas, tant pis. Vous vous passerez de mon échantillon de sang, c'est tout!»

Elle a donc fait appel à une autre infirmière, qui elle, m'a piquée sur le dessus de la main droite. Il semble que c'était là la seule veine qui acceptait encore de donner un peu de mon sang. J'en suis ressortie avec quatre pansements. Pas joli, joli! Et surtout, pas très rassurant pour les autres patients qui attendaient leur tour!

Tout en me piquant, l'infirmière de la résonance magnétique m'a posé quelques questions:

« La dernière fois que vous êtes venue, ça s'est bien passé ?

— En fait... tout dépend de ce que vous voulez dire par "bien". Ils m'ont trouvé une tumeur au cerveau, alors c'est relatif.

— Oh. Je comprends. Non, je veux dire, vous n'avez pas fait d'allergie au soluté ? Vous n'avez pas eu de crise de claustrophobie ?

— Non, non. Tout s'est bien passé. »

J'ai donc reçu le « colorant » pour le contraste nécessaire à la résonance. Je me suis allongée sur la table, ils m'ont fait entrer dans le tube, et c'est parti.

À un moment donné, La Technicienne m'avisa que ça allait être plus bruyant pendant la prochaine minute et que la table allait bouger davantage.

Mais là, *oh boy* ! J'avais l'impression d'avoir une sirène de pompier dans les écouteurs ; la table vibrait comme si je roulais en patins à roues alignées sur une route de cailloux du Québec. Je ne me souvenais vraiment pas d'avoir vécu ça lors du premier examen. Je ne l'aurais certainement pas oublié, même avec mon petit cerveau, c'est sûr !

Trente minutes plus tard, tout était terminé. Considérant mes expériences antérieures, j'ai vu ça comme un bon signe. Je suis donc repartie relativement rassurée avec, dans ma poche, la copie des résultats sur CD. Une autre étape complétée !

Au moment d'écrire ces lignes, je suis dans le train, quelque part entre Drummondville et Québec. J'ADORE le train. C'est une révélation. C'est tellement silencieux à l'intérieur, surtout pour quelqu'un qui vient de vivre un tel examen. La journée est maussade, grise et pluvieuse, parfaite pour y passer l'après-midi.

Cette fois-ci, j'ai laissé Mon Chat derrière moi.

Et Mon Chum.

Mais pas sans lui laisser un beau bonhomme papier de toilette en souvenir. Vous savez... le rouleau de papier de toilette, celui qui est la cause de tant d'accrochages au sein des couples heureux...? Mon Chum a la fâcheuse habitude de ne pas se rendre au bout de la tâche. C'est-à-dire qu'il remplace le rouleau (ce qui est déjà beaucoup, me direz-vous!), mais laisse le rouleau vide sur le bord de la baignoire.

Huit fois sur dix, c'est moi qui mets le fameux rouleau au recyclage, sans dire un mot. Le reste du temps, je chiale après lui. Cette fois-ci, j'ai pris le rouleau et y ai dessiné un petit portrait de moi, genre bonhomme sourire (sans cheveux, il va sans dire) avec une bulle disant: « Bonne semaine, chéri. »

J'imagine son expression lorsqu'il découvrira mon petit bonhomme de carton recyclé, tout souriant, sur le bord de la baignoire. N'est-ce pas ce que dit un dicton célèbre: « Si vous ne pouvez les battre, joignez-vous à eux »?

L'humour ne sert pas qu'à affronter la maladie, c'est également une arme redoutable pour traverser les petits aléas de la routine.

C'EST LA FLOTTE

Ça fait trois jours que je suis au chalet de Ma Mère et il pleut sans arrêt. En fait, je viens depuis trois étés, et chaque fois il a plu. Je n'ai jamais eu la chance de voir le fleuve bleuté avec le reflet de l'autre rive qui brille sous le soleil. Non. Il fait gris, humide et le fleuve est boueux et déchaîné. Quand Ma Mère m'assure qu'elle a acheté ce chalet pour sa tranquillité, je la crois ; six petits chalets adossés à la falaise, sur une baie d'un kilomètre de long, c'est tranquille. Mais quand elle rajoute que c'est aussi pour la vue à 360 degrés, je dois faire un véritable acte de foi. Ma Sœur qui a eu droit à une température idyllique à chacun de ses séjours me confirmera que le jugement de Ma Mère est intact et que la vue est effectivement époustouflante.

Mais ce n'est pas la pluie ni la brume qui vont gâcher notre plaisir d'être ensemble.

Hier, nous sommes allées à Kamouraska. Quel magnifique village ! Même par temps gris. Les maisons de toutes les couleurs – jaunes, rouges et bleues – illuminent le cœur du village. Munies de nos imperméables, nous avons marché sous la pluie, en faisant un arrêt à chaque commerce. Je me suis fait un devoir et un plaisir de dépenser un peu à chaque endroit. J'ai toujours trouvé important d'encourager les commerçants locaux, surtout ceux qui ne vivent que l'été, grâce aux touristes.

Au retour, nous avons longé le fleuve par les petites routes de campagne. On se sent vraiment à l'autre bout du monde ici. Ou du moins, du Québec.

Quand Ma Mère m'a demandé ce que je ressentais par rapport à mon cancer après ces derniers mois, je lui ai répondu que j'étais convaincue de m'en sortir. Et j'ajoutai : « Tu sais, ce serait encore pire s'il arrivait quelque chose de grave à mes enfants ! »

Petit silence.

Zut ! Je viens de réaliser : « C'est vrai que toi, c'est ce que tu vis par rapport à moi qui suis ta fille. »

Ma Mère a simplement ajouté, les larmes aux yeux : « Oui, c'est ça ! »

Mais la vie n'allait pas nous laisser nous embourber dans la tristesse.

Il pleuvait à torrents. Une petite mélodie s'est fait entendre, ajoutant à l'angoisse de la propriétaire du chalet qui, pourtant, n'est pas en manque de sujets d'inquiétude : « Plouc ! plouc ! plouc ! »

Le toit fuyait !

Ma Mère y avait pourtant posé elle-même un enduit imperméabilisant l'an passé. À la stupeur d'ailleurs de son voisin cultivateur de soixante-quatorze ans, qui lui avoua n'avoir jamais vu de sa vie une femme grimper sur un toit. Pour lui aussi ce fut une année mémorable !

De plus en plus préoccupée, Ma Mère ne cessait d'inspecter d'un œil inquiet le plafond fraîchement repeint. Je doutais qu'on puisse en rester là.

C'est ainsi que je me suis retrouvée à quatre pattes dans l'entretoit, armée de ma lampe frontale bien en place sur mon bandana, pour éclairer Ma Mère qui s'affairait, à quatre pattes elle aussi, à boucher les trous microscopiques par lesquels l'eau s'infiltrait. Ma Mère me soutient et prend soin de moi, mais elle n'est pas du genre à verser dans le maternage surprotecteur. Ce qui veut dire que ce n'est pas parce que je suis en période de récupération de radiothérapie et de chimiothérapie que je ne suis pas capable de grimper sur une échelle et de ramper dans l'entretoit! C'est une autre manière de miser sur la vie!

Le lendemain, nous avons repris la route, direction Québec, histoire d'aller arpenter un peu le Petit Champlain. Je n'y avais pas mis les pieds depuis des lustres! Toujours aussi beau, aussi pittoresque, regorgeant de trésors d'artisans et de joailliers. J'avais oublié combien cette ville est belle. Je l'ai quittée il y a si longtemps déjà.

Durant mon voyage de retour en train, j'ai reçu un appel d'une dame qui souhaitait acheter les sabres japonais de Mon Fils, annoncés sur LesPAC. En fait, Mon Fils n'est pas au courant que ses sabres sont à vendre. Il les a reçus en cadeau, il y a plusieurs années de ça, d'un ex-petit ami (à moi, pas à Mon Fils, on s'entend!). Bien que le geste ait été louable, des sabres japonais, ça reste de GROS couteaux. Et je ne suis pas tout à fait à l'aise à l'idée de laisser trois GROS couteaux dans la chambre de Mon Fils de huit ans. Et je ne pense pas que je serai plus rassurée quand il sera en pleine adolescence, si tout à coup l'envie lui prenait de dépecer sa sœur lors de l'une de leurs nombreuses chicanes...

Alors j'ai décidé de profiter du fait que Mon Fils essaie d'amasser des sous ces temps-ci (ou devrais-je dire «encore»!) pour les mettre en vente. Mon acheteuse potentielle me demande où j'habite et m'explique que ses déplacements sont limités; elle est en traitement de radiothérapie et chimiothérapie pour un cancer colorectal.

Je suis abasourdie: «Bienvenue dans le club! Moi aussi!

— C'est pas vrai! Pour quel cancer?

— Cerveau.»

Nous réalisons de plus que nous sommes traitées dans le même hôpital. Sauf qu'elle, elle commence ses traitements alors que je viens juste de les terminer.

«Ça veut dire que j'ai peut-être vu votre masque sur une des tablettes, c'est vraiment fou!»

Je sais pertinemment que mon masque a pris la route du dépotoir il y a quelque temps de ça, mais je partage néanmoins son étonnement. Décidément, nous sommes de plus en plus nombreux dans ce club de moins en moins sélect.

Après avoir échangé un peu, et puisqu'elle demeure près de l'hôpital, nous avons convenu de nous rencontrer mercredi, journée prévue pour mon rendez-vous avec L'Hémato-Oncologue. En raccrochant, je ne peux m'empêcher de penser qu'il y a de bien curieuses coïncidences dans la vie...

JOYEUX ANNIVERSAIRE !

C'est ma fête aujourd'hui. Trente-sept ans. Je suis née sous le signe du cancer... Quelle ironie !

Ça ne m'a jamais dérangée de vieillir mais maintenant, c'est encore mieux. Dorénavant, je verrai chaque année qui s'ajoute comme un cadeau de la vie.

Pour souligner l'occasion, Ma Mère, Mon Chum et moi avons rendez-vous dans un autre centre de cancérologie, en périphérie de Montréal. Quoi de mieux pour passer sa journée d'anniversaire ? D'autant plus qu'il pleut encore à boire debout... pour la douzième journée consécutive.

Sérieusement, j'avais pris rendez-vous dans cet hôpital plus d'un mois auparavant. Je voulais obtenir un deuxième avis sur mon diagnostic et sur le traitement recommandé. Après tout, il ne s'agit pas d'un ongle incarné ! Pour moi, le sérieux de ma condition justifiait une deuxième expertise.

Pour avoir accès au célèbre spécialiste, il faut d'abord réussir à émouvoir son Infirmière Pivot, véritable chien de garde. Le premier contact téléphonique débute sur un mode frisquet.

« Pourquoi voulez-vous consulter ? »

J'explique que je veux un deuxième avis sur les traitements que je suis en train de suivre.

« Qu'avez-vous exactement ? demande-t-elle d'un ton coupant.

– Ben... un cancer du cerveau...

– Oui, mais quelle sorte ? Il y a au moins douze sortes de cancer du cerveau. »

OK !!!

Je réponds, un peu intimidée : « Un GBM », en me demandant sérieusement si je vais parvenir à passer la barrière de cette Infirmière Pivot.

« Oh !... » répond-elle.

Je commence à être habituée à cette réaction. Ce « Oh ! » en suspens, émis d'un ton à la fois navré et vaguement admiratif, m'a été servi plus d'une fois ces derniers mois...

« Racontez-moi votre histoire, comment l'avez-vous découvert ? » poursuit-elle d'un ton presque sympathique.

Et là, je commence à lui relater mon histoire assez invraisemblable, mais tellement divertissante. À la fin de mon monologue, L'Infirmière Pivot est complètement métamorphosée. Elle me donne accès à son précieux patron dans des délais tout à fait acceptables. Je vous le dis, un GBM, ça impose le respect !

C'est ainsi qu'en ce jour pluvieux de ma fête, Les Trois Mousquetaires se retrouvent assis, une fois de plus, dans une salle d'attente (sans aucun doute la plus propre de toutes celles visitées jusqu'à maintenant !). Forts de notre expérience passée, nous sommes entièrement équipés pour passer le temps et même la journée : Nintendo DS, livres, ordinateur portable (équipement nouvellement ajouté pour écrire les présentes chroniques), bouteille d'eau et grignotines.

Pendant ce temps, La Quatrième Mousquetaire gère l'inondation de sa maison. En effet, le tuyau d'approvisionnement en eau de son très sophistiqué réfrigérateur-en-acier-inoxydable-qui-fait-de-la-glace s'est répandu entre le plancher de la cuisine et le plafond du sous-sol. À son arrivée à la maison, les dégâts étaient considérables : l'eau s'était infiltrée derrière les armoires, les faisant gondoler, puis avait rempli le plafond du sous-sol, qui a fini par céder, déversant toute cette eau sur la table de billard, en profitant du même coup pour absorber la teinture verte du tapis de la table, puis déborder hors de la table et répandre ce liquide verdâtre sur le tapis blanc cassé et jusque sur le plancher de bois franc. Ma Sœur et Mon Beau-Frère avaient pris beaucoup de soin pour finir le sous-sol de leur grande maison. « Eh bien, l'expression "sous-sol fini" vient de prendre son sens premier », lui ai-je dit dans une tentative maladroite pour l'encourager.

Ce qui serait vécu en temps ordinaire comme une véritable catastrophe prend maintenant une importance toute relative. Mon cancer nous a tous amenés à envisager les événements du quotidien selon une perspective bien différente. L'expérience d'une maladie grave nous conduit même à une certaine intolérance envers les gens que nous côtoyons ; leurs soucis ou leurs angoisses nous semblent relativement futiles ou banals en comparaison de ce que le cancer nous oblige à affronter.

Ce qui n'avait pas empêché La Quatrième Mousquetaire d'en avoir plein les bras et les culottes ; elle n'avait donc pas pu nous accompagner au rendez-vous.

« Je termine d'écoper mon sous-sol et je vous rejoins pour le souper », avait-elle promis.

Après une demi-heure d'attente, je suis convoquée dans le bureau de consultation du médecin, que j'appellerai Le Spécialiste, afin d'éviter toute confusion avec les nombreux personnages du corps médical de mon histoire. Le bureau est minuscule. Et ils sont quatre !

En entrant, je leur lance, en riant : « Nous aussi, on sort en gang ! »

Ma Mère et Mon Chum me suivent de près et nous nous entassons tous les sept dans le minuscule bureau. Ma Mère et moi sommes les heureuses occupantes d'une chaise, les deux infirmières sont perchées sur la table de consultation, le stagiaire et Mon Chum sont debout dans un coin de la pièce et Le Spécialiste est assis en face de moi, derrière son bureau. La scène est un peu saugrenue.

Une fois les présentations terminées, Le Spécialiste m'informe qu'il a pris connaissance de mon dossier et des résultats de ma dernière résonance magnétique que j'avais apportés avec moi. En patiente échaudée, j'ai appris à ne me fier qu'à moi-même pour rassembler les pièces de mon dossier médical. Il me demande gentiment ce que j'attends de lui.

Je lui réponds par une autre demande avide : « Et puis ? Est-ce que tout est beau ? Vous êtes le premier médecin que je vois depuis ma dernière résonance magnétique. » En disant ces mots, je réalise que ce médecin, qui ne m'avait jamais vue de sa vie, aurait pu se retrouver dans la position très fâcheuse d'avoir à m'annoncer que j'avais non pas une tumeur, mais sept !

Heureusement pour lui, et encore plus pour moi, les résultats sont bons. À part le trou béant laissé par Germaine, c'est comme si je n'avais jamais rien eu. Il tourne son écran d'ordinateur vers nous et commence à nous expliquer ce qu'il voit, ou plutôt ce qu'il ne voit plus.

Comme nous sommes bien préparées, Ma Mère et moi avions noté toute une série de sujets à discuter avec lui. Il sera donc bombardé de questions durant trente minutes intensives, ce qui ne semble pas du tout le perturber. Il répond avec calme, assurance et clarté à toutes nos inquiétudes.

« Voyez-vous, lorsque j'ai terminé mes six semaines intensives de radio et de chimio combinées, j'ai demandé à Ma Radio-Oncologue si ça avait marché. Elle m'a répondu qu'on ne le saurait jamais. Ça m'a ébranlée. Évidemment, je comprends que c'est parce que la tumeur a été enlevée, ce qui est une excellente nouvelle pour moi. Mais qui me dit alors que poursuivre la chimio pendant six mois est la bonne chose à faire ? »

Nous avons discuté des options, des traitements et des chances de récidive. Les chiffres qu'il me donnait étaient sensiblement ceux que j'avais vus sur Internet : les deux tiers des patients vivent de deux à trois ans sans récidive, le sixième décède avant ce délai et l'autre sixième vit au-delà de ça. Évidemment, je considère que j'appartiens à cette dernière catégorie. Il me confirme que plusieurs de ses patients, traités il y a dix ans, sont toujours vivants.

Il m'explique aussi que les GBM sont encore mal connus. Selon lui, les perspectives de la recherche permettent d'envisager que d'ici quelques années, les GBM seront répertoriés en différents types de tumeurs. L'identification de leurs caractéristiques particulières devrait permettre de cibler encore mieux les traitements et, ainsi, améliorer le taux de survie.

Je réalise pour la première fois que si la recherche avance dans les prochaines années, je pourrais être sauvée dans le cas où Germaine récidiverait. J'entreprends une course contre la montre que je suis bien déterminée à gagner. Je sais désormais où je vais envoyer mes dons de bienfaisance : à la recherche sur le cancer cérébral. Charité bien ordonnée commence par soi-même !

Il me précise aussi que dans quatre-vingt-dix pour cent des cas de récidive, la tumeur revient s'installer au même endroit. Dans mon cas, ça veut dire sur le côté droit en périphérie du cerveau, ce qui est aussi une bonne nouvelle, car ce n'est pas l'endroit le plus stratégique du cerveau. Si le cerveau était touché, ce serait la motricité de ma main et de ma jambe gauche qui serait affectée, ce qui, en soi, n'est pas un prérequis en publicité. D'autant plus que je suis droitière !

La consultation aura duré quarante-cinq minutes. La discussion a été ouverte, les réponses claires et faciles à comprendre. Nous sommes repartis mieux informés, mais surtout rassurés. J'ai aussi appris durant cette rencontre que, dans le cas d'une récidive, il n'y aurait pas de radiothérapie, seulement de la chimio. La radiothérapie au cerveau, c'est une expérience unique dans une vie, dans tous les sens du terme. Si jamais Germaine avait l'idée malséante de se manifester à nouveau, je m'épargnerais au moins la perte de mes cheveux et les douleurs au crâne. Que voulez-vous, on s'encourage avec ce qu'on peut !

Comme ce Spécialiste pratique loin de Montréal, je choisis de poursuivre avec l'équipe médicale avec qui j'ai déjà commencé le traitement. J'aurai toutefois de nombreuses occasions de me questionner sur le bien-fondé de cette décision dans les mois qui suivront.

Le soir, j'ai eu droit, avec la bénédiction du Spécialiste, à deux verres de vin pour célébrer mes trente-sept ans en compagnie de Ma Mère, de Ma Sœur, de Mon Chum et des petits Mousquetons. Ce soir-là, j'ai reçu beaucoup, et pas seulement des cadeaux.

Pour la première fois depuis des mois, nous avions une vraie bonne raison de célébrer.

HUMOUR,
QUAND TU NOUS TIENS

Il y a quelques années, j'ai lu dans un livre une citation qui m'avait beaucoup marquée par sa pertinence : « Ne prenez pas la vie trop au sérieux, de toute façon, vous n'en sortirez pas vivant ! »

À l'hôpital, aujourd'hui, à l'occasion de ma visite mensuelle chez L'Hémato-Oncologue, j'ai été témoin d'un des meilleurs exemples d'humour qui soit. Nous marchions derrière une vieille dame en fauteuil roulant. À l'arrière de son fauteuil étaient épinglés trois mini t-shirts portant les messages suivants :

« Je ne roule peut-être pas vite, mais je suis devant. »

« J'ai tout mon temps, je suis à la retraite. »

« Ne me suivez pas, je suis perdue. »

Nous dépassons la dame, non parce qu'on craignait qu'elle soit perdue, mais parce qu'elle ne roulait vraiment pas vite. Nous réalisons alors qu'elle doit avoir environ soixante-quinze ans et… une seule jambe. Je n'ai pu m'empêcher de lui dire à quel point ses petits t-shirts étaient rigolos. Elle nous a rétorqué avec un grand sourire qu'elle avait trouvé ça au magasin à 1 dollar. Son attitude était inspirante.

Et de l'humour, il nous en fallait ce jour-là pour supporter les heures d'attente ! Sans parler de la patience qui, elle, faisait cruellement défaut aux secrétaires qui avaient toutes l'air excédé. On aurait dit que tout le monde avait une mauvaise journée en même temps!

Nous avons pris place dans la salle d'attente surchauffée du département d'oncologie. Je me suis fait dévisager par les autres patients. Il faut dire que, pour des raisons de confort, je ne portais pas ma perruque mais un simple foulard.

Je ne suis quand même pas une petite jeunesse, trente-sept ans c'est un âge respectable, mais les gens de moins de quarante ans sont rares dans cet hôpital (qui ne traite pas les enfants, il faut dire). Surtout au département d'oncologie.

L'activité de loisir principale dans cette salle d'attente est la loterie des numéros. Un genre de bingo. C'est une activité qui requiert une vigilance et une attention de tous les instants. Si on manque son tour, on risque non seulement de poireauter jusqu'au prochain décompte, mais en plus, d'avoir à affronter une secrétaire irritée par notre incapacité à suivre la procédure.

« Numéro 18 noir, salle 12 ; numéro 27 bleu, à l'accueil ; numéro 49 vert, aux prélèvements. »

Tout le monde surveille son carton, en essayant d'entendre la voix presque inaudible qui annonce les numéros chanceux dans un haut-parleur grésillant qui doit dater des années soixante. Je n'ose pas penser comment peut s'en tirer une personne âgée portant un appareil auditif. Enfin, mon numéro sort. Le premier, le bleu, c'est pour rencontrer L'Hémato-Oncologue.

Il est seul, assis derrière son bureau. Ma Mère, Mon Chum et moi prenons place en face de lui. En fait, seulement Ma Mère et moi, car Mon Chum se retrouve, une fois de plus, debout, appuyé contre le mur. Il y a rarement plus de deux chaises dans les bureaux. Il faut croire que ce n'est pas une habitude pour les patients de se déplacer avec leur fan club comme je le fais.

Il m'explique quel sera mon traitement pour les six prochains mois. C'est un protocole standard. La dose varie un peu selon le poids et la taille, mais grosso modo, c'est un traitement « *one size fits all* ».

Nous tentons de lui poser nos questions si bien préparées, mais il ne semble pas avoir vraiment lu mon dossier. Il brasse des feuilles, y jette un coup d'œil avant d'émettre des réponses un peu vagues et génériques. Nous restons un peu sur notre faim. Il n'a même pas ma dernière résonance magnétique en main ! J'en arrive à me dire que je devrais lui préciser que c'est bien pour un GBM qu'il doit me traiter.

« Ne vous en faites pas. S'il y a quoi que ce soit, nous sommes en communication avec Votre Neurochirurgien. »

Heu... comme pour les résultats de la pathologie ?

Alors là, je suis vraiment inquiète. Mon expérience des derniers mois m'a prouvé l'absence totale de communication entre les divers départements et les différents hôpitaux. D'ailleurs, La Radio-Oncologue qui devait être présente à cette rencontre brille par son absence. L'Hémato-Oncologue me remet la prescription pour ma chimio et j'apprends que nous aurons le plaisir de nous revoir dans quatre semaines pour mon suivi.

Nous retournons donc dans la salle de bingo, ou plutôt d'attente. Mon Chum, Ma Mère et moi parlons peu, l'oreille aux aguets. Ça y est, mon deuxième numéro. Le noir. Cette couleur-là, c'est celle des rendez-vous. Je le fixe dans cinq semaines au lieu de quatre. Dans quatre semaines, Mon Chum sera en vacances et il est hors de question que je gaspille une demi-journée des vacances de Mon Chum pour une partie de bingo. La chimio attendra et L'Hémato-Oncologue aura une semaine de plus pour lire mon dossier.

Mon numéro vert sort à son tour. Cette couleur-là, c'est pour les prises de sang. Nous devons changer de salle d'attente. Malheur au patient inattentif qui se pointerait au guichet des rendez-vous. Il se fera rappeler à l'ordre assez vertement !

Nouvelle salle d'attente. Toujours le bingo. On appelle le numéro 47 vert, mais j'ai le numéro 6 en main. Si les numéros vont jusqu'à 100 avant de recommencer à 1, nous en concluons que nous en avons pour le reste de la journée. Heureusement, Ma Mère a retardé son départ en train à 21 heures. Petite joie, les numéros s'arrêtent à 50. Quel soulagement !

C'est enfin mon tour. L'infirmière me pose un garrot. Cette fois-ci, je suis dans l'équipe des rouges ! Elle est rapide et efficace et je suis sortie en moins de deux.

Nous repartons de l'hôpital et allons livrer les katanas de Mon Fils à l'acheteuse avec qui j'avais échangé quelques jours auparavant.

La femme qui m'accueille à la porte déborde d'émotions. Elle me serre dans ses bras et m'y garde un bon moment avant que je puisse me libérer doucement de son étreinte, un peu déstabilisée par un accueil pour le moins inhabituel venant d'une parfaite étrangère.

Elle me raconte que son cancer a été diagnostiqué il y a à peine deux mois. Elle ne peut pas être opérée tout de suite, car sa tumeur est trop grosse. Elle reçoit sa chimio par intraveineuse à domicile, comme le trahit un sac accroché à son bras. Elle n'a pas cinquante ans. C'est une femme d'une grande beauté.

Nous échangeons nos histoires, debout dans sa cuisine. Elle semble terriblement affectée par ce qu'elle vit, et si fragile. Je suis touchée. Et du même coup, je ne peux m'empêcher de me demander si je ne suis pas anormale de vivre mon cancer si bien. Après tout, ses chances de guérison sont cent fois meilleures que les miennes. C'est moi qui devrais pleurer dans ses bras.

Puisque Ma Mère et Mon Chum m'attendent dans la voiture, j'explique à Ma Nouvelle Amie que je dois partir. Elle me fait promettre d'aller prendre un café avec elle un de ces jours. Je repars donc sans les katanas, mais avec soixante dollars en poche que je remettrai en totalité à Mon Fils. Quand même, je ne suis pas « cheap » ! Cette somme inattendue réveille son côté mercantile et il se risque à me demander : « Tu n'aurais pas pu les vendre soixante-dix... ? »

Dans les jours suivants, toute incursion devant mon miroir me met face à une évidence que je ne peux plus nier : mes cheveux continuent bel et bien à pousser, mais de façon complètement désordonnée. J'ai le crâne garni de plaques de cheveux noirs et drus par endroits, espacées par des plaques nues où il n'y a pas l'ombre d'une petite repousse. Ça fait chier à la longue ! Tant qu'à y être, j'aurais préféré tout perdre.

J'ai donc eu la brillante idée d'user de mes charmes pour obtenir une faveur de Mon Chum.

« Chéri... viens donc ici...

— Ouiiiiiii ? » répond-il en me rejoignant dans la salle de bains, imitant mon ton de voix mielleux.

Je lui montre le rasoir que je tiens dans mes mains en battant des cils.

« Oh non, pas question ! J'ai ben trop peur de te couper !

— Ben non, voyons, c'est impossible que tu me coupes avec ça ! » En réalité, je n'en sais rien, mais je suis désespérée.

« Oh mon Dieu ! » fait-il d'un air visiblement angoissé, en me prenant le rasoir des mains. Je dois lui reconnaître une grande faculté d'adaptation. Lui qui a rencontré une jeune femme à la longue crinière blonde six ans auparavant, il ne se doutait certainement pas qu'il se retrouverait un jour en train de faire une coupe militaire à cette même jeune femme sur le bord d'une baignoire.

Je récite en moi-même une petite prière silencieuse pour que le rasoir ne m'occasionne pas de cicatrices supplémentaires.

Finalement, ça se passe plutôt bien. Ça ne rase pas de très près, mais au moins ça ne risque pas de m'entailler le cuir chevelu. J'ai beau partager une intimité certaine avec Mon Chum, il reste qu'être à moitié nue sur le bord de la baignoire pendant que celui-ci vous fait une coupe à blanc est un moment assez mémorable et assez peu sexy, merci.

La tentation est forte de lui faire une bonne blague!

Il faut dire qu'avec Mon Chum une blague n'attend pas l'autre et je suis son bouc émissaire par excellence. Il a le sens de la répartie et a toujours une réplique à donner, du genre:

« Chéri, oublie pas de sortir les poubelles.

— Oh oui, chérie, t'es la *plou-belle*! »

Ou encore: « Il fait 20 °C dans la chambre, c'est pas trop pire, on devrait bien dormir. »

Et lui de répondre instantanément: « C'est sûr que c'est mieux qu'à 375 °F sur la grille du milieu. » Non mais, où va-t-il chercher ça?

L'autre jour, en voiture, nous roulions sur l'autoroute 132 lorsqu'il me lance: « Chérie, ne regarde pas à droite... » Évidemment, je me retourne pour apercevoir la belle marina où nous avions notre bateau auparavant. Il sait que je m'ennuie de cet endroit. « Chérie, ne regarde pas à gauche non plus! » C'est le complexe funéraire. J'éclate de rire.

Bon. Vous allez peut-être trouver que notre humour est douteux, mais comme nous avons pris le parti d'en rire et que je ne suis pas à l'article de la mort, nous n'avons aucune censure.

Je suis donc toujours à moitié nue sur le bord de la baignoire lorsque je cède à la tentation:

« Outch!

— Arghhhhhhh! » Il devient blanc comme un drap et manque de laisser tomber le clipper sur le plancher de céramique tout neuf.

« Hi hi hi... j'ai pas pu résister...

— Maudite fofolle! J'étais en train de passer près de ta cicatrice en plus! »

On se met à rire comme deux ados. Humour, quand tu nous tiens...

COMBATTRE LA DÉPRIME

Depuis deux jours, je suis fatiguée et mon énergie est à son plus bas. Dans ces occasions-là, la déprime me guette, tapie dans un coin de mon cerveau. J'aurais envie d'envoyer promener tout le monde, de me coucher dans mon lit, enfouie sous la couette, et de dormir pendant trois jours. Mais je ne ferai pas ça. Ce qui m'arrive n'est la faute de personne. Il n'y a pas de coupable à punir. Je maudis toutefois intérieurement la personne qui a choisi d'appeler ça une « tumeur ». « Tu meurs. » Non mais, vraiment !

Ces jours-là, je porte ma perruque parce que ma déprime est habituellement accompagnée d'une écœurantite aiguë de mon crâne partiellement chauve. J'en arrive à rêver la nuit que mes cheveux ont repoussé, comme ça, tout d'un coup ! Il faut dire que j'ai toujours aussi mal au crâne et que c'est douloureux chaque fois que je change de côté sur l'oreiller. Je suis tannée de ces effets secondaires, même si je sais qu'ils sont relativement minimes. Ç'aurait pu être tellement pire. Et puis, L'Hémato-Oncologue m'a prévenue que j'en aurais pour encore plusieurs mois à ressentir les effets de la radiothérapie. Je dois prendre mon mal en patience.

Pour ne pas m'apitoyer sur mon sort, je pense à ceux qui vivent des épreuves beaucoup plus difficiles, comme cette histoire parue dans un magazine féminin il y a quelques mois.

C'était le témoignage d'une femme atteinte du *Locked-in Syndrome*, à la suite d'un accident de moto. Le même que dans le film *Le Scaphandre et le Papillon*. C'est sûrement la pire chose qui puisse arriver. Le corps ne répond plus aux commandes du cerveau, malgré le fait qu'il soit intact. Vous êtes prisonnier de votre corps... et parfaitement conscient.

Chaque fois que je sens la déprime m'envahir, je pense à cette femme. Et je me dis que je n'ai pas le droit de m'apitoyer sur moi-même. Je ne vivrai peut-être pas aussi longtemps que je l'aurais voulu, mais au moins j'ai conservé ma qualité de vie.

La chimio et la radio entraînent bien sûr des effets secondaires. Je suis plus fatiguée, je suis sujette aux infections et aux maux de tête. J'aurai peut-être des séquelles à plus long terme, mais pour le moment, je réussis quand même à profiter de la vie presque sans limites. En comparaison, la perte de mes cheveux semble bien insignifiante...

Ce soir, je recommence à prendre de la chimio. Du Temodal dans mon cas. En comprimés.

Moi qui ai toujours évité de prendre des médicaments, j'ai eu beaucoup de difficulté à accepter l'idée de recevoir de la chimio. Mais je savais aussi que je devais modifier mon attitude face au traitement si je voulais en obtenir le maximum de bénéfice.

J'ai donc essayé de donner une personnalité à ma chimio. C'est un truc que j'utilise avec les enfants lorsqu'ils n'aiment pas ou qu'ils ont peur de quelque chose. Nous nous amusons à donner une personnalité ou à inventer une histoire. J'ai passé un été entier, à bord de notre bateau, à donner des noms à toutes les araignées devant lesquelles Ma Fille paniquait.

Je suis même allée jusqu'à inventer une histoire de maman-araignée qui tissait une belle toile parce qu'elle faisait un gros party et qu'elle devait se dépêcher avant l'arrivée des visiteurs. N'importe quoi, vraiment. Mais ça fonctionnait, Ma Fille avait moins peur ; elle a fini par se prendre au jeu et à inventer ses propres histoires.

C'est donc grâce à cette technique que mon Temodal a pris la forme d'un petit guerrier japonais qui, armé de son sabre, avait pour mission d'aller détruire les mauvaises cellules qui auraient échappé à la radiothérapie. J'imagine que c'est une technique de « visualisation » comme une autre !

Je ne sais pas encore comment mon corps réagira à la dose augmentée. J'ose espérer qu'il me restera un peu d'intelligence après tout ce que j'aurai fait subir à mon pauvre petit cerveau ! En attendant, je fais jouer sur mon iPod le vieux succès de Salvatore Adamo *C'est ma vie*, et je chante à tue-tête.

C'est ma vie, c'est ma vie,
Je n'y peux rien, c'est elle qui m'a choisie
C'est ma vie,
C'est pas l'enfer, c'est pas l'paradis, lalalala...

J'enchaîne ensuite sur d'autres vieux succès français. Ça ne ramènera peut-être pas le soleil qui brille par son absence depuis maintenant presque trente-sept jours consécutifs, mais maudit que ça défoule !

Et hop, je sens mon moral qui revient tranquillement. Ma foi, toutes les méthodes sont bonnes !

PAS D'EXCEPTION POUR MOI

Mon moral est revenu, mais pas le beau temps, ni mon énergie. J'avais vraiment espéré ne pas connaître le fameux « crash » prédit par Ma Radio-Oncologue. Elle m'avait dit que ça surviendrait environ quatre semaines après la fin de la radiothérapie… et que ça durerait de deux à trois semaines! Dans mon cas, le crash est survenu après cinq semaines. Comme pour la perte des cheveux à laquelle j'espérais échapper, je n'allais pas faire exception finalement.

C'est vraiment une sensation bizarre. J'ai l'impression que la fatigue part de mes entrailles et irradie tout mon corps. J'ai les doigts et les lèvres engourdis et j'ai autant d'énergie que si j'allais mourir demain. J'ai tout de même réussi à me lever de peine et de misère à 10 heures du matin, après une nuit de douze heures, pour trouver Mon Chum, debout depuis 7 h 15, affamé et trépignant d'impatience, espérant enfin que je me lève pour aller terminer quelques petits travaux dans la maison avec lui.

Par chance, il pleut! Hi hi hi! Pour une fois, ça fait drôlement mon affaire. Pas de travaux. Je peux me laisser aller à mon état comateux. Nous sommes en juillet, mais il fait tellement froid et humide que Mon Chum fait un feu dans le poêle à combustion lente. Je peux donc m'étendre sur le divan et rester là à ne rien faire. Heureusement, les enfants n'arrivent que demain. J'espère remonter la pente un peu aujourd'hui pour pouvoir les accueillir avec plus d'entrain. Vraiment, je plains Mon Chum d'être coincé avec moi ces temps-ci!

J'ai presque terminé ma première semaine de chimio déjà. Ça se passe relativement bien, malgré le retour de la constipation, des nausées en fin de soirée et de la constante envie d'uriner. Il faut dire que je suis déjà de nature «pisse-minute» (je gage que je n'ai pas seulement le cerveau atrophié, mais la vessie également!), et puisqu'il est fortement recommandé d'ingurgiter de huit à dix verres d'eau par jour avec la chimio, on imagine le résultat! Dommage que la radiothérapie ne m'ait pas légué le pouvoir de briller dans le noir: ç'aurait été très pratique pour aller aux toilettes la nuit!

Une dernière dose ce soir et, ensuite, congé pour trois semaines. Ce n'est pas si mal!

En plus de ce congé fort apprécié de chimiothérapie, j'ai reçu la semaine passée un super cadeau inattendu d'un groupe hétérogène, composé d'amis, d'ex-clients et d'ex-collègues de travail. Des gens qui ne se connaissent pas nécessairement, mais que des copines ont rassemblés autour du même objectif: m'offrir les services d'un traiteur pour des repas livrés à la maison. J'ai reçu un montant substantiel qui me permettra de passer à travers les prochaines semaines si mon énergie ne revient pas. Mon Chum assume déjà une large part des responsabilités familiales, et comme son travail l'accapare de nombreuses heures, j'essaie au moins de m'occuper des soupers. La perspective de pouvoir nourrir ma famille sans lever le petit doigt me procure un immense soulagement, même si Mon Fils risque d'être très déçu de ne pas se nourrir exclusivement de Kraft Dinner! Et puis, de toute façon, la saison des têtes de violon est terminée, il faudra bien qu'il mange autre chose!

La bouffe est assurément un cadeau très pertinent et très apprécié en cas de cancer (ou de maladie, tout court). Parce que les repas, ça revient vite en maudit! Et quand on n'a même pas l'énergie d'aller à l'épicerie, ça devient un cadeau inestimable. Même chose pour la femme de ménage. L'autre jour, j'ai dormi deux heures après avoir passé la balayeuse dans le condo! Depuis, je me suis juré de ne plus jamais rechigner sur le tarif de la femme de ménage.

Aujourd'hui, je devais aller à l'hôpital rencontrer Ma Neurochirurgienne. Un appel de sa secrétaire m'apprend que ma résonance magnétique est belle et qu'elle ne juge pas nécessaire de me revoir avant trois mois. Ben coudonc! J'imagine que c'est ça qu'on veut dans la vie: se faire appeler par les secrétaires des spécialistes pour reporter nos rendez-vous. J'interprète comme un très bon signe d'être tombée au bas de la liste des priorités de La Neurochirurgienne. De toute façon, je sais maintenant que si la secrétaire en question m'appelle un bon jour pour me dire que La Neurochirurgienne veut me voir à la première heure le lendemain matin, les nouvelles seront mauvaises. Alors, j'aime autant qu'elle annule mes rendez-vous!

Il n'y a pas eu d'exception pour moi quant à la perte de cheveux ou la fatigue, mais je suis assez optimiste pour croire qu'il y en aura peut-être une pour la récidive, qui sait...?

Tout est possible.

UNE DESCENTE AUX ENFERS

Je n'aurais jamais pensé que mon corps allait m'offrir une telle descente aux enfers. C'est horrible. Carrément horrible. Je dors tout le temps. Ou plutôt, mon corps applique la règle du deux pour un. Deux heures de sommeil pour une heure de réveil. Le problème, en fait, c'est que je ne me sens jamais reposée malgré toutes ces heures passées à dormir. C'est de loin le plus frustrant.

La Radio-Oncologue m'avait pourtant bien prévenue : « C'est comme si le cerveau faisait un *shutdown* afin de se réparer. Certains patients ont du mal simplement à se lever du lit pour aller aux toilettes ou boire un verre de jus. »

Toutefois, je croyais naïvement qu'elle me décrivait les pires cas et non pas la réalité habituelle émanant de ce genre de traitement.

Je me disais : *Ben voyons !*

Mais c'est exactement ça. Et ça peut durer deux semaines ou plus ! J'estime avoir déjà traversé une semaine. Je ne me nourris presque plus, j'ai tout juste assez d'énergie pour prendre ma douche et j'ai perdu cinq livres. Mon Chum, inquiet, me bourre de suppléments nutritifs liquides à saveur de chocolat et de fraise.

Un autre inconvénient : tout goûte... le métal ! Ça, c'est l'effet de la chimio, paraît-il. Peu importe ce que je mange, tout goûte la même chose. Et mauvais par-dessus le marché ! Moi qui aime tellement manger habituellement.

J'ai passé la semaine au lit, incapable de m'occuper des enfants. Ma Fille a pleuré d'inquiétude hier soir. D'inquiétude ! Comment la rassurer quand j'ai l'air d'être en phase terminale ? Ça manque un peu de crédibilité.

Un matin, enfin, je sens que je commence à émerger de mon coma. Je n'ai dormi que quatre heures, ce qui est déjà une nette amélioration si on considère que, quelques jours plus tôt, je m'étais recouchée un peu après le départ des enfants pour le camp de jour, pour me réveiller à... 17 heures ! Et je crois que je dormirais encore si ma petite famille ne m'avait pas réveillée à coups de sonnette d'entrée.

J'avais pourtant l'impression de ne dormir que depuis deux ou trois heures au maximum. Quand j'ai entendu les nombreux coups de sonnette, je me suis dit à travers les brumes de mon coma : « Mais qui peut donc venir sonner ainsi à une heure de l'après-midi ? »

Quand j'ai réalisé que c'était Mon Chum et les enfants qui avaient terminé leur journée, j'ai eu un méchant choc. J'avais littéralement dormi TOUTE la journée...

« Maman, qu'est-ce qu'on mange pour souper ? me lance Mon Fils en arrivant dans ma chambre.

— Ben, j'sais pas trop... j'avais plutôt dans l'idée d'aller déjeuner... ou dîner... »

Et tout ça ne m'a même pas empêchée de me recoucher le soir pour une autre nuit de dix heures !

Par chance, je ne manque rien de l'été qui se fait attendre. Il fait froid et il pleut tout le temps.

Je peux passer mes journées à dormir, finalement !

VIVA LAS VEGAS

Après avoir passé le mois de juillet au lit, j'ai fini par émerger de mon état d'agonie pour remonter douce-ment la pente. Mon Chum et Mon Chat attendaient toujours patiemment à mes côtés que je me réveille. L'été s'achevait et je n'avais absolument rien fait d'in-téressant. Il ne restait qu'une semaine de vacances à Mon Chum et la température continuait d'être exécrable.

C'est alors que j'ai eu une idée machiavélique. Et si on partait une semaine, tous les deux, en vacances? Loin de tout. Loin de la maladie. Prendre congé des der-niers mois qui ont été si éprouvants et savourer la vie...

Le problème, c'est que je suis devenue un risque trop grand pour toute compagnie d'assurance voyage, qui préfère, c'est bien connu, s'en tenir à des clients en parfaite santé.

Pas question d'aller en Europe. Trop loin, trop cher.

Dans mon état, je ne peux pas non plus augmenter les risques en allant au pays de la turista. Encore moins au pays de la grippe porcine.

C'est alors que je vois une promotion sur Internet: trois nuits à Vegas pour 700 dollars, hôtel et vol, avec en prime une excursion au Red Rock Canyon. Si nous partons lundi, je serai de retour à temps pour mon second rendez-vous avec L'Hémato-Oncologue.

C'est tellement déraisonnable.

...

Mais je suis une fille déraisonnable!

Je suis allée à Vegas il y a à peine deux ans, pour souligner le soixantième anniversaire de Ma Mère. Un voyage de filles, où nous avions bien rigolé et où il nous aura suffi de deux minutes à une table de jeu et 25 dollars en moins pour nous confirmer que nous n'avions aucun, mais alors aucun attrait pour les jeux de hasard. Las Vegas est une ville unique. Artificielle, mais tellement vivante! Une ville qui ne dort jamais. Tout à fait à l'opposé de mon vécu des dernières semaines.

Pour être honnête, je ne pensais pas vraiment y retourner un jour, mais Mon Chum, lui, n'y est jamais allé. Sans compter qu'il y a des spectacles du Cirque du Soleil que je n'ai pas encore vus, moi qui en suis une fervente admiratrice.

Alors, sans plus tarder, je réserve notre escapade. Je vous laisse imaginer la surprise de Mon Chum lorsque je lui ai annoncé qu'il devait faire sa valise.

«T'es malade?»

... Oui, c'est le cas de le dire!

We're on our way to Vegas, Baby!

TOUTE BONNE CHOSE A UNE FIN

Nous avons fait un voyage incroyable. La chaleur du désert. Le soleil et le ciel bleu. Nous avons mangé comme des rois (par chance, mon appétit et mon goût étaient redevenus normaux). Je m'en suis donné à cœur joie dans le vin rouge et la piña colada. Nous avons exploré le Red Rock Canyon, profité des magnifiques piscines de l'hôtel, vu pas moins de trois spectacles du Cirque du Soleil, visité la ville et ses hôtels indécents. Bref, une escapade qui n'avait pas de prix.

Tout s'est bien passé. Ma santé était bonne. Mon niveau d'énergie aussi, même si je devais faire une sieste en fin d'après-midi pour être en mesure de profiter pleinement de la soirée.

Mais toute bonne chose a une fin. Nous voilà déjà de retour. Je m'encourage en me disant que toute mauvaise chose a une fin aussi et que, bientôt, la chimio sera derrière moi.

Je suis de nouveau à l'hôpital à jongler une fois de plus avec les numéros et les couleurs. Difficile d'ailleurs de ne pas se sentir comme un numéro avec un tel système...

« 12 noir, au comptoir, SVP. »

La secrétaire me remet des autocollants et un numéro vert.

« Allez aux prélèvements, puis revenez dans la salle d'attente pour voir le médecin. »

« Véééééérrrrooooooo ! »

Quelqu'un me saisit le bras par-derrière.

J'ai à peine le temps de me demander qui je peux bien connaître au département d'hémato-oncologie que je me retrouve nez à nez avec... Ma Nouvelle Amie ! Eh oui. La nouvelle propriétaire des sabres japonais de Mon Fils.

« Je t'ai vue de loin, j'étais certaine que c'était toi ! »

Elle a l'air en pleine forme. Son moral est excellent et elle est toujours aussi belle. Elle n'a pas l'air malade du tout, tout comme moi. C'est curieux.

On s'est mises à placoter comme de vieilles amies. Il faut dire que nous avions échangé quelques courriels depuis notre rencontre et que nous étions de moins en moins des inconnues. J'étais en train d'oublier où j'étais, au risque de bousiller le jeu de bingo et d'indisposer le personnel qui gère le tout.

Je lui dis : « Attends-moi, je dois aller aux prélèvements, mais ensuite je te rejoins dans la salle d'attente. »

Quelques prises de sang plus tard, je suis de retour. Elle me raconte qu'elle termine sa radio et sa chimio et qu'elle se fera opérer dans deux semaines. Malgré la chimio, elle a encore ses cheveux et ses sourcils.

« T'es vraiment chanceuse d'avoir gardé tes cheveux, que je lui dis, envieuse au possible.

— Ben, tu devineras jamais... Cette semaine... j'ai perdu tous mes poils de cul ! »

J'éclate de rire. Je ne connais personne comme elle. On rigole tellement que tous les patients se tournent vers nous.

Il faut dire qu'il n'y a pas beaucoup d'ambiance dans la salle d'attente du département d'oncologie. Alors, dès qu'on a un peu de *fun*, on a l'air déplacé, comme si c'était interdit de rire lorsqu'on est malade !

Elle m'explique qu'elle a perdu tous les poils de son corps, sauf les cheveux et les sourcils. Même les médecins ne comprennent pas. Elle soutient que c'est l'hypnose qu'elle pratique. Je ne sais pas, mais ça fait chier. Moi, je n'ai pas un poil sur le coco mais je suis obligée d'aller voir l'esthéticienne toutes les six semaines pour mon épilation!

Ça y est, mon numéro a été pigé, c'est mon tour d'aller voir le médecin. On se dit au revoir en se promettant des nouvelles d'ici son opération.

La rencontre avec L'Hématologue se passe relativement vite puisqu'il n'y a rien de particulier dans mon cas, sauf qu'il a décidé d'augmenter encore la dose de chimiothérapie. Je dois avouer qu'une certaine inquiétude me taraude... Vais-je perdre l'appétit et passer encore toutes mes journées au lit?

Je repars avec mon ordonnance et la requête pour ma prochaine résonance magnétique prévue à la fin du mois de septembre. Pour ne pas courir le risque qu'elle s'égare dans le système, je vais aller la porter moi-même à l'hôpital où travaille La Neurochirurgienne qui doit analyser mes résultats. On n'est jamais si bien servi que par soi-même...

LES BIENFAITS DE L'EXERCICE

Je suis maintenant capable d'identifier facilement une vingtaine d'oiseaux, en plus du chant du merle et du cardinal rouge.

Bon.

Il est vraiment temps que je retourne travailler !

Remarquez, il va falloir que je fasse ça progressivement parce que Mon Chat va faire une dépression si je retourne travailler comme ça du jour au lendemain. Le pauvre s'est habitué à ma présence constante depuis six mois.

En attendant, j'ai décidé d'aller au moins m'inscrire au gym. Avant d'être malade, je m'entraînais régulièrement. Je fréquentais le gym à l'heure du dîner au lieu de me rendre au restaurant. J'arrivais même à y aller jusqu'à trois fois par semaine, fière de ma volonté et de ma discipline de fer ! Bien sûr, ça ne m'a pas empêchée de développer un cancer, mais je demeure convaincue que je n'aurais jamais traversé les traitements avec si peu d'effets secondaires si je n'avais pas été aussi en forme au départ.

Bon. En vérité, je n'en sais rien, mais je dois bien m'encourager comme je peux, non ?

Durant mes traitements, j'ai maintenu un entraînement de base. C'est l'avantage d'avoir été suivie en traumatologie : La Kinésithérapeute m'avait monté un beau programme d'exercices maison.

Armée de mon ballon et de mes poids, j'ai réussi à conserver un minimum de masse musculaire, et je m'étais même initiée au jogging que j'arrivais à faire à coup de quinze minutes par jour. Je me rappelle encore la tête ébahie de Ma Mère la première fois qu'elle m'a vue quitter la maison, équipée de mes souliers de course et de mon iPod.

« Tu t'en vas faire quoi ?

– Du jogging ! »

Il faut dire qu'à cette période je marchais encore avec une canne, à la suite de l'opération. J'avais décidé que c'était moi le boss et que j'aurais le dessus sur cette maudite jambe. J'avais lu dans un magazine une histoire à propos d'un couple qui s'était mis au jogging... à l'âge de soixante-dix ans. Cinq ans plus tard, malgré leur âge vénérable, ils participaient à des marathons !

S'ils étaient capables d'une telle prouesse, pourquoi pas moi ? Après tout, j'avais seulement été opérée au cerveau quelques semaines auparavant et je marchais avec une canne...

Eh bien, j'ai eu raison. Après quelques jours de courtes séances de jogging, je n'avais plus besoin de ma canne, même s'il m'a fallu encore quelques traitements de physiothérapie et de bains chauds pour me débarrasser définitivement de la douleur. L'énergie que j'en tirais était incroyable. Courir me procurait une grande sensation de liberté et de puissance dont j'avais particulièrement besoin dans les circonstances.

Mais est arrivée une période où ma détermination pour le jogging s'est mise à flancher. Il faut dire qu'il pleuvait tout le temps et que je n'étais pas assez motivée pour courir sous la pluie. Je réalisais aussi que j'avais besoin de l'énergie d'un groupe pour performer. Il n'y a rien de tel que de s'entraîner avec un groupe de femmes dont la moitié a dix et même vingt ans de plus que nous, pour nous obliger à mettre les bouchées doubles.

Mon gym habituel étant au centre-ville, j'ai décidé de fréquenter celui qui se trouve au coin de ma rue.

Évidemment, j'allais devoir assumer mon état et me pointer là-bas sans perruque. Non mais, imaginez la scène si je devais perdre ma prothèse capillaire durant une séance d'aérobie ? Un coup à provoquer une crise cardiaque auprès de quelques participantes déjà très essoufflées !

Je me promets de passer par le gym en revenant de chez la coiffeuse jeudi. Oui, oui. Vous avez bien lu. La Coiffeuse. Car la coupe à blanc effectuée par Mon Chum a repoussé à une vitesse affolante. Or, comme dans mon cas il s'agit toujours de plaques de cheveux, je dois continuer à raser ceux qui sont bien déterminés à pousser, en attendant que les autres, toujours réfractaires, se décident eux aussi.

Je ne comprends d'ailleurs pas pourquoi certains salons de coiffure ne s'affichent pas comme « spécialistes en rasage pour femmes atteintes du cancer ». La publicitaire en moi y voit un marché fort intéressant, parce qu'il n'est pas évident pour une femme de dénicher un endroit où se faire raser la tête, quand on ne le fait pas vraiment par choix. Le salon où j'avais acheté ma perruque offre ce genre de service, mais il est situé vraiment loin de chez moi.

On ne peut pas aller dans un *barber shop*, réservé aux hommes (ce qui est très dommage d'ailleurs, car ce sont eux les experts). Quant à la perspective de se faire raser la tête au beau milieu de femmes à la chevelure intacte, en pleine séance de mèches ou de mise en plis, c'est une idée loin d'être réjouissante pour une femme devenue chauve, malgré elle, à cause de la radiothérapie !

J'ai donc demandé au salon de coiffure au coin de chez nous si quelqu'un pouvait me raser la tête, mais pas devant tout le monde. La Gentille Coiffeuse au bout de la ligne m'a répondu qu'elle se ferait un plaisir de me rendre ce service. Je pourrais me présenter avant l'heure d'ouverture pour ne pas avoir à m'exposer aux regards indiscrets. Génial ! Je n'échappais pas au crâne rasé, mais je m'épargnais l'envie et la jalousie de voir les autres se faire coiffer.

Je suis passée à travers ma deuxième semaine de chimio comme une *Ironwoman*. Imaginez, j'avais la responsabilité des enfants à temps plein, car ils ne recommencent l'école que la semaine prochaine (donc j'ai joué à la G.O. durant une semaine complète auprès de trois enfants qui passent leur journée à se chicaner), en plus d'être sous chimiothérapie. Eh bien, j'ai fait ça comme une pro. Sans effets secondaires et sans m'effondrer. En fait, je ne tarderais pas à m'effondrer, mais je ne le sais pas encore.

C'est ce qui me fait penser que je suis prête pour le gym aussi.

Les cours commencent la semaine prochaine. J'y serai, prête comme un scout!

SE FAIRE SUER...

Je me suis réveillée ce matin, la tête au chaud. Non pas parce que mes cheveux avaient repoussé durant la nuit (quoique j'aurais bien aimé), mais parce que Mon Chat était couché sur le dessus de ma tête. En fait, c'est une habitude qu'il a prise lorsqu'il n'était qu'un chaton. Comme je trouvais ça touchant à l'époque, je l'ai laissé faire.

Sauf que maintenant, il pèse dix-huit grosses livres. Disons que c'est un peu moins mignon.

Cela dit, sans mes cheveux, j'ai toujours froid à la tête. Par conséquent, je dors souvent avec un foulard, ce qui n'est pas nécessairement confortable non plus, car le nœud du foulard fait une pression dans le creux de la nuque.

Je devrais peut-être m'équiper d'un casque de bain...

J'ai donc déplacé mon gros plein de poils et me suis levée pour me préparer à aller... au gym!

Est-ce que j'étais motivée? Moyennement.

Est-ce que j'étais déterminée? Totalement.

J'ai déjeuné, mis mon costume de sportive, ramassé une bouteille d'eau dans le frigo et pris la direction du gym.

Arrivée sur place, je suis accueillie par une fille costaude et très joviale.

« Bonjour !

– Allô. Je viens pour m'inscrire.

– Excellent ! »

Elle m'explique les différents forfaits et je signe pour six mois, ne sachant pas à quel moment je serai de retour au travail.

« Êtes-vous prête maintenant ? Les nouveaux cours commencent aujourd'hui. C'est toujours plus l'fun de commencer en même temps que les autres.

– Ben oui ! Quel cours tu me conseilles ? » Tout en regardant la feuille qui indique les cours de Cardio Mix et de Body Shaping en ce beau lundi matin.

« Les deux. Habituellement, celles qui font le premier cours de 9 heures restent aussi pour le deuxième cours à 10 heures. Ils sont complémentaires. Le premier est plus cardio et le deuxième, musculation.

– Ah bon... » Un peu sceptique tout de même quant à ma capacité à enchaîner deux heures d'entraînement alors que je n'ai pas visité un gym depuis plus de huit mois.

« C'est juste que... heu... comme tu vois, j'ai le cancer. J'suis pas sûre d'être capable d'en faire autant.

– T'as le cancer ? Ah ben, ça paraît pas. »

Je lui lance un regard surpris en pointant mon bandana.

« Ha ! Parce que t'as un foulard ? Ben non, j'aurais pas cru que c'était ça. »

Ah ben. Coudonc.

Peut-être que c'est moi qui capote avec ça finalement. J'ai tellement l'impression d'avoir le mot « cancer » tatoué sur le front ! J'en suis au point de supposer que tous ceux qui me regardent devinent que je suis malade. Il faut dire que je possède encore mes cils et mes sourcils, ce qui rend la chose peut-être moins apparente...

Elle poursuit : « T'as juste à y aller *mollo*. C'est sûr que si tu te donnes à 100 % dans les deux cours, tu vas être morte après, mais t'as juste à doser. »

Être morte ? Pas très heureux comme choix de mot. Doser ?

Bon. D'accord.

« T'as pas de contre-indication médicale ?

– Non, non. Pas du tout. »

Après autant de mois, je fais confiance à ma cicatrice pour ne pas laisser échapper mon cerveau.

Un peu plus confiante, je me dirige vers la classe d'aérobie. La salle est pleine à craquer. Je me trouve un petit trou un peu en retrait pendant que la jeune et dynamique professeure démarre sa musique.

« Un. Deux. Trois. Grapevine. À droite. À gauche. Genoux. Plus haut. Encore. Pour huit, sept, six, cinq... »

Ça fait du bien de bouger, mais je ne peux m'empêcher de regarder l'horloge en haut de la porte toutes les trois minutes. Je ne suis plus certaine de pouvoir terminer. Le rythme est hyper rapide et les participantes, hyper en forme.

Finalement, au bout de quarante-cinq minutes, la professeure se dirige vers la radio pour changer la musique.

« Prenez un matelas. Nous allons faire quelques abdominaux et ensuite ce sera la relaxation. »

À 9 h 58, le cours est terminé. J'ai survécu.

J'ai sauté quelques exercices à la fin, question de « doser » et d'avoir assez d'énergie pour faire le cours suivant.

À 10 h 02, je cale la moitié de ma bouteille d'eau. La moitié des participantes du premier cours sont restées. D'autres sont arrivées entre-temps.

La prof (la même) ferme la porte et nous lance un dynamique : « OK tout le monde, prenez un step ! »

Un step... ? C'est pas un cours de musculation ?! Shit...

Je suis un peu paniquée, mais je vais tout de même chercher un step, des poids et un matelas. Finalement, il y a du cardio, mais très peu. Et comme je n'ai pas pris des poids trop lourds pour commencer, j'arrive à faire tous les exercices du début à la fin.

11 heures. Terminé.

Je l'ai fait ! Je suis tellement HOT !

Je rentre chez moi, toute fière, pour prendre une douche bien méritée.

J'ai l'intention de suivre les cours du mercredi et du vendredi aussi, ce que je ferai d'ailleurs.

***

Mercredi matin. 8 heures.

Je me lève, car j'avais dit que j'allais retourner au gym et j'ai bien l'intention de tenir parole.

Au menu ce matin : Dance Mix et Classical Stretching. La classe est toujours aussi pleine, mais c'est une autre prof, un peu plus âgée que celle d'hier.

« Bon matin, gang ! Je reconnais plusieurs visages parmi vous. Pour celles qui sont nouvelles, vous savez qu'ici c'est de l'aérobie, mais sous forme de danse. Donc, on apprend des chorégraphies tout en développant le cardio. »

Hum... je suis déjà sceptique.

« Pour les anciennes, la dernière fois, nous avons fait du jazz funky, cette fois-ci on va faire du charleston. »

Bon. Du charleston. Ça va peut-être être drôle. J'ai fait de la salsa durant plusieurs années, donc je sais que je suis capable d'apprendre des chorégraphies, mais je n'étais pas préparée à ce qui s'en venait...

La chorégraphie commence. Non seulement la prof veut qu'on apprenne vingt-trois enchaînements d'un seul coup, mais en plus elle nous demande de le faire avec style.

« C'est une danse *très féminine*, il faut jouer les coquettes, n'ayez pas peur d'en mettre, on est ici pour avoir du FUN ! » insiste-t-elle d'une voix enjouée.

C'est ça, oui.

Y a quelque chose qui ne fonctionne pas pour moi là-dedans. J'ai un cancer du cerveau. Je vais au gym pour me remettre en forme, histoire de passer à travers mes traitements de chimio sans trop de dommages. Et voilà que je me retrouve en train de faire la sexy et de me faire aller la tête (parce que avec des cheveux c'est peut-être ben cute, mais avec un bandana, ça ne donne pas du tout le même effet!), le tout sur une musique de charleston absolument démente!

Je regrette d'être venue. Mais je suis là. Et je suis du genre à finir ce que je commence. Alors je termine.

Je ne sais pas pourquoi ni comment j'ai trouvé l'énergie pour assister au cours suivant, mais c'était une erreur aussi. Il s'agissait d'un cours de yoga-stretching. Je me suis dit : « Ça va être relax. » Sauf qu'il faut savoir que je possède la souplesse d'un 2 x 4. Depuis toujours.

J'ai fait le cours. Au complet. Je n'ai jamais été aussi courbaturée de toute ma vie.

Mais comme je suis une fille intense et déterminée, ça ne m'a pas empêchée de me présenter aux cours du vendredi. Cette fois, c'était vraiment le fun, et dans le sens de ce que je voulais faire.

Toutefois, en faisant mes étirements sur le tapis à la fin du cours, j'ai remarqué que mes jambes étaient couvertes de bleus. Bon. J'y étais peut-être allée un peu fort cette semaine, c'est vrai, mais j'avais la nette impression que le gym n'était pas en cause. Je me rappelais vaguement avoir entendu L'Hématologue mentionner à la première rencontre que la chimio pouvait, entre autres choses, éclaircir le sang. L'idée m'a effleurée que ça pouvait avoir un lien avec les bleus sur mes jambes. Mais puisque j'avais rendez-vous avec L'Hémato-Oncologue le lendemain, j'ai décidé de ne pas trop m'en préoccuper.

AVOIR LES BLEUS

Quelle journée! Vraiment, quelle journée!

Par chance, Ma Mère était à mes côtés, Mon Chum n'ayant pu se libérer pour venir à l'hôpital avec moi. Ce matin, au programme, pas de gym, mais plutôt L'Endo-crinologue, L'Hémato-Oncologue et des prises de sang.

Nous commençons la journée en cherchant déses-pérément un stationnement autour de l'hôpital. Impos-sible. Au bout de quinze minutes, je dis à Ma Mère de me laisser à la porte, d'aller stationner l'auto et de me rejoindre à l'intérieur.

Je dois me rendre en endocrinologie, mais je me rends vite compte que je n'ai pas le bon numéro de local. Le gardien à l'entrée est incapable de me diriger. Je tourne en rond pendant dix bonnes minutes. On se croirait dans les *Douze Travaux d'Astérix*, car même si je demande mon chemin, on me renvoie toujours au point de départ. Je suis en retard et je déteste ça.

Je finis par trouver une gentille dame qui me dirige au bon endroit. Je prie pour que Ma Mère tombe sur elle aussi sinon elle n'arrivera jamais jusqu'à moi.

L'Endocrinologue est une jeune médecin censée travailler étroitement avec l'équipe d'oncologie. Je dois répondre à l'habituelle série de questions pour qu'elle puisse remplir mon profil et je ne peux m'empêcher de me demander à quoi sert d'avoir notre dossier dans le même hôpital si personne ne le consulte jamais. Pourtant, c'est toujours la même maudite information!

Ma Mère arrive, haletante, elle a dû tourner en rond plusieurs minutes elle aussi.

Ayant une certaine base de connaissances médicales, elle se lance dans un interrogatoire en règle auprès de L'Endocrinologue qui semble prise par surprise. Elles finissent par me perdre avec leur jargon médical. Je comprends néanmoins que le médecin est incapable de répondre aux questions de Ma Mère car elle ne connaît pas bien mon type de tumeur. Elle fouille dans le dossier, à la recherche des résultats de la pathologie dans l'espoir de répondre de façon un tant soit peu satisfaisante à Ma Mère qui la défie de son regard « si-vous-voulez-avoir-le-privilège-de-soigner-ma-précieuse-fille-vous-êtes-mieux de-vous-montrer-à-la-hauteur »!

« Je ne crois pas que la pathologie ait été faite ici. Elle n'est pas dans votre dossier.

— Oui, oui. Elle a été faite ici. J'en suis sûre.

— Bien, je ne la trouve pas.

— Regardez encore, je suis certaine que ça a été fait ici.

— Oh... effectivement. Elle est dans votre dossier papier, mais pas dans l'ordinateur. Je ne comprends pas pourquoi. »

Rassurant, ça. Je ne peux m'empêcher de penser que si elle s'était donné la peine de jeter un coup d'œil à mon dossier avant ma visite, elle aurait vu la fameuse pathologie...

« On va faire faire un profil sanguin complet, juste pour être certaine que tout est beau au niveau des hormones thyroïdiennes, mais je serais surprise qu'on trouve quelque chose.

— Je m'en vais justement en oncologie pour des prises de sang. Est-ce qu'on ne pourrait pas me piquer une seule fois?

– Oui, bien sûr. Savez-vous quels genres de tests ils font avec vos prises de sang ?

C'est vraiment à moi de répondre à ça ?

– Non, aucune idée.

– C'est pas grave. Je vais demander à mon infirmière d'appeler en hématologie pour vérifier. S'il n'y a rien de particulier, je vous revois seulement dans un an pour un suivi. Remettez cette feuille à l'infirmière en sortant, ce sera pour votre rendez-vous de l'an prochain. »

Nous nous retrouvons devant l'infirmière qui va prendre mes prises de sang. Elle en profite pour discuter avec L'Endocrinologue, venue lui porter des dossiers.

Après dix minutes pendant lesquelles nous sommes totalement ignorées, je me permets de l'interrompre en lui mentionnant que j'ai rendez-vous en hémato dans moins de cinq minutes.

Elle daigne lever les yeux sur moi avec un air impatient : « Ben oui, madame, ce sera pas long. »

Je ne demande pas grand-chose dans la vie, mais j'aurais souhaité qu'elle manifeste un minimum de savoir-vivre. C'est quoi un peu de respect lorsqu'on est à l'article de la mort ?

Bon. D'accord, je ne suis pas à l'article de la mort.

Mais quand même, je n'ai pas un ongle incarné non plus. Et même dans ce cas-là, le savoir-vivre reste de mise. Pas besoin de coûteuses commissions d'enquête pour humaniser les soins. Juste un petit rappel de la politesse de base pourrait faire toute la différence, sans ajouter à la charge des employés. C'est quoi de dire à la patiente devant vous qui souffre d'un cancer du cerveau, ou de quoi que ce soit d'autre d'ailleurs : « Assoyez-vous, madame, j'en ai pour quelques minutes » ?

Et non.

Elle farfouille encore un peu dans ses dossiers et me demande, sans jamais lever les yeux vers moi : « Bon, il faut que j'appelle en hémato, avez-vous le numéro ? »

Moi ? Heu... non !

Coudonc, ils ne sont pas censés travailler en équipe dans cet hôpital? L'hémato est juste à l'étage au-dessus...

Je fais les gros yeux à Ma Mère qui trépigne sur sa chaise, se retenant à grand-peine de ne pas sauter au cou de l'infirmière. C'est moi que l'infirmière va piquer dans quelques minutes. Me la mettre à dos constitue un risque superflu que je n'ai pas envie de prendre. Heureusement que nous sommes restées polies, car elle me fait extrêmement mal en me piquant. Je n'ose imaginer ce qu'elle aurait fait si Ma Mère s'en était mêlée.

J'ai été piquée souvent depuis le début de cette aventure et je peux témoigner du fait qu'il y a beaucoup d'infirmières qui ne savent tout simplement pas piquer!

Je me retrouve donc avec un bleu grand comme un billet de dix dollars dans le creux du bras gauche. Je ramasse mon sac et m'apprête à partir avec Ma Mère sur mes talons lorsque l'infirmière me lance, toujours sans me regarder : « Oubliez pas votre feuille, vous allez en avoir besoin dans un an. »

Elle me niaise, là ??!

Premièrement, avec mon petit cerveau, il y a très peu de chance que je me rappelle dans un an où j'ai rangé la feuille. Deuxièmement, L'Endocrinologue a pourtant dit bien clairement que cette feuille devait rester dans mon dossier.

Finalement, après argumentation, la fameuse feuille sera conservée (ou plutôt égarée quelque part) dans mon dossier et la fameuse infirmière, censée me rappeler dans un an pour fixer un rendez-vous.

J'ai un doute lancinant sur l'efficacité de la procédure.

Tant pis. Nous filons tout de suite en direction de l'oncologie, car nous sommes en retard, ce qui, finalement, n'aura absolument aucune incidence puisque nous attendrons encore une heure et demie avant de voir L'Hémato-Oncologue qui a pris du retard dans son horaire.

Pendant mon attente, une préposée me fait venir dans une salle pour me peser. C'est la première fois qu'on me pèse lors d'une visite en hémato... j'ai une espèce de pressentiment... qui s'avérera ô combien juste.

« Madame Lettre, cabine 13 », appelle la voix nasillarde dans le microphone des années soixante.

L'Hémato-Oncologue est assise à son bureau. Ce n'est pas le médecin que j'ai vu lors de mes deux dernières visites, mais celle qui m'avait rencontrée à ma toute première visite, lorsque j'avais reçu le verdict de cancer. Je n'aime pas beaucoup changer de médecin à chaque visite, mais j'imagine que, si déjà on arrive à se faire soigner, il ne faut pas trop en demander.

« Je crois que, jusqu'à maintenant, vous avez été vue par mon collègue, n'est-ce pas ? »

Elle me demande comment je vais. Je lui réponds que tout va bien et lui précise que j'arrive justement d'une consultation en endocrinologie. Elle m'informe qu'effectivement la chimio peut dérégler la glande thyroïde – et non pas la radiothérapie – alors que L'Endocrinologue m'a affirmé le contraire quelques minutes plus tôt. Je suis un peu perplexe.

« Vous en êtes à votre troisième traitement de chimio, c'est bien ça ? Quelle dose avez-vous reçue la dernière fois ?

– 320 mg.

Coudonc, c'est pas dans mon dossier ça ?

– 320 mg ? Hum... c'est bizarre. Vous avez perdu du poids n'est-ce pas ?

– Ah oui ? Je sais pas. J'avais pas l'impression, non. J'ai bon appétit depuis quelques semaines.

– Oui. Vous avez perdu 6 livres.

– Ah bon ? Tant que ça ?!

Oh... ça explique sûrement pourquoi je peux enlever mes jeans sans les détacher...

– Vous avez reçu trop de chimio la dernière fois. Par rapport à votre poids, vous auriez dû recevoir 300 mg. Personne ne vous a pesée lors de votre dernière visite ?

— Non. Je me demandais aussi pourquoi vous m'aviez pesée aujourd'hui.

— Vous devriez être pesée à chacune de vos visites, dit-elle d'une voix ferme. Bon, on va voir les résultats des prises de sang d'aujourd'hui et on va probablement baisser la dose de chimio pour la prochaine phase. »

Elle ferme mon dossier et je sens que la consultation est terminée.

« Wo! Attendez, là. J'ai des questions.

— Bien sûr, allez-y.

— J'ai des bleus qui sont apparus partout sur le corps dans les derniers jours. Est-ce que ça pourrait avoir rapport avec la chimio?

— Non, je ne crois pas.

— Voulez-vous que je vous montre? dis-je en me levant, prête à baisser mes jeans (sans les détacher, ce qui n'aurait pris que quelques secondes de son temps) et à lui montrer les énormes bleus que j'ai sur les cuisses.

— Non, non. Ce n'est pas nécessaire. Vous vous êtes probablement cognée sans vous en rendre compte. »

Hum... je sais pas... mais je ne suis vraiment pas du genre à me plaindre pour rien, et si je dis que quelque chose cloche, c'est que ça cloche vraiment...

« De toute façon, on va le savoir avec les prises de sang d'aujourd'hui. »

Comme je la sens pressée de passer à un autre patient (retard oblige!), je m'empresse d'ajouter que ma prochaine résonance magnétique de contrôle était prévue pour la fin de septembre, mais que je n'ai toujours pas de rendez-vous. Elle consulte mon dossier sur l'écran d'ordinateur et, comme elle ne voit rien, elle me dit que la demande a dû se perdre (toujours aussi rassurant!) et qu'elle va faire une autre réquisition.

Bon. De mieux en mieux.

Il faut comprendre que, dans mon cas, la résonance magnétique est l'examen absolu de vie ou de mort. Ce n'est pas un petit examen de routine qu'on peut se permettre de reporter ou, pire encore, d'oublier. Je lui mentionne que j'ai d'ailleurs apporté une copie de ma dernière résonance magnétique de l'autre hôpital, comme me l'avait demandé son collègue lors de ma dernière visite. Elle me dit de la remettre à l'infirmière en sortant.

Je repasse donc par l'infirmière à l'accueil pour lui remettre les papiers pour mon prochain rendez-vous de même que le précieux CD. Elle entre les informations dans le système, me donne la date de mon prochain rendez-vous et me remet... mon CD.

« C'est à vous, ça », me dit-elle en me tendant le CD au-dessus du comptoir.

Et là. Quelque chose saute en moi.

« Non. Non. Non. C'est pas vrai. Écoutez, madame, c'est mon médecin qui m'a demandé d'apporter ce CD ici. Vous allez toujours bien pas me le rendre ! Là, y commence à y avoir plein d'erreurs dans mon dossier, je commence à CAPOTER ! »

Je ne blâme pas tous ces gens. Je suis sûre qu'ils font leur possible. Mais avouons-le, toutes ces incohérences dans les façons de faire et dans les réponses qu'on me donne n'ont rien de vraiment sécurisant.

Elle me réplique timidement qu'elle ne sait pas trop quoi faire du CD.

« Je vais demander à ma collègue tout à l'heure. » Je la regarde, découragée, apposer un Post-It sur le CD et le mettre de côté.

Ce fameux CD qui m'a coûté une heure de mon temps et huit dollars de stationnement. Je suis presque certaine que je ne le reverrai jamais. Heureusement, j'en ai gardé une copie. J'ai appris qu'il vaut mieux garder toutes les informations qu'on peut sur son propre dossier médical. Et j'ai quand même une partie des droits d'auteur dans ce CD de mon cerveau !

Nous arrivons à l'auto... Contravention.

Tout ce cirque a duré trois heures et nous avions un stationnement pour deux heures seulement. J'aperçois un policier, tout près, debout à côté de sa moto.

Sans même avoir planifié mon geste, je m'avance vers lui en arrachant mon foulard d'une main pour bien lui exposer mon crâne dégarni et mon immense cicatrice. Je lui déballe tout ce que j'ai sur le cœur, sous le regard hébété de Ma Mère :

« Monsieur l'agent. J'ai un cancer du cerveau. J'arrive de l'hôpital. Je devais avoir terminé pour midi. Ç'a été plus long que prévu. Comment vouliez-vous que je sorte déplacer mon auto ? S'il vous plaît, donnez-moi un *break* ! »

L'agent semble vraiment désolé : « Je voudrais bien, madame, mais ce n'est pas moi qui ai mis votre contravention. Si ç'avait été moi, j'aurais pu la déchirer, mais là, je ne peux vraiment pas. »

Ah, bon. Toute cette mise en scène dramatique pour rien ? Quel gaspillage de talent !

Je remets dignement mon foulard et retourne vers ma voiture lorsque je l'entends dire dans mon dos : « Bonne chance, madame. »

Nous ne saurons jamais si ce « bonne chance » s'adressait à moi à cause de mon cancer ou à Ma Mère, aux prises avec une fille aussi déchaînée.

Dans l'auto, après avoir rigolé de mon sketch d'improvisation, Ma Mère se remémore l'entrevue avec L'Hématologue et commence à s'emporter. « Non mais elle nous prenait pour qui pour nous répondre de telles inepties ? Elle devrait savoir que nous voulons les vraies réponses. »

De retour à la maison, je reçois un appel de l'hôpital : mes plaquettes sanguines sont basses et mon système immunitaire est à terre. C'est la raison pour laquelle j'ai des bleus partout. L'infirmière m'annonce qu'ils vont suspendre les traitements de chimio le temps que mon corps reprenne des forces. Je devrai refaire des prises de sang la semaine prochaine. Mince consolation, ce ne sera pas avec l'infirmière du service d'endocrinologie qui m'a effectivement fait un bleu (un autre) grand comme ma main.

Je navigue depuis relativement peu de temps dans le système de santé et je n'ai pas encore développé tous les réflexes nécessaires pour garder le contrôle. Ainsi, je n'ai pas demandé les chiffres exacts de mes tests sanguins. Une erreur que je ne répéterai jamais.

Au moins, avec ces données, je peux me faire ma propre idée et Ma Mère peut répondre précisément à ses collègues et amies médecins qui suivent toujours mon cas à distance avec attention et bienveillance. Sans compter que, puisqu'il arrive régulièrement que les intervenants à qui j'ai affaire n'aient pas consulté mon dossier, je fais aussi bien de le conserver moi-même en note.

Le soir, j'étais légèrement déprimée. Et tant qu'à avoir les bleus, j'ai demandé à Mon Chum de compter ceux qui s'étaient manifestés sur mon corps. Il en a dénombré vingt-deux...

COMPLICATIONS

Comme chaque week-end, nous avons empaqueté nos petits et pris la direction du chalet. Tout allait bien et je m'étais remise de mes émotions de la veille. Mon cycle menstruel commençait, mais au moins je n'avais pas de chimio en même temps. Un petit répit pour mon pauvre petit corps bleuté.

Samedi, je suis allée au village avec les enfants. C'était la Fête du Canard. Le village était rempli de vie, de gens, d'activités. Les enfants étaient de bonne humeur. Il faisait beau.

Dans l'après-midi, toutefois, mes saignements ont commencé à augmenter. Je me disais que la chimio avait peut-être déréglé un peu mes menstruations, mais au moins j'étais contente de voir que j'en avais encore, L'Endocrinologue m'ayant prédit une méno-pause précoce à cause des traitements!

Cependant, vers l'heure du souper, je me suis mise à calculer à quelle vitesse je changeais mes tampons... Un par heure.

J'en ai parlé à Mon Chum, qui a eu l'air de com-prendre autant que si je lui avais parlé en cambodgien. Je me suis dit que ça ralentirait sûrement au cours de la journée du lendemain. Mais non. Dans la nuit, je me suis levée toutes les heures pour changer mes serviettes.

Dimanche, les enfants veulent retourner au village. Je suis blanche comme un drap d'avoir perdu tout ce sang. Je demande à Mon Chum d'assumer ses responsabilités de Beau-père et de s'occuper des enfants pendant que je me repose au chalet.

11 heures. Rien ne va plus. Je me vide de mon sang. Je change mes tampons toutes les demi-heures. Je me mets à pleurer pour la troisième fois (la deuxième fois étant le jour où j'ai découvert les « statistiques »). Je sais que je vais devoir aller à l'hôpital. J'appelle Mon Chum sur son cellulaire.

« Chéri ? Es-tu encore au village ? Peux-tu revenir ? Il va falloir aller à l'hôpital.

— Ben voyons, t'es pas sérieuse !

— Totalement. Je pisse le sang. Et c'est pas une figure de style. À la grosseur que j'ai, je vais finir par tomber dans les pommes ! »

J'essaie, sans succès, de joindre Ma Mère et Ma Sœur pour les aviser de la situation. Je laisse des messages partout, espérant un retour d'appel avant que j'arrive à l'hôpital, où je serai obligée d'éteindre mon cellulaire. En moins de trente minutes, nous avons tout remballé et sommes prêts à partir. Arrivés à la maison, nous déposons les enfants chez leur tante, leur père étant parti en voyage d'affaires, et prenons la direction de l'hôpital.

Je m'étais toujours jurée de ne jamais me faire hospitaliser à cet endroit. M'y faire soigner, c'est une chose. Y dormir, ç'en est une autre. Car non seulement c'est un vieil hôpital de l'après-guerre, mais il abrite une clientèle du centre-ville peu fréquentable. Je ne peux me résoudre à y aller, de peur qu'ils me gardent. Je suis tentée d'aller ailleurs, mais Mon Chum me raisonne.

« Ils ont tout ton dossier là-bas. »

Ouin... un dossier que personne ne consulte...

« Et puis, ça va être plus proche de la maison si jamais ils te gardent. »

Bon point.

Arrivés à l'urgence, nous sommes accueillis par deux agents de sécurité qui nous dirigent vers le poste de triage.

« Tout de suite après eux, ce sera votre tour », nous dit l'homme en pointant un jeune couple qui attend sur les chaises en face du poste de l'infirmière. Je mets un masque sur mon visage. Pas question d'attraper la grippe H1N1 en plus !

Quelques minutes après, le jeune couple entre dans le bureau de l'infirmière. Mon Chum, optimiste, me chuchote :

« Ça va peut-être aller plus vite qu'on pense.

– Hum... » lui réponds-je, peu convaincue, en jetant un coup d'œil vers la salle d'attente derrière nous qui est comble.

Malheureusement, nous sommes arrivés au moment du changement des équipes d'infirmières. Ce qui prend une éternité à effectuer, il me semble. Comble de malheur, au moment où c'est enfin notre tour, un livreur arrive avec un immense bouquet adressé au « personnel de l'urgence ».

Je suis bien contente pour elles, mais quand je vois l'infirmière du triage quitter son poste avec le bouquet pour aller le montrer à ses collègues, je sens que je vais craquer. Une fois de plus.

Pendant ce temps, la file d'attente au triage s'est allongée et tout le monde essaie de dépasser tout le monde. Une jeune femme avec le pied dans un bandage semble avoir une simili perte de connaissance, ce qui ne lui attire aucune sympathie de notre part, puisqu'elle est arrivée en marchant un peu plus tôt.

Quand ses amis passent devant nous au triage, Mon Chum se lève d'un bond pour s'interposer. Tout le monde s'énerve et la tension monte tellement que le gardien de sécurité se sent obligé d'intervenir, lui qui lisait tranquillement son journal depuis une heure.

« OK, calmez-vous. C'est madame ici avant », dit-il au petit groupe en me pointant du doigt.

Nous entrons dans le bureau de l'infirmière, moi en pleurs, Mon Chum rouge de colère.

Je ne peux m'empêcher de me demander comment nous ferons si un jour la pandémie de grippe explose... Les gens vont littéralement s'entre-tuer dans les urgences.

J'explique ma situation à l'infirmière.

« Je crois que c'est à cause de mes plaquettes. On m'a dit qu'elles étaient basses. Ça doit être pour ça que je saigne autant.

— Un instant, je vais vérifier dans le système. Je dois pouvoir avoir accès aux résultats. »

Elle consulte son ordinateur. Je suis sceptique, mais pour une fois l'information est disponible du premier coup.

« Oh mon Dieu ! Vos plaquettes sont à dix.

— Dix ? Est-ce que c'est bas ?

— Oh oui. Normalement, ça doit être au-dessus de cent et ne jamais descendre en dessous de cinquante. »

Mon Chum et moi sommes pétrifiés. Nous n'avions pas réalisé la gravité de la situation.

« Alors, j'ai bien fait de venir... ? ne demandant qu'à être rassurée sur le fait que je n'étais pas devenue hypocondriaque.

— Tout à fait. Je ne vous renvoie pas chez vous, c'est sûr. Pas même dans la salle d'attente. Je vais vous faire admettre immédiatement. »

Même si je suis soulagée de savoir que je ne suis pas venue pour rien et qu'on va me prendre en charge, je suis complètement terrifiée à l'idée d'être hospitalisée... et piquée de nouveau.

Nous suivons un préposé qui nous dirige vers la civière qui me servira de lit pour les vingt-quatre prochaines heures. Comme je suis classée « urgence majeure », je me retrouve avec un lit dans le couloir, en face du poste des infirmières, sur lequel trône l'immense bouquet qui est passé devant moi au triage.

Une heure plus tard, le médecin de garde à l'urgence passe m'examiner. Elle est jeune, dynamique et me plaît tout de suite. Elle confirme que je vais avoir besoin d'une transfusion de plaquettes, mais comme il n'y en a pas en stock, ils doivent en faire venir d'Héma-Québec par taxi et ça peut prendre une heure. Quelle ironie ! Dire qu'en agence je m'occupais des campagnes publicitaires d'Héma-Québec et que je me retrouve tout d'un coup cliente de leurs produits sanguins ! Tout un revirement !

D'ici là, les infirmières me donneront un médicament pour faire arrêter les saignements. J'ai encore droit à des prises de sang. Avec mes bras de toxicomane, elles ne savent même plus où me piquer.

À côté de moi, un homme d'une maigreur désarmante engueule les infirmières qui ne lui donnent pas l'autorisation d'aller... fumer.

« Mais monsieur, vous ne pouvez pas sortir. Vous êtes à l'urgence.

– Mais, chu pas méchant, j'veux juste aller prendre de l'air pis fumer une cigarette. J'étouffe icitte.

– Monsieur, s'il vous plaît, restez tranquille.

– J'veux juste sortir. J'ai besoin d'air. »

Finalement, le médecin de garde s'en mêle et abdique au bout d'une minute.

« Monsieur, nous avons trouvé une tache sur vos poumons. On ne sait pas encore ce que c'est, mais c'est sûrement pas une bonne idée d'aller fumer.

– Mais j'étouffe icitte. J'ai besoin de sortir.

– Faites donc ce que vous voulez, monsieur. Nous, on est ici pour vous soigner. Si vous voulez pas, tant pis », lui lance-t-elle en tournant les talons.

Le monsieur décide de sortir fumer. L'infirmière me lance un regard entendu et lève les yeux au ciel.

« Yé malcommode, lui dis-je en souriant.

– Oh, ça c'est rien. Il est gentil, lui, comparé à d'autres. Certains nous insultent et nous crachent au visage. »

Je suis horrifiée. J'avais déjà entendu dire que les infirmières subissaient des agressions, mais voir de mes propres yeux des patients stupides et agressifs me le faisait réaliser pleinement. Il me semble qu'elles auraient d'autant plus de raisons d'être polies avec les patientes bien élevées et gentilles comme moi, mais bon, j'ai déjà amplement philosophé sur le sujet.

Une patiente passe devant le poste des infirmières pour la quatrième fois. Elle a le regard perdu et les cheveux hirsutes. Sa jaquette est tout ouverte en arrière, découvrant son corps affaissé et ses immenses culottes. Par contre, elle a conservé un minimum de dignité en tenant à son bras son beau sac à main noir en cuir verni. Je crois comprendre qu'elle essaie de trouver ses vêtements. Chaque fois, un préposé vient la chercher pour la ramener jusqu'à son lit. J'ai l'impression que son manège dure depuis un certain temps.

« Je crois qu'elle cherche son linge, dit l'homme couché sur la civière derrière moi à une infirmière qui passe.

— Oui, et vous comprenez pourquoi on ne le lui donne pas... » répond-elle avec un petit sourire sous-entendu.

Hum. Effectivement.

23 h 30. Ma transfusion est terminée.

J'aperçois des boursouflures sur mes bras et mon ventre. Je sais qu'il y a des risques d'allergies lors d'une transfusion. Inquiète, j'accroche l'infirmière qui va chercher le médecin.

« On dirait des piqûres de punaises », dit le médecin en observant les pustules.

Ouach. Dégueulasse. Je veux sortir d'ici.

« Êtes-vous allée en camping ? »

C'est pas sérieux, là ? J'ai un cancer du cerveau. On est presque en octobre. Je n'ai plus de plaquettes sanguines, et pratiquement plus de sang en fait. Je vais quand même pas aller faire du camping. Bon... c'est vrai que je suis allée à Vegas, mais c'est pas pareil, non ?

Je réponds, insultée : « Ben non, voyons.

— C'est bizarre. On jurerait des piqûres de punaise.

— Ça doit venir du lit, non ? »

Comme elle fait semblant d'ignorer ma question, je capitule. Je suis fatiguée de toute façon.

« Bon, ben, d'la marde. Donnez-moi une pilule pour dormir pis ça va faire l'affaire. »

Elle semble trouver que c'est un bon compromis, et trente minutes plus tard je suis dans les bras de Morphée. On ne saura jamais la cause de mes piqûres, car elles auront disparu à mon réveil le lendemain. J'ai bien d'autres préoccupations que d'alerter les médias ; le ministre de la Santé n'aura donc pas à répondre en séance parlementaire de la salubrité des draps dans les urgences.

Le lendemain, je me réveille aux petites heures, dérangée par une femme hystérique qui crie à l'autre bout du couloir. J'apprendrai plus tard que c'est une dame âgée un peu perdue...

Ses cris me glacent le sang. Je suis drôlement contente de ne pas partager sa chambre. Le couloir, ce n'est pas si mal finalement...

Mon Chum arrive avec ses beaux yeux et sa bonne humeur. Il a pris congé pour rester avec moi. Pour déjeuner, j'ai droit à un gruau infect et à une tranche de pain tiède, accompagnée d'une tranche de fromage Kraft et d'un thé. Tout pour vous donner le goût de ne pas vous attarder là, quoi ! J'apprends aussi que je vais passer une résonance magnétique (tiens, la réquisition a fait son bout de chemin dans le dossier ?) et que j'aurai d'autres prises de sang avant de pouvoir obtenir mon congé.

Il faut ce qu'il faut !

À 15 heures, je suis libérée et je pars, mais pas sans la copie de ma résonance magnétique et de mes tests sanguins. L'expérience commence à rentrer...

Mes plaquettes sont à soixante-quatre, ce qui est mieux, mais pas assez bon pour reprendre le traitement de chimio. J'ai bien peur que mon retour au travail soit retardé encore... je vais devoir me trouver d'autres occupations.

Je n'ai qu'une envie : retrouver les enfants que j'ai abandonnés subitement hier. Je trépigne de joie à l'idée de les serrer dans mes bras. Mais comme les scénarios qu'on se fait dans nos têtes ne sont jamais les bons, j'arrive à la maison en même temps que... les pompiers ! Non mais, quel manque de « timing » quand même ! L'alarme de fuite de gaz a été déclenchée subitement chez le voisin qui a téléphoné aux pompiers. Impossible de rivaliser avec eux.

Je ne verrai les enfants qu'à l'heure du souper lorsque la tranquillité sera revenue dans le quartier et qu'ils auront jugé qu'il n'y a plus rien d'intéressant à voir et que peut-être, je dis bien peut-être, il serait temps d'aller dire bonjour à leur vieille mère qui revient de l'hôpital.

UNE JOB À TEMPS PLEIN

Je le dis souvent, et je le répète, être malade est une job à temps plein.

Quand ce ne sont pas les interminables heures d'attente dans les hôpitaux, il faut courir au CLSC pour des prises de sang, aller voir des spécialistes (car à chacun son département!), passer aux archives ou à la filmothèque pour obtenir des copies de nos examens, envoyer des documents - signés par les médecins, beau défi! - aux assurances, passer à la pharmacie faire exécuter nos ordonnances, effectuer des recherches sur Internet. Et trouver le temps de se reposer dans tout ça!

Aujourd'hui ne fait pas exception. Je dois me rendre dans un quatrième hôpital pour une consultation en gynécologie. Les médecins veulent arrêter mon cycle menstruel durant mes traitements de chimio pour éviter une autre hémorragie comme celle que j'ai connue. Je suis tout à fait d'accord avec le principe. Bye bye les règles!

Je me présente à l'accueil de l'hôpital et prends un numéro pour faire faire ma carte. J'enfile un masque, qui me donne un look absolument horrible, en priant pour ne rencontrer personne de ma connaissance. Mais je suis prête à tout pour ne pas être hospitalisée une autre fois!

Au bout d'un certain temps, j'aperçois une affiche précisant que la carte d'hôpital est maintenant unique pour tous les hôpitaux que je fréquente. Je m'approche du comptoir pour vérifier l'information.

« Bonjour, je vois qu'il est écrit qu'on n'a plus besoin de plusieurs cartes maintenant, est-ce exact ?

– C'est bien ça. C'est tout nouveau. Montrez-moi votre carte. »

Je lui tends une de mes nombreuses cartes. Je commence à en avoir une jolie collection de toutes les couleurs.

« Votre carte est bonne ici. »

Bon ! Enfin une bonne nouvelle. Je vais pouvoir monter tout de suite au quatrième étage, en gynécologie.

Un jeune homme au look punk m'accueille à la réception. Je ne peux m'empêcher de me demander ce qu'un gars comme lui fait au département... de gynécologie !

« Vous avez rendez-vous avec quel médecin ?

– Aucune idée en fait. Je suis référée par les urgences d'un autre hôpital. »

Il me demande mon nom et plonge le nez dans ses feuilles.

« Ah voilà. Assoyez-vous, ce ne sera pas bien long, on va vous appeler. »

Assise sur mon siège, je commence à fouiller dans ma mémoire pour trouver le nom de famille de l'oncle de Mon Chum qui est - ô malheur ! - gynécologue.

Je commence à angoisser à l'idée de devoir trinquer avec lui au prochain party familial de Noël, alors que je pourrais aujourd'hui me retrouver devant lui, les deux jambes écartées.

Vingt minutes plus tard, on m'appelle dans un des bureaux. Je suis accueillie par une imposante infirmière noire qui a deux fois ma stature.

« Bonjour, vous venez nous voir pour quoi, madame ? »

Je commence à lui relater les événements des derniers jours. Elle m'écoute avec attention. Je n'ai pas sitôt fini qu'elle conclut : « Bon, parfait, ça sera pas long, vous allez pouvoir expliquer ça à La Résidente qui va venir, ensuite Le Médecin va vous examiner. »

Ah, bon ? Je vais être obligée de tout répéter encore ? Si j'avais su, je me serais enregistrée moi-même sur mon cellulaire-caméra-vidéo !

J'attends encore une dizaine de minutes lorsqu'on frappe à la porte. C'est La Jeune Résidente qui ne doit pas avoir trente ans.

« Bonjour, madame Lettre. Le Médecin est présentement avec une patiente de l'autre côté, on va compléter votre dossier ensemble. »

En fait, elle m'avoue qu'elle n'a pas mon dossier. Elle ne sait même pas pourquoi je suis référée en gynéco. Et me voilà repartie pour la énième narration de mon histoire depuis le début. Heureusement, la pratique aidant, je suis devenue une véritable experte et je peux nommer par cœur tous les médicaments que j'ai pris, tous les noms des médecins que j'ai vus, y compris ceux de l'urgence, et toutes les dates auxquelles j'ai passé des examens.

Je m'impressionne moi-même. Elle me demande d'enlever mes vêtements pour l'examen. Je m'exécute sans rechigner en dépit de l'immense fenêtre, sans stores ni rideaux, qui donne sur un édifice à bureaux de l'autre côté de la rue. C'est fou à quel point la fréquentation régulière du réseau de la santé diminue notre niveau de pudeur !

Après l'examen, La Jeune Résidente m'informe que Le Médecin sera avec moi dans quelques minutes. Pendant que j'attends, elle a même la gentillesse de revenir pour me rassurer : « Ça ne sera pas long, le médecin est toujours avec la patiente d'à côté, mais elle s'en vient. » J'en conclus qu'elle est encore nouvelle dans le milieu. Comme j'apprécie ce petit geste de respect et d'empathie, je me fais un devoir de le lui dire. Un peu de renforcement positif va peut-être l'encourager à demeurer aussi attentive vis-à-vis de ses patients au fil de sa pratique, qui sait ?

Finalement, Le Médecin entre. C'est une femme. Je suis sauvée!

Elle est jeune et fort sympathique en plus. Elle consulte les notes de La Résidente, pose quelques questions complémentaires. Elle est d'accord sur le fait qu'il est préférable d'arrêter mes menstruations durant les traitements de chimio. Elle confirme aussi que la prise en continu de la pilule qui va mettre fin aux menstruations ne représente pas de risque dans ma condition, et que je pourrais continuer pendant des mois, voire des années.

Hum... intéressant...

Tout en continuant de m'interroger, elle me fait allonger sur le dos, les pieds dans les étriers pour l'examen.

« À combien étaient vos plaquettes?

– À dix avant la transfusion, à soixante-quatre après.

– À quand remonte votre dernière résonance magnétique?

– À lundi, lorsque j'étais hospitalisée.

– Je vais aller voir si les résultats sont entrés à votre dossier. »

Je n'arrive pas à saisir le lien entre ma résonance magnétique et l'examen gynécologique en cours. Je la regarde sortir du bureau, perplexe.

Elle revient deux minutes plus tard et me dit : « Les images sont là, mais les notes du radiologiste ne sont pas rentrées encore. »

Non mais... s'il avait fallu que ce soit La Gynéco qui m'apprenne que mon cancer avait récidivé alors que je suis tout écartelée, les deux pieds dans les étriers, ç'aurait vraiment été le summum de l'absurde!

L'examen terminé, je me rhabille. La Gynécologue m'avise alors qu'elle va me faire passer une échographie par mesure de prudence, pour être bien certaine qu'il n'y a pas d'autres causes à mes saignements.

« Êtes-vous pressée? Si vous ne l'êtes pas, je vous suggère d'aller porter vous-même la requête en radiologie dans l'autre pavillon. Comme ça, on aura l'assurance que c'est bien arrivé.

— Aucun problème. Je commence à avoir l'habitude de jouer les coursières entre les départements des hôpitaux.»

Et de toute façon, tant qu'à avoir payé quinze dollars de stationnement, autant maximiser mon investissement. Je me rends donc dans l'autre pavillon au deuxième étage où je suis accueillie par une femme d'un certain âge aux lunettes trop épaisses.

«Bonjour, vous arrivez des urgences, vous?»

Mon Dieu, ai-je l'air si mal en point...?

«Non, non. De la gynécologie. Je viens porter une requête pour une échographie.

— Ah bon. Avez-vous votre carte d'hôpital, s'il vous plaît?»

Elle compose mon numéro de dossier à l'ordinateur.

«Vous habitez sur la rue Richelieu?

— Heu non... pantoute. J'ai même jamais habité là. Êtes-vous sûre que vous avez le bon dossier?»

Elle pitonne à nouveau.

«Sur la rue Resther?

— Oh mon Dieu, c'était mon adresse lorsque j'étais étudiante. Depuis ce temps, j'ai au moins déménagé douze fois.

— Bon, une chance que j'ai vérifié parce qu'on envoie les convocations de rendez-vous par la poste maintenant.

— Comment ça se fait que vous n'ayez pas la même adresse que sur ma carte d'hôpital? Je l'ai pourtant fait refaire récemment.

— Ben oui, c'est vrai ça. Comment ça se fait? L'avez-vous fait faire ici votre carte?

— Non, mais c'est censé être la même carte pour tous les hôpitaux.

— C'est ben vrai ça.»

Elle appelle sa collègue et lui explique le problème. Sa collègue, catastrophée, s'exclame: «Ça veut dire que lorsqu'un changement d'adresse est effectué, il n'est pas mis à jour automatiquement dans le système des autres hôpitaux?» Les deux femmes se regardent et en viennent à la même horrible conclusion: certains patients ne recevront jamais leur convocation de rendez-vous.

Je repars, un peu éberluée par ce qui vient de se produire. Le ciel a encore été de mon côté. Si je ne déménage pas une autre fois d'ici les prochains mois, j'ai une chance de recevoir une lettre de convocation pour une échographie.

De retour à la maison, je reçois un appel de l'infirmière d'hémato-oncologie. Mon rendez-vous sera devancé à la semaine prochaine afin que je puisse passer d'autres prises de sang.

« Quand est-ce que j'aurai des nouvelles de ma résonance magnétique?

— Ça remonte à quand la dernière?

— À lundi, lorsque j'étais hospitalisée.

— Pis personne ne l'a regardée encore? C'est pas fort!»

Ce n'est pas moi qui l'ai dit, cette fois...

MONTÉE DE LAIT

Hier soir, Mon Chum n'a pas respecté la règle fondamentale de Patrick Huard : « Farme-ta-yeule ! »

C'est qu'il a eu le malheur de me faire sentir à demi-mot (car Mon Chum ne parle pas, il sous-entend) qu'il en faisait trop. Ou que je n'en faisais pas assez, c'est selon le point de vue.

Il faut admettre que je suis relativement stressée ces temps-ci... et lui aussi. Ajoutez à ça un brin de susceptibilité et de la fatigue accumulée et vous obtenez un mélange assez explosif.

C'est vrai que je suis en arrêt de travail. En principe, j'ai donc plus de temps disponible. Il me semble par ailleurs que j'assume une bonne part de la charge domestique, pour une fille en convalescence.

Le pauvre ! Il a eu droit à une méchante montée de lait de ma part, en réaction à sa propre montée de lait. Voici un aperçu de ce que ça a donné :

« Chéri. Je ne travaille peut-être pas, c'est vrai. Mais je m'occupe de mes deux enfants, y compris les douches et les devoirs en double, des chats (car oui, la litière se vide, mais seulement si je m'assure que quelqu'un le fera), je m'occupe de faire les courses, l'épicerie, d'acheter du lait (tous les deux jours, précisons-le), du lavage (oui, je sais, tu plies les vêtements, merci !), d'emmener les enfants à leur cours de danse ou de guitare quand ce n'est pas le pédiatre ou le podiatre, de ramasser derrière eux, de gérer leur argent de poche, de commander le traiteur, de planifier les dîners, de préparer les soupers, de remplir et vider le lave-vaisselle chaque maudit jour, de vider la poubelle ET d'aller porter les sacs dans la poubelle dehors (car imagine-toi donc qu'ils ne marchent pas, mais qu'ils vont se mettre à le faire si on ne les jette pas), de vider les bacs à recyclage (oui, merci, tu mets les bacs au chemin), de changer les rouleaux de papier de toilette dans les trois foutues salles de bains, de mettre les rouleaux vides au recyclage (!), de payer les factures, de balancer les états financiers de la copropriété, d'arroser les fleurs, de m'occuper de l'admission au secondaire des deux plus vieux, d'organiser l'anniversaire du plus jeune, de penser à sortir l'argent pour la femme de ménage, d'aller à mes rendez-vous à l'hôpital et au CLSC, sans compter les nombreux appels dans tous les hôpitaux où je suis prétendument "suivie", dans l'espoir qu'à un moment donné quelqu'un daignera enfin regarder ma résonance magnétique que je traîne dans mon sac depuis deux semaines ! »

Respire.

« Et à travers ça ? Essayer d'aller au gym et me reposer un peu. »

Inutile de préciser que, ce soir-là, on s'est couchés sans trop se toucher.

Pour être tout à fait honnête, je savais pertinemment au fond de moi que mon explosion d'émotions était principalement due au fait que j'étais angoissée par les résultats de ma résonance magnétique. Sans compter que j'étais de plus en plus frustrée par mon impuissance à secouer l'indifférence des médecins qui ne daignaient pas jeter un coup d'œil à cet examen dont les résultats représentaient pour moi un enjeu vital.

Alors, après-demain, je vais partir au chalet me R-E-P-O-S-E-R avec Mon Chat qui, lui, me demande bien peu de choses en fait, et ne revenir que le mardi suivant. Ç'a été salvateur la première fois, ça devrait l'être encore la deuxième fois.

SENTIMENT D'ABANDON

Il y aura bientôt dix mois que je suis en arrêt de travail. DIX MOIS!

C'est très long dans une société où un sujet majeur ne monopolise l'attention que quelques heures ou, au mieux, quelques jours. Je ne sais pas si c'est mon imagination, mais je sens que l'intérêt des gens autour de moi s'essouffle. Ce qui est tout à fait compréhensible si on pense que ça fait DIX-LONGS-MOIS. Et dire que je ne suis pas encore au bout de mes peines...!

Je ne peux pas les blâmer. Je suis moi-même du genre à me désintéresser rapidement d'un sujet. Au début de mon aventure, nous étions dans l'urgence, le sprint et la phase où l'adrénaline était à son maximum. Nous sommes maintenant dans la course de fond. C'est la ténacité et l'endurance qui, au jour le jour, prennent la relève. Encore beau qu'après dix mois (DIX MOIS!) je reçoive toujours de la visite et des courriels d'encouragement.

Excepté le fait que même les hôpitaux ne donnent plus suite à mes appels: je ne suis vraiment plus une priorité. Bon. D'une certaine manière, je devrais être contente et même soulagée. Ça veut dire que je ne suis pas en danger de mort. Sauf qu'étrangement je me sens submergée par un sentiment d'abandon. D'autant plus que Ma Mère est partie à son chalet vivre une belle histoire d'amour avec son conseiller en rénovation.

Je suis très heureuse pour elle. J'avais tellement souhaité qu'elle rencontre quelqu'un. Mais, après tous ces mois où elle a été si disponible pour moi, il faut maintenant que je la partage, et ça, on a beau avoir trente-sept ans, un Chum, et tout et tout, partager sa Mère, ce n'est jamais facile. Je le sais, je l'ai partagée toute ma vie avec Ma Sœur aînée.

Avec les perpétuels travaux que l'imagination fertile de Ma Mère concocte sans arrêt, on n'aurait pu rêver mieux pour elle qu'un amoureux expert en rénovation... quoique... un médecin aussi aurait été pratique par les temps qui courent!

Bon. Je me sens comme un gros-bébé-la-la.

Dans ces cas-là, j'applique une règle stricte: quand j'ai envie de chialer ou de m'apitoyer sur moi-même, je m'accorde la permission de le faire, mais pour une période ne dépassant pas plus de vingt-quatre heures. La vie est trop courte. Surtout en ce moment. De toute façon, demain, j'ai rendez-vous à l'hôpital pour mon suivi. Ils vont bien être forcés de s'occuper de moi et de lire ma foutue résonance magnétique!

***

Retour à l'hôpital. Je n'ai jamais vu autant de monde. On se croirait à un 5 à 7 dans le dernier endroit «in» de Montréal, musique d'ambiance et cocktail en moins. On dirait vraiment que le cancer est à la mode.

Je suis encore et toujours la plus jeune de la salle d'attente. Je prends mon carton bleu et vais m'asseoir bien sagement, en bonne patiente de mieux en mieux dressée.

Première attente.

Moi qui souffre depuis toujours d'impatience chronique, on peut dire que je suis en sevrage intensif.

Une vingtaine de minutes plus tard, je suis appelée au comptoir pour confirmer mon arrivée et ramasser mon numéro pour les prélèvements. La jeune fille au comptoir a de magnifiques cheveux blonds, très longs. Je maudis intérieurement le sadique qui l'a engagée pour travailler en oncologie. De tous les départements, pourquoi celui-là?

Elle me remet mon carton vert. Je me dirige vers l'autre salle au bout du couloir.

Deuxième attente.

J'ai le numéro 2 et on appelle le 43. Au moins maintenant, je maîtrise mieux les règles du bingo de la salle d'attente; je sais que les numéros recommencent après le 50. Je replonge sereinement dans ma lecture.

Une femme arrive en coup de vent dans la salle d'attente et lance au groupe: «Quelqu'un a le numéro 6 rouge?»

C'est pas vrai! Ils n'ont toujours ben pas ajouté une couleur sans nous avertir? Ça va être le bordel!

Sa question soulève la perplexité et une inquiétude palpable chez les dix-huit patients qui attendent que leur numéro sorte enfin à la loterie de la salle d'attente. Je ne suis apparemment pas la seule à n'avoir jamais entendu parler des numéros rouges.

L'employée est ressortie aussi vite qu'elle est arrivée, laissant planer un doute affreux dans nos esprits.

Quinze minutes plus tard, c'est à mon tour. L'infirmière qui me pique est surdouée. Je n'ai rien senti. Une première dans mon aventure. Je lui exprime avec chaleur toute mon admiration pour sa technique impeccable, ce qui la fait rire de plaisir. À moins qu'à force d'être piquée, j'aie perdu toute sensibilité dans le creux des coudes... ce serait envisageable...

Je retourne ensuite dans l'autre salle et m'installe dans un coin en attendant que L'Oncologue m'appelle.

Troisième attente.

Je suis déjà là depuis plus d'une heure et je dois sortir pour remettre de l'argent dans le parcomètre. Pas question de risquer une autre contravention. Sans compter que je ne peux pas rejouer indéfiniment la scène dramatique du foulard enlevé d'une main élégante, sans risquer de brûler définitivement mon effet, pour un policier qui n'en aura rien à foutre de toute façon.

J'attends encore. Et encore. La salle d'attente s'est vidée.

Je suis toujours là, à me tortiller sur ma chaise parce que j'ai envie de faire pïpi et que je n'ose pas m'éloigner de peur de ne pas entendre mon nom et de manquer mon tour. Un doute s'insinue. *Et si c'était moi, le numéro rouge?*

Enfin, on m'appelle.

L'Oncologue est déjà dans le bureau et m'attend. Cette fois-ci, elle n'a pas l'air pressée. Je dois être son dernier rendez-vous de la matinée.

Depuis le début, dès que je suis devant elle, je me sens comme une fillette de quatre ans qu'on réprimande. Peut-être parce qu'elle s'adresse souvent à moi comme si j'étais retardée (remarquez qu'avec mon petit cerveau et les fortes doses de radiothérapie que j'ai reçues, elle a peut-être raison de douter de mes capacités mentales). Même si je n'en connais pas la cause, ma réaction est immanquable.

« Vous avez perdu du poids, comment ça se fait? » me demande-t-elle la voix chargée de reproches.

Ça y est : j'ai quatre ans!

« Ben... je sais pas moi. Je mange bien pourtant. Je prends même des petits suppléments alimentaires aux fraises deux fois par jour! » Mon alimentation n'éveille aucun intérêt de sa part, j'aurais aussi bien pu me gaver de chips!

« Bon. On va regarder vos formules sanguines.

– Super. Je me sens très essoufflée depuis une semaine. Je me demande si ce n'est pas l'hémoglobine qui est trop basse. » Toujours aucune réaction. De toute façon, on ne répond pas à une enfant de quatre ans qui s'essaie à utiliser des mots sérieux d'adulte, comme « hémoglobine ».

« Je n'ai pas les derniers résultats des prises de sang que vous avez faites au CLSC. Elles ne sont pas au dossier. Ça doit être L'Infirmière Pivot qui les a. »

Une autre affaire! Sauf que, cette fois-ci, j'ai été plus rusée qu'elle, car je détiens avec moi les fameux résultats... qui datent déjà d'une semaine, mais bon!

Elle prend le téléphone et appelle au laboratoire de l'hôpital.

«Allô? Oui. J'ai besoin des prises de sang de Mme Lettre tout de suite. Celles qu'on lui a faites il y a une heure. Comment ça, vous ne les avez pas?» demande-t-elle d'un ton coupant.

Et je me surprends à avoir de l'empathie pour la personne au bout du fil qui, elle aussi, a probablement régressé subitement à l'âge de quatre ans.

«Ils vont les analyser tout de suite, dit-elle en se tournant vers moi. En attendant, on va se faire un tableau pour suivre ça comme il faut. Donnez-moi votre cahier de suivi.»

Elle tourne les pages de mon cahier, l'air sévère.

«Pourquoi avez-vous rempli cette page? C'est moi qui dois la remplir.»

Comme personne ne s'est intéressé à ce cahier jusqu'à ce jour, j'en avais conclu qu'il m'appartenait et que je pouvais en disposer comme bon me semblait.

Eh bien non, j'ai quatre ans et j'ai barbouillé un livre précieux...

J'ose une timide protestation: «Ben là! C'est la première fois qu'on me demande mon cahier de suivi. Habituellement, je ne l'apporte même pas.

— Il faut toujours avoir votre cahier. Pas de cahier, pas de rendez-vous!»

Ah bon? C'est la première fois que je l'entends, celle-là, même si ça fait plus de six mois que je suis suivie en oncologie. J'en prends bonne note: c'est comme mon avocat, à partir de maintenant, je n'accepterai de médication qu'en présence de mon cahier!

Elle retranscrit dans mon tableau tous les résultats des prises de sang reçus depuis le début de la chimio. Comme j'utilise maintenant mes talents d'organisatrice et de planificatrice pour gérer non plus des comptes clients mais mon propre cas, je suis même en mesure de lui fournir les données manquantes.

Elle téléphone de nouveau au labo.

« Allô ? Oui, je n'ai toujours pas les résultats de Mme Lettre. Les avez-vous ? Ben, là. Ça doit pas être bien compliqué, c'est pas si long à faire avec la machine. Bon. D'accord. »

Et se tournant vers moi : « On les aura dans quelques minutes. »

Je ne sais pas si c'est la même interlocutrice que tout à l'heure ou si nous sommes maintenant trois à être âgées de quatre ans.

Je lui suis tout de même reconnaissante de son insistance à obtenir mes résultats. Comme je suis la seule que mon dossier médical complet semble intéresser et que je suis le lien le plus efficace entre tous ces spécialistes qui ne se parlent pas, je tiens mordicus à quitter l'hôpital avec toutes mes données en main.

« On va regarder votre résonance magnétique. »

Bon. Enfin !

Nous parcourons ensemble les notes du radiologiste. Je n'y comprends rien. Décidément, le rapport est écrit pour qu'un patient ne puisse absolument pas soupçonner s'il est ou non sur le point de mourir.

Je lui pose quelques questions sur des termes obscurs dont la consonance ne me plaît pas, mais alors pas du tout. Je suis devenue totalement allergique à tout ce qui se termine en « ome » comme dans glioblastome ou qui comprend le mot « infiltrer » comme dans « tumeur qui peut s'infiltrer ». Quant à la notice « à surveiller », elle me donne la chair de poule.

« Faites-vous-en pas. Ça veut dire que tout est beau. Il y a un peu d'enflures dues à la radiothérapie, mais aucune trace de la tumeur. »

Je me doutais que tout allait bien, mais ça fait tout de même du bien de l'entendre.

« Vous êtes allée en gynéco ? Les saignements, c'est beau ?

– Oh oui. Plus de saignements ! La Gynécologue m'a prescrit la pilule contraceptive en continu.

– Comment ça, la pilule contraceptive ? » demande-t-elle d'un air catastrophé.

... Quatre ans.

« Oui... pour arrêter les menstruations.

– Mais, j'veux pas ça, moi. Il faut de la progestérone uniquement. Pas d'œstrogène. On ne peut pas prendre de l'œstrogène avec de la chimio. »

Ciboire ! Et La Gynéco ne savait pas ça ???

« Et là, je fais quoi ?

– Vous la rappelez, puis vous lui dites de vous prescrire autre chose. »

Rappeler La Gynéco... ça veut dire essayer de passer à travers le système vocal automatisé de l'hôpital... mission impossible...

Elle se retourne vers son écran d'ordinateur.

« Voilà, les résultats sont entrés. »

Bonne nouvelle. Mes formules sanguines sont belles. Pas super, mais acceptables. Je suis tout sourire. Ça veut dire que je vais pouvoir sortir de ma quarantaine et mettre le nez dehors !

« Par prudence, on va attendre une semaine avant de recommencer la chimio. Le temps d'avoir les résultats d'une autre prise de sang. »

J'en ai vraiment ras-le-bol des piqûres. Aucun risque que je devienne toxicomane après une telle expérience ! Mais force est d'admettre que son raisonnement est plein de bon sens. Allons-y pour la prudence. Elle prévoit de me revoir dans cinq semaines. La rencontre aura duré une bonne grosse demi-heure. Fini le sentiment d'abandon. On s'est occupé de moi.

Je retourne à l'accueil prendre mon numéro noir et m'asseoir dans la salle.

Quatrième attente.

Quinze minutes plus tard, je suis dans la rue en direction de ma voiture, mon dossier sous le bras et le cœur léger.

ET LE SEXE LÀ-DEDANS ?

La route pour Knowlton est belle et parsemée des couleurs d'automne. Dieu que j'aime cet endroit ! Les arbres ont déjà commencé à perdre leurs feuilles. Je ne peux pas croire que les saisons filent si vite. Je n'ai pas vu les mois passer.

La maison est sombre et humide. Nous n'y sommes pas venus depuis mon hospitalisation d'urgence. Je sors les sacs de l'auto, débarque Mon Chat qui file se réfugier dans la cave comme chaque fois. Il en ressortira au bout de quinze minutes pour venir manger, assumant sans aucune honte son statut de chat urbain qui préfère de loin la bouffe toute préparée à une souris crue.

Je défais les sacs d'épicerie et entreprends de faire un feu.

Il a fait froid ces derniers jours et le bois est terriblement humide. J'ai pourtant démarré mon feu en respectant les règles de l'art d'un bon scout, mais il s'obstine à s'éteindre au bout de quelques minutes. Il fait 12 °C dans la maison, il y a du frimas sur les fenêtres et au bout de mes doigts. Le soir commence à tomber. Bientôt, il fera encore plus froid. J'ai mis en marche le système de chauffage, mais comme ça prend un certain temps ça aussi, je GÈ-LE.

Je commence à pogner sérieusement les nerfs. J'ai le ventre creux et un urgent besoin de déboucher une bouteille de vin. Sur les conseils de Mon Chum, je « bourre » le poêle de papier. J'ajoute du bois. Ouvre la porte pour donner de l'oxygène. Ferme la porte. Ouvre encore.

S'il faut que je brûle la maison planche par planche pour avoir mon feu, je le ferai !

Quarante minutes et trois allume-bûches plus tard, j'ai enfin mon feu de foyer.

Victoire ! Et tant pis pour le scoutisme !

Je pousse le divan contre le foyer, insère mes CD dans le lecteur, débouche ma bouteille et lève un verre à ma journée. Je me sens de nouveau invincible.

Le lendemain matin, je reçois un appel de l'infirmière en gynécologie à qui j'avais laissé un message la veille. Elle s'appelle Mado et je la trouve immédiatement sympathique. Je lui explique mon cas ; elle m'assure qu'elle va parler rapidement à La Gynécologue et me revenir avec une solution.

« Je ne sais pas si ce sera juste une nouvelle prescription ou si vous allez devoir vous présenter à nouveau ici. J'en parle au médecin et je vous rappelle. » J'apprécie qu'elle me rappelle si rapidement, un phénomène rare dans le système de santé.

Je m'habille pour descendre au village. Il fait froid, mais il est encore tôt et on sent que le soleil va se pointer bientôt. J'aime tout de ce village. Même le mini club vidéo, aussi grand qu'une toilette d'un magasin à grande surface, mais où la gentille propriétaire nous accueille toujours chaleureusement avec son français cassé.

Je me dirige ensuite vers la pittoresque bibliothèque logée dans un immeuble historique à l'entrée du village. C'est toujours la même dame qui me reçoit en souriant. Je suis devenue une habituée et La Bibliothécaire me reconnaît maintenant ; il lui arrive même de m'ouvrir la porte avant l'ouverture quand elle me voit dehors, alors que j'attends patiemment (quel progrès chez moi ! Merci les salles d'attente !). Mon cerveau traumatisé a définitivement renoncé à s'y retrouver dans les heures d'ouverture variables de l'établissement, chose fréquente dans les petits villages.

J'adore les livres neufs, avec leur couverture cassante et leurs pages vierges. Mais je trouve qu'il y a quelque chose de très particulier à emprunter un livre usagé dans une vieille bibliothèque. Il fait naître une impression de trésor avec ses pages froissées et légèrement défraîchies par les nombreux lecteurs qui l'ont découvert avant nous.

Je repars avec deux livres sous le bras. Le soleil est sorti. Ça commence à se réchauffer.

Je fais un arrêt à la SAQ afin d'acheter une bouteille pour le souper de ce soir. Mon Chum viendra me rejoindre après son travail. Vous trouvez peut-être que je bois souvent, eh bien... vous avez raison ! Lorsque je ne suis pas hospitalisée ou en traitement de chimiothérapie, je ne me refuse jamais un verre de vin, sans abuser de la chose, il va sans dire ! Je peux même me prévaloir d'une permission officielle accordée par un médecin d'expérience au début de mon traitement. Ce Radio-Oncologue occupait le bureau voisin de mon médecin traitant. Je le soupçonnais d'être proche de la retraite, ce qui expliquait probablement son air si détendu.

Alors que j'attendais (eh oui, encore !) dans le couloir l'heure de mon rendez-vous, il était sorti de son bureau pour venir me faire la conversation.

« Vous n'avez pas l'air malade, vous. Êtes-vous traitée ici ?

— Oui. J'ai un cancer du cerveau.

— Ah, oui ? Quel type ? demande-t-il d'un air intéressé, présumant probablement qu'avec ma bonne mine je n'avais sûrement pas la pire des tumeurs.

— Un GBM. » J'avoue qu'à cette époque je n'avais pas encore consulté toutes les statistiques et ne saisissais pas vraiment les implications d'un tel diagnostic.

« Ooooh ! m'avait-il répondu d'un air navré qui me condamnait à mort.

— Ben là! m'étais-je offusquée. Ne faites pas cette tête-là, quand même! Encouragez-moi un peu!

— Mais oui, mais oui. Pardonnez-moi. Vous savez que vous pouvez boire, hein? Un p'tit verre de vin, ça fait toujours du bien. Faut pas vous priver, hein docteur? avait-il lancé joyeusement à Ma Radio-Oncologue qui sortait tout juste de son bureau.

— D'accord, mais pas trop quand même... » avait répliqué Ma Jeune Médecin, n'osant pas contredire ouvertement un collègue d'expérience devant une patiente.

Alors, depuis ce temps, je ne me prive jamais d'un petit verre de vin lorsque j'en sens l'envie. C'est bien beau de prendre soin de notre santé physique, mais il faut s'occuper un peu de notre santé mentale!

Et de toute façon, on se rappellera qu'au début de toute cette histoire, Mon Neurochirurgien m'avait dit que j'avais le cerveau d'un alcoolique fini! Alors autant en profiter!

J'ai tout préparé pour ce soir. Je veux que ce soit parfait. J'ai allumé un feu, du premier coup cette fois-ci, et débouché la bouteille de rouge. Les pâtes cuisent sur la cuisinière, les fromages chambrent sur le comptoir. Tout est prêt, ne manque plus que Mon Chum.

Je me sens comme une gamine de seize ans. J'ai des papillons dans le ventre. Il me semble que ça fait une éternité qu'on n'a pas été seuls tous les deux. Sans compter qu'on n'a pas fait l'amour depuis près de trois semaines à cause de mon hospitalisation.

Avant mon cancer, nous faisions l'amour une semaine sur deux — celle où les enfants ne sont pas avec nous! D'ailleurs, après toutes ces années, je me demande toujours comment font les couples qui ne sont pas séparés. Comment font-ils pour trouver le temps et l'énergie pour ça, avec la routine et les enfants? Ça demeure un grand mystère pour moi.

La semaine où nous avons les enfants, c'est à peine si on a le temps de se regarder dans les yeux et de se dire qu'on s'aime. Un vrai tourbillon! Avec la maladie, bien sûr, la fréquence de nos ébats a diminué, car ça demande une énergie dont je ne dispose pas toujours. Mais nous avons réussi à conserver notre intimité.

Au moment où je vois sa voiture tourner dans l'entrée, j'allume les chandelles et remplis les deux coupes de vin. Je suis toute énervée, même si ça fait déjà six ans que je partage sa vie. J'ai même pris la peine de me faire belle. Dans ces moments-là, je regrette encore plus de ne pas avoir de cheveux, mais que voulez-vous, il faut faire avec! Et pas question de baiser avec une perruque!

La suite ne se raconte pas. Je peux seulement vous dire que Mon Chat, jaloux, est parti bouder à la cave et que nous ne l'avons pas revu de la soirée!

JALOUSE DU ROSE

Je viens de terminer la lecture d'un autre livre dont l'un des personnages meurt d'un cancer du cerveau. C'est la quatrième fois que ça arrive! Voulez-vous bien me dire pourquoi tous les auteurs font mourir leurs personnages d'un cancer du cerveau? Bon d'accord, quand on veut être sûr de faire mourir un personnage, c'est sûrement la bonne façon, certainement mieux qu'un accident d'auto dont le personnage en question pourrait toujours survivre, mais pourquoi choisir précisément le cancer du cerveau, il y a d'autres cancers, non? Foie, poumons, pancréas, sein.

À propos du cancer du sein, nous sommes en octobre et on ne voit que ça partout. Aujourd'hui, à Knowlton, il y avait une marche organisée pour amasser des fonds. Je n'y ai pas participé. J'admire cette mobilisation, mais je dois l'avouer, je suis jalouse. Le cancer du sein est populaire (et je ne parle pas du nombre de femmes atteintes, 6 100 cette année seulement, au Québec****). C'est une belle cause qui a une belle image de marque. Comme publicitaire, je ne peux que m'incliner devant cet accomplissement.

**** www.rubanrose.org/fr/donnees-et-statistiques

Non mais, vous en connaissez beaucoup, vous, des maladies qui ont leur mois et même leur carte de crédit, sans compter leurs bouteilles de vin (rosé), leurs porte-clés, leurs rouges à lèvres (ou devrais-je dire « rose à lèvres »), leurs parfums, leurs foulards, leurs chandails, leurs casquettes, et j'en passe ? Mais qu'arrive-t-il aux autres cancers ? J'aimerais voir ce même intérêt et cette même mobilisation à l'échelle de la province pour le cancer en général. Pour TOUS les types de cancer, même les moins sexy ou moins spécifiquement fémi-nins, mais tout aussi dangereux, sinon plus !

Il faudrait peut-être que j'instaure une marche pour le cancer du cerveau. Tous ceux qui se mobilise-raient pour la cause porteraient un masque de radio-thérapie. Impact garanti !

Mais non. Je ne peux que me réjouir de voir la recherche avancer à ce point pour le cancer du sein. Car ça doit être tellement difficile de perdre un sein voire les deux en plus des cheveux. J'y pense souvent. Je ne peux qu'espérer qu'il en sera de même un jour pour la recherche sur le cancer cérébral. À temps pour me sauver la vie.

À BAS LES PROTHÈSES
CAPILLAIRES

Je suis de retour de mon séjour à Knowlton. Extraordinaire encore une fois. À part Mon Chat qui a trouvé le tour de faire caca un peu partout (je le soupçonne d'être jaloux et de protester sur la place qu'occupe Mon Chum), ç'a été parfait à tout point de vue. Je me sens ressourcée et me promets de faire ça plus souvent.

J'ai lu, dans un magazine féminin populaire, un article fort intéressant qui portait sur... les cheveux gris! Une femme racontait comment, après une visite désastreuse chez le coiffeur, elle avait décidé d'assumer ses cheveux gris. Curieusement, je me suis identifiée à cette femme. Pas à cause des cheveux gris, je n'ai même pas cette chance encore, mais à cause du courage que ça lui demandait d'afficher une image différente aux yeux de tous. Je reconnais qu'il m'en a fallu aussi du courage pour accepter de me promener au grand jour sans perruque. Ou devrais-je dire « prothèse capillaire » ?

Quel mot horrible ! Pro-thè-se ca-pil-lai-re. On dirait un appareil médical.

L'événement déclencheur s'est produit lors d'un déjeuner au restaurant, avec des copines. Ce jour-là, je portais ma fameuse pro-thè-se ca-pil-lai-re. C'est alors qu'est entrée une jeune femme, à peu près de mon âge, qui a pris place avec son chum à la table derrière nous.

Elle ne portait qu'un foulard. On voyait bien qu'elle était atteinte du cancer puisqu'elle n'avait ni cils ni sourcils. Je me suis sentie « cheap » de me cacher derrière ma perruque comme s'il y avait quelque chose de mal à avoir le cancer. J'aurais voulu qu'elle sache qu'elle n'était pas toute seule.

Et j'ai pris conscience que j'avais moi aussi besoin de savoir que je ne suis pas toute seule. Mais pas en participant à un groupe de soutien pour personnes cancéreuses. Non, d'abord et avant tout dans la vie quotidienne.

Depuis ce jour, je n'ai plus jamais porté ma perruque. Parce que tous les gens qui me connaissent savent que je n'ai plus de cheveux, donc la perruque ne fait pas illusion auprès d'eux. Quant aux gens qui ne me connaissent pas, j'ai appris à ignorer leurs regards apitoyés. Une certaine colère en moi fait aussi que je n'ai plus envie d'épargner aux autres le malaise que peut susciter le fait de côtoyer une personne atteinte d'une maladie grave. C'est une réalité qui fait partie de la vie. Sans oublier que c'est une belle occasion de m'affranchir du culte de l'image féminine parfaite.

Mais ce que j'espère par-dessus tout, c'est de croiser dans la rue des femmes comme moi, avec des foulards ou des bandanas, avec qui je pourrais échanger un sourire complice, que ce soit à la caisse de l'épicerie ou au guichet de la banque. On pourrait toutes se sentir un peu moins seules et témoigner que nous continuons à vivre, en dépit de l'inquiétude, des remises en question et des effets secondaires des traitements.

Alors, à bas les prothèses capillaires! Et longue vie aux cheveux gris!

UN OURSON QUI FAIT DU CHEMIN

Lors de mes deux hospitalisations, mon fidèle ourson en peluche blanc a partagé mon lit, mes angoisses et mes peines. Lorsque j'ai appris que Ma Nouvelle Amie se faisait opérer, je suis allée lui rendre visite entre deux prises de sang et trois rendez-vous médicaux.

Je voulais lui remettre l'ourson qui m'avait si bien soutenue. Il avait développé une certaine expérience qui pourrait assurément servir à nouveau.

J'entre doucement dans sa chambre ; elle semble à la fois surprise et très émue de me voir. Je lui remets l'ourson.

« J'te le dis, c'est vraiment *hot* un gros toutou quand on est hospitalisé. Ça apporte du réconfort. C'est pas pour rien que tous les enfants en ont un ! »

Elle part à rire à travers ses larmes. Elle se fait opérer dans deux heures. Elle a peur, mais semble sereine. Comme moi, elle a développé ses propres trucs pour garder le moral.

« Regarde, j'écoute de la salsa, puis j'ai mis du parfum à la noix de coco dans ma chambre. Je suis quasiment dans un tout inclus !

— Si j'avais su, je t'aurais apporté un bon grand verre de piña colada ! »

Elle me tient la main très fort.

« Je vais faire ça comme une grande, Véro.

— J'en doute pas. Appelle-moi quand tu seras prête. »
Je lui dépose un baiser sur le front et referme la porte
derrière moi.

Ma Mère et moi reprenons la route pour aller rencontrer Le Spécialiste, dont l'hôpital est en périphérie
de Montréal. Une longue route nous attend. À peine
sommes-nous parties que mon cellulaire sonne. C'est
Ma Nouvelle Amie, elle a une petite voix.

« Véro, c'est moi. Je voulais juste te dire merci
encore. Ça me touche vraiment que tu sois venue me
voir... et puis, sais-tu quoi ? J'ai appelé l'ourson Coconut !
Je vais te le rapporter lorsque je sortirai d'ici.

— Non, non. Fais-en plutôt cadeau à quelqu'un qui
en a vraiment besoin, d'accord ? »

Ce qu'elle fera quelques semaines plus tard. Sa voisine de chambre était une jeune femme qui venait tout
juste d'accoucher. Au cours de la césarienne, l'intestin
avait été touché et elle avait développé une grave infec-
tion. Elle se retrouvait donc hospitalisée, séparée de
son nouveau-né.

L'ourson Coconut avait donc accepté de consoler
la nouvelle maman, qui s'était prise d'amour pour lui,
faute de pouvoir serrer son bébé dans ses bras.

Pour entretenir son concept de forfait tout inclus
dans le Sud, Ma Nouvelle Amie vaporisait copieuse-
ment Coconut d'un parfum du même nom, qui ne laissait personne indifférent. Pour certains, l'odeur particulière de noix de coco embaumait la chambre. D'autres
plissaient le nez avec répugnance. Que ce soit grâce à
son odeur ou en dépit d'elle, Coconut était néanmoins
devenu la coqueluche de l'étage. Comme le soutenait
avec humour Ma Nouvelle Amie : « Le parfum de noix
de coco n'est peut-être pas le plus raffiné, mais il y en
a de bien pires dans la liste du top 10 des plus pestilen-
tiels à l'étage des patients avec des stomies. »

Lorsque Ma Nouvelle Amie a obtenu son congé
de l'hôpital, elle a confié Coconut à la jeune maman

toujours hospitalisée. Celle-ci l'a immédiatement adopté avec joie et émotions.

Nous apprendrons quelques mois plus tard, au hasard d'une rencontre dans une salle d'attente, que non seulement la nouvelle maman se porte à ravir, mais que Coconut fait le bonheur de son bébé, qui ne cesse de rigoler quand on lui présente le sympathique ourson blanc. Je m'amuse à penser que ce n'est là qu'un intermède pour Coconut, qui refait le plein de vie et de joie, pour mieux reprendre un jour son rôle de soutien.

REPRENDRE LE CONTRÔLE

Après avoir décanté les événements des deux dernières semaines et relu les résultats de ma résonance magnétique à tête reposée, je me suis avoué à moi-même que j'en avais ras-le-bol.

Ras-le-bol de faire le pont entre les différents intervenants.

Ras-le-bol de jouer au messager entre les différents hôpitaux.

Ras-le-bol d'expliquer pour la énième fois mon dossier à des médecins qui ne se parlent pas entre eux.

Ras-le-bol de jouer au bingo des numéros de couleur.

RAS-LE-BOL!!

Et puis, il y avait un paragraphe dans le rapport accompagnant ma résonance magnétique sur lequel je voulais plus d'explications. Il se lisait comme suit :

« Zone d'hyperintensité en pondération T2 sous-corticale postérieurement et médialement à la zone de résection chirurgicale non spécifique et ne présentant pas de rehaussement post-gladolinium. Cet aspect est non spécifique et il pourrait s'agir d'un processus tumoral infiltratif non rehaussant tel un astrocytome de bas grade ou une astrocytose réactionnelle ; il pourrait aussi s'agir d'un œdème vasogénique ou une gliose. À suivre. »

Tout pour que le patient ne comprenne rien !

Cela dit, Ma Mère était d'accord avec moi pour dire que ces termes incompréhensibles n'étaient pas très rassurants et qu'il valait mieux investiguer davantage. Mais je n'arrivais pas à obtenir un rendez-vous avec La Neurochirurgienne qui m'avait opérée et qui aurait pu me fournir la précieuse information.

Je décidai donc de me tourner vers Le Spécialiste. Évidemment, c'est quelqu'un de très occupé et je n'étais pas sa patiente, mais je suis une fille tenace. J'ai téléphoné tous les deux jours durant près de deux semaines et j'ai fini par obtenir un rendez-vous.

Le matin du fameux rendez-vous, je devais revoir La Gynécologue. Ma Mère, qui était montée de Québec la veille exprès pour rencontrer Le Spécialiste avec moi, s'était levée de peine et de misère aux petites heures du matin pour se taper les ponts de la Rive-Sud et être avec moi dans la salle d'attente à l'ouverture des prélèvements. Mon rendez-vous était prévu à 8 h 30 et à 8 h 25 je n'avais toujours pas été appelée, bien que j'attende depuis une heure déjà.

Une grande affiche spécifiait pourtant que les personnes sous chimiothérapie avaient priorité. Il faut croire que tout le monde avait le cancer ce matin-là. Je me suis donc levée une deuxième fois pour me planter devant la préposée à l'accueil des prélèvements.

« Madame, j'ai rendez-vous dans cinq minutes avec La Gynécologue et elle avait demandé à avoir mes résultats de formules sanguines en main. Je suis arrivée le plus tôt que j'aie pu, est-ce que ça va être mon tour bientôt ?

— Allez voir le monsieur ici, au bout du couloir, et dites-lui que vous êtes pressée. »

Le monsieur m'accueille gentiment. Il faut dire qu'un bandana attire un minimum de sympathie (cé qui ne serait pas le cas avec ma pro-thè-se ca-pi-llai-re !)

Après lui avoir expliqué mon cas, il me fait asseoir dans la petite salle d'attente à sa droite. Cinq minutes plus tard, je suis en route pour la gynécologie. Je déteste court-circuiter une file d'attente, mais j'ai appris que, pour naviguer dans le système de santé, il faut parfois aller à l'encontre de sa bonne éducation.

La Gynécologue m'examine une fois de plus, puis m'explique ma nouvelle prescription – de la progestérone cette fois.

« J'aurai les résultats de votre formule sanguine dans une heure, voulez-vous attendre ?

– Oh oui, j'en ai besoin pour un autre rendez-vous. De toute façon, on est équipées pour attendre ! » lui répondis-je avec un sourire en coin, montrant des yeux tout l'équipement informatique qui nous suit désormais dans nos déplacements.

Une heure plus tard, comme prévu, nous sommes en route pour la consultation avec Le Spécialiste. À peine le temps de manger un morceau et nous arrivons dans la salle d'attente du département d'oncologie. Non seulement Le Spécialiste est compétent, mais il est à l'heure. Vingt minutes seulement après que nous soyons arrivées, on m'appelle, par mon nom et non par un numéro, dans une salle où Le Spécialiste est déjà installé et examine attentivement mon dossier en présence de L'Infirmière Pivot. C'est presque trop facile.

« Alors, qu'est-ce que je peux faire pour vous ? »

Et là, le stress des dernières semaines me monte à la gorge. Les larmes aux yeux, je lui déballe toutes les inquiétudes et frustrations dont j'ignorais moi-même l'existence.

« Je veux que vous me preniez en charge. Je veux UN médecin pour TOUT. Ça ne me dérange pas même si c'est plus loin. J'en peux pu !! »

Il faut savoir que non seulement Le Spécialiste est expert en tumeur cérébrale, mais il cumule les fonctions d'hémato-oncologue et de neurochirurgien. Fini de me promener entre différents intervenants qui ne s'intéressent chacun qu'à un p'tit bout de mon dossier !

Je montre son écran d'ordinateur où apparaît ma dernière résonance magnétique et lui lance :

« En plus, je veux que quelqu'un m'explique ça ! »

Il est calme, précis et semble avoir tout son temps juste pour moi, même si ce n'est sûrement pas le cas.

« Vous voyez la tache blanche ici ? C'est ça qui est à surveiller. Si c'est une tache diffuse (un peu comme un nuage), c'est de l'enflure due à la radiothérapie. Si ça devient une tache blanche "solide", c'est que la tumeur récidive. »

Il poursuit sous l'œil attentif de Ma Mère ; pour ma part, je suis trop énervée pour bien assimiler l'information.

« Pour l'instant, je ne suis pas inquiet, mais c'est sûr qu'on va surveiller ça de près et qu'on fera une autre résonance de contrôle dans trois mois. Vous voyez ici ? nous demande-t-il en pointant une petite tache blanche du côté gauche de mon cerveau. C'est de l'enflure aussi. C'est probablement là où les rayons de radiothérapie sont sortis.

— Et qu'est-ce que ça a comme conséquences, de l'enflure ?

— Eh bien, comme ce n'est pas situé dans une zone critique du cerveau, comme la mémoire, vous ne devriez pas avoir de séquelles. »

C'est toujours ça. J'ai juste la tête enflée, rien de bien terrible là-dedans, plein de gens ont la tête enflée...

« Bien, enchaîne-t-il. On va regarder la chimio maintenant. »

L'Infirmière Pivot m'emmène dans une autre salle pour me peser et me mesurer.

Nous prenons le temps de discuter tous les quatre de ma formule sanguine, fraîche du matin, et du problème de plaquettes que j'ai rencontré.

« On va baisser la dose pour cette fois-ci et, si vous le tolérez bien, on l'augmentera un peu la prochaine fois. Comme la tumeur n'apparaît plus au radar, je crois que trois doses devraient suffire et on pourra s'arrêter là. Donc, octobre, novembre, décembre et vous pourrez commencer l'année 2010 en neuf ! »

Ce plan me plaît bien.

Nous sommes reparties avec, en main, la prescription de chimio, la requête pour une résonance magnétique et les prises de sang, et, surtout, des réponses claires et précises à nos questions. Je flottais. Je me sentais tellement soulagée. J'avais l'impression que tout serait plus simple désormais.

Le soir, j'ai commandé des fleurs pour L'Infirmière Pivot qui s'occupait de moi jusque-là et je lui ai laissé un message pour la remercier de tout ce qu'elle avait fait. Surtout, je lui ai annoncé que je changeais de médecin et, par le fait même, d'hôpital.

Elle m'a laissé un long message sur mon répondeur, pour me remercier de cette attention. « On est des êtres humains nous aussi, on a besoin d'encouragement parfois. » Elle m'a dit merci et m'a souhaité bonne chance.

J'avais de nouveau le contrôle sur ma vie !

TIRER PROFIT DES AVANTAGES

Dès le diagnostic, j'étais bien déterminée à tirer le meilleur parti de ce qui m'arrivait. Une des choses que j'ai découvertes et que j'utilise sans remords aucun, c'est que le cancer nous fournit une maudite bonne raison pour ne pas se taper les réunions de parents en début d'année scolaire.

Vous allez peut-être penser que je suis une mère ingrate, mais avec deux enfants, dont une en sixième année, ça représente onze réunions de parents si on inclut la maternelle! Je commence à comprendre le principe. Et puis, ce n'est pas comme si on n'avait pas accès à l'enseignante durant l'année.

J'ai donc communiqué avec les deux enseignantes de mes enfants pour les informer de mon état de santé et leur dire de me faire parvenir les documents importants à la maison. J'en ai profité pour leur demander d'être compréhensives avec les enfants compte tenu des circonstances et de ne pas hésiter à établir un dialogue avec eux sur mon état de santé.

Un soir, Mon Fils m'a dit qu'il s'était confié à sa professeure. Il avait l'air content.

« Elle m'a demandé quelle sorte de cancer tu avais.

– Ah oui. Qu'as-tu répondu?

– Ben, le cancer qui fait perdre les cheveux! »

Ah! Ben oui.

Autre avantage : je ne suis plus responsable des cheveux que Mon Beau-Fils, dédaigneux, trouve dans sa nourriture ou que Mon Chum adoré trouve dans la douche ou la baignoire et qui me valaient immanquablement de multiples reproches.

De plus, étant confinée à la maison, j'ai hérité de l'unique place de stationnement dans le garage bien chauffé du condo. J'ai également l'avantage de pouvoir passer devant tout le monde lors de mes prélèvements au CLSC, même si ça nécessite d'ignorer les regards haineux des soixante-douze personnes qui sont déjà dans la salle d'attente.

Faisant partie du groupe immuno-supprimé, j'ai également pu me faire vacciner en priorité pour la grippe H1N1, en faisant bénéficier du même coup Mon Chum et mes rejetons lors d'une seule et même visite. Mon état de santé me permet également d'être exemptée de la corvée de litière à chats qui regorge apparemment de microbes, et de faire l'objet de nombreuses petites attentions telles que livres, DVD, produits de beauté, invitation au restaurant et même billets de spectacles !

Il faut bien prendre un peu du meilleur de chaque situation !

INSOMNIE

Il est 3 heures du matin et je suis incapable de m'endormir, moi qui ne fais que ça depuis dix mois! C'est peut-être ça le problème d'ailleurs! En fait, ça m'arrive de plus en plus souvent. Au moins deux fois par mois, je pense. Je veux bien admettre que je suis un peu anxieuse et légèrement angoissée ces temps-ci. Je viens de terminer une autre semaine de chimio. Comme je n'aurai pas de nouvelles prises de sang avant la semaine prochaine, difficile de savoir comment va mon système immunitaire. Chose certaine, j'ai encore souffert d'une très grande fatigue. J'ai même dû me résoudre à laisser tomber le gym pour me reposer, tout à fait incapable de trouver la force nécessaire pour me tirer du lit et aller sauter sur un step! Allez savoir pourquoi...

J'ai beaucoup dormi, peut-être trop si j'en juge par mon état ce soir. C'est dommage, car aujourd'hui, enfin, je me sentais mieux. Même Beau-Fils me l'a gentiment fait remarquer à l'heure du souper: « T'as l'air plus en forme aujourd'hui, Véro. » Bon, il voulait probablement dire que j'étais moins hystérique que les autres jours, mais j'ai accueilli sa remarque positivement. Sauf que là, si je n'arrive pas à dormir, tout sera à recommencer demain!

J'avais même pris la peine de mettre le nez dehors aujourd'hui, histoire d'aller aérer mon petit cerveau dans l'air glacial du mois d'octobre (je l'ai peut-être trop aéré!). Je me suis rendue au café du coin me chercher un *latté*. Je ne sais pas ce qu'ils ont mis dedans, mais un petit doute s'insinue en moi : la caféine pourrait aussi être responsable de mon trouble du sommeil. Après tout, je n'en bois presque plus maintenant que je suis hors circuit du monde fou de la pub! Moi qui ai toujours clamé haut et fort que la caféine n'avait aucun effet sur moi!

J'ai eu beau me lever une première fois, avaler un petit supplément aux fraises (car l'insomnie, ça ouvre l'appétit), lire un peu, mon retour dans le lit conjugal a été un échec. Mon Chat, qui a l'habitude de me suivre partout comme un chien de poche, n'avait pas bougé d'un poil et était toujours étendu de tout son long sur mon oreiller. C'est là que j'ai eu une révélation : depuis toutes ces années, je venais enfin de réaliser que Mon Chat ne dort pas sur ma tête par affection ou adoration. Non. C'est simplement un mâle dominant et manipulateur qui convoite mon oreiller!

Au bout d'une autre heure à tourner d'un bord et de l'autre, à essayer sans succès la méditation qui était jadis si efficace...

Inspirer, expirer.

Shit. Faut pas que j'oublie d'appeler au garage demain pour mes pneus d'hiver.

Prendre conscience de la respiration.

Merde, j'ai oublié de sortir l'argent pour la femme de ménage.

Détendre les pieds, les orteils.

Faut que je pense à sortir le poisson du congélateur demain matin pour le souper.

Se concentrer sur la respiration.

Hey! J'ai pas reçu mon remboursement d'assurance encore, faut que je fasse le suivi là-dessus.

Relaxer les jambes, les bras.

Zut, j'ai oublié de rappeler Ma Cousine.

Bon. Ça marche pas, mais alors là pas du tout!

... Je me suis levée de nouveau et, jugeant que la situation justifiait une solution extrême, j'ai avalé un cachet de Percocet avec un grand verre d'eau. Il est bien inscrit sur le flacon que ça cause la somnolence ? D'ici quarante minutes, je devrais pouvoir retourner me coucher. De toute façon, je n'avais rien d'autre sous la main...

En attendant, je vais tuer le temps sur Facebook. Pathétique. Facebook. Cette révolution technologique qu'on adore ou qu'on déteste. Avant mon arrêt de travail, je n'étais pas une grande utilisatrice, mais j'avoue que maintenant je sais m'en servir. Je peux, entre autres, court-circuiter les rumeurs qui circulent à mon sujet dans mon milieu de travail en donnant l'heure juste sur mon état de santé à mes amis et collègues.

Je reçois aussi beaucoup de messages de soutien et d'affection de la part de mon réseau et, ça aussi, ça fait une énorme différence dans la monotonie de mes journées.

Aujourd'hui, j'ai reçu un message particulièrement touchant d'une ancienne collègue :

Tu sais que tout le monde parle de toi ? Tu sais que tout le monde parle de ta force ? Tu sais que tout le monde parle de ton sourire ? Tu sais que tout le monde parle des étapes que tu franchis ? Tu sais que je pense à toi tous les jours ? Tu sais que tu es un exemple incroyable ? Franchement, t'es une super championne, Véro. Merci de partager tes moments avec nous. Tu es formidable.

Ça, c'est sûrement aussi efficace que le Temodal pour guérir...

4 heures du matin : je finis par me recoucher et par trouver enfin le sommeil. Mon Chat se love derrière moi en ronronnant, sa patte autour de mon cou et son nez, froid et humide, dans mon oreille. Et je me dis que, finalement, il y a peut-être un peu d'amour là-dedans...

COMPLICITÉ FÉMININE

Je suis retournée voir Ma Coiffeuse. Elle m'a raconté que la propriétaire du salon avait perdu sa mère d'un cancer du cerveau l'an dernier. Elle avait beaucoup réfléchi après ma remarque selon laquelle une femme atteinte du cancer ne savait pas où aller pour se faire raser la tête.

« Ça fait longtemps qu'on cherche une cause à soutenir. Alors j'ai parlé de toi aux filles, de ce que tu m'avais dit. Pis on a décidé de s'associer avec un centre d'oncologie pour offrir le service gratuitement aux femmes atteintes du cancer.

— Wow! C'est vraiment génial!

— C'est grâce à toi, tu sais. Tu nous as inspirées. »

Ben coudonc. J'aurai au moins servi à ça.

Je me suis ensuite rendue au gym, afin de reprendre mes bonnes habitudes après ces dernières semaines mouvementées. Je n'ai pas encore suffisamment de cheveux du côté droit pour me promener tête nue. Je porte donc mon bandana d'où dépassent des brins de cheveux éparpillés ici et là.

Une dizaine de femmes sont déjà présentes. Au moment où je dépose mes effets sur le plancher, une femme dans la jeune quarantaine, portant une belle crinière brune qui lui descend aux omoplates, s'approche de moi. Nous nous sommes déjà croisées plusieurs fois, elle et moi.

« Est-ce que tu portes tes cheveux courts par choix ou tu es malade ?

– Je suis en chimio. »

Je lui suis reconnaissante de m'adresser la parole. Enfin, quelqu'un brise la glace ! Il faut dire que toutes ces femmes semblent se connaître depuis longtemps et se fréquenter en dehors du gym. Rien pour m'aider à m'intégrer au groupe !

« Ah ! Est-ce que je peux te demander pourquoi ?

– Cancer du cerveau. »

Ça me fait toujours drôle d'entendre ces mots sortir de ma bouche.

« Moi, j'ai eu un cancer du sein il y a deux ans. Je m'en suis fait enlever un. J'ai eu droit à tout le traitement qui vient avec.

– C'est vrai ? Mais tes cheveux... ?

– Des rallonges ! » me lance-t-elle, fière de son coup.

Un peu envieuse, mais intriguée à l'idée de m'en faire poser moi-même, je lui lance :

« Ah ben... c'est donc ben *hot* ! »

Elle poursuit : « Elle, elle a eu un lymphome l'hiver passé, et elle au fond, un cancer du sein aussi. »

La fille au lymphome s'approche de moi pour échanger quelques mots. Toutes ces femmes ont l'air en pleine santé et, à les regarder, on a du mal à imaginer qu'elles ont survécu à une maladie grave. Je suis impressionnée. Et cela m'encourage.

Durant la classe, je remarque une nouvelle participante un peu à ma gauche. Elle porte un pantalon de yoga noir et une camisole sport de la même couleur. Ses beaux cheveux blonds sont attachés dans une toque négligée. Ses épaules et ses bras sont brûlés au troisième degré. Impossible de ne pas la regarder puisque je suis derrière elle. D'immenses cicatrices parcourent l'arrière de ses bras et on peut en deviner d'autres dans le haut de son dos. Elle ne doit pas avoir trente-cinq ans. Je ne peux m'empêcher d'être inspirée par cette femme que je ne connais même pas. Si je trouve difficile d'assumer mon cancer et de sortir sans perruque, je ne peux qu'imaginer le courage qu'il lui faut pour porter une camisole et laisser voir ces horribles cicatrices. Elle aurait pu choisir de porter un t-shirt qui aurait caché la presque totalité de ses blessures et passer inaperçue. Mais non. Je l'ai admirée pour cela.

À la fin du cours, la fille au cancer du sein s'approche à nouveau de moi pour m'interroger sur mes traitements. Je ne peux m'empêcher de lui confier mes réflexions : « C'est déjà super difficile de perdre ses cheveux, j'imagine ce que c'est quand on perd un sein en plus.

— En fait, j'ai trouvé ça plus difficile de perdre mes cheveux qu'un sein. »

Cette confidence me jette à terre et en même temps me confirme que je ne suis pas folle ou superficielle d'avoir été aussi affectée par la perte de mes cheveux. Notre discussion est interrompue par la sonnerie de son cellulaire. Avant qu'elle réponde, je lui lance : « Merci. Ça m'a fait du bien de te parler. On a souvent l'impression d'être seule face au cancer. »

Je les avais enfin rencontrées, ces compagnes que je cherchais en vain partout à l'épicerie, au garage, au dépanneur. Elles étaient au gym, décidées, lucides, volontaires. Elles s'étaient battues contre la terrible maladie. Elles continuaient de le faire.

Peut-être certaines d'entre nous devront-elles s'avouer vaincues un jour, mais ce sera avec panache, ayant vécu intensément jusqu'à la dernière minute.

PARLER DU CANCER

Je me suis habituée aux regards curieux, intrigués ou vaguement apitoyés que me lancent les gens à la vue de mon fidèle bandana en plein mois de novembre. Tellement habituée que je n'y pense plus vraiment. Et puis, je me sens vraiment bien malgré les quelques nausées dues aux traitements de chimio que j'en oublie presque le cancer.

Je commence déjà à préparer mon retour au travail et à ajuster en conséquence l'organisation de ma vie familiale. J'oublie que les gens autour de moi ne sont pas nécessairement dans cet état d'esprit. Je réalise que la maladie crée de la distance, qu'on le veuille ou non.

Des amis m'ont avoué ne pas avoir donné signe de vie dans les derniers mois tout simplement parce qu'ils ne savaient pas quoi me dire. J'ai même appris que l'un d'entre eux avait perdu son père du cancer six mois auparavant, mais qu'il avait gardé pour lui cette information, ne voulant pas me bouleverser davantage. J'étais déçue. Je pouvais comprendre sa réaction, mais j'en étais peinée. Le malaise engendré par ma propre maladie nous a privés tous les deux d'un moment de partage important entre amis. Une autre, qui m'a envoyé une carte et un DVD, m'a avoué avoir mis plusieurs semaines à trouver les bons mots pour rédiger sa carte. J'étais flattée de savoir qu'on se donnait autant de mal pour moi, mais en même temps désolée de constater que la maladie compliquait ainsi les relations!

Ma Meilleure Amie elle-même m'a fait part de son impuissance, ne sachant pas comment m'aider ou m'accompagner. Je dois reconnaître que je me suis fait un devoir de demeurer forte et optimiste, ce qui n'a peut-être pas permis aux gens qui m'entouraient de percevoir mes besoins.

C'est vrai aussi qu'en général on ne sait pas comment réagir devant le malheur des autres. Moi-même, je ne saurais pas non plus quoi dire ou faire face à quelqu'un qui aurait perdu un enfant, ou qui serait devenu paraplégique à la suite d'un accident. Par contre, pour le cancer, je peux maintenant faire des suggestions en connaissance de cause!

Personnellement, je préfère les gens qui admettent en toute simplicité ne pas savoir quoi dire ou quoi faire plutôt que ceux qui nous lancent des formulations générales du style: « Je comprends ce que tu vis » ou « ça va bien aller ». Parce que non, justement, on ne sait pas ce que c'est avant de l'avoir vécu et, avec le cancer, on ne peut pas promettre que ça va bien aller, car on n'en sait rien. Personne ne le sait. Je veux entendre des commentaires qui ne minimisent pas la gravité de ce qui m'arrive, mais qui sollicitent les forces qui sont en moi, du genre: « T'es forte, tu es une battante, j'ai confiance » ou qui me rappellent pourquoi les chances sont de mon côté: « T'es jeune, tu étais déjà en bonne santé, tu as toutes les chances de t'en sortir. » Ou, encore mieux, ceux qui me rapportent l'histoire de personnes miraculées de la science et du cancer. C'est ce que je préfère. Entendre les belles histoires des survivants. Et rire, bien sûr!

Si vous voulez offrir de l'aide ou un cadeau, ce ne sont pas les idées qui manquent. On a besoin de tellement de choses quand on est malade.

— Du maquillage et des produits de beauté pour traverser l'épisode douloureux de la perte des cheveux.

Rien de tel qu'un gloss tout neuf et un anti-cernes pour remonter le moral. J'ai une copine qui a débarqué un jour avec son Top 5 des produits de beauté pour m'en faire cadeau. J'ai trouvé l'idée géniale !

– Les services d'une femme de ménage pour nous soulager des tâches fastidieuses et épuisantes. Même si le conjoint collabore, il traverse lui aussi des moments éprouvants qui drainent beaucoup d'énergie.

– Un accompagnement aux rendez-vous à l'hôpital, histoire de donner un peu de répit à la famille immédiate.

– Des livres et des DVD pour occuper nos journées qui sont parfois très longues lorsqu'on ne dort pas.

– Un café au lait (décaféiné !) livré avec le sourire, les matins où on est trop fatigué pour sortir de la maison.

– De l'aide avec les enfants (n'attendez pas que la personne le demande, venez kidnapper les enfants lors d'une journée pédagogique, ce sera parfait !)

– Des fleurs pour égayer notre journée et notre environnement.

– Et, bien entendu, de la soupe !

Si la personne est assez en forme pour sortir, n'hésitez pas à l'emmener à des spectacles, au cinéma, au restaurant et même magasiner. Il faut sentir que la vie continue, tout simplement !

Mes enfants ne parlent pas souvent de mon cancer, mais régulièrement j'ai droit à la même question inquiète de Mon Fils : « J'aime pas ça, le cancer. Tu vas pas mourir, hein Maman ? » Chez nous, la parole est sacrée, on ne fait jamais de promesses en l'air. De toute façon, comment pourrais-je lui promettre que je ne vais pas mourir, même si je veux de tout mon cœur le rassurer ?

Alors je lui réponds simplement : « Je sais, chéri, je ne veux pas mourir non plus, mais ça va super bien pour le moment. Il n'y a plus de traces de cancer et je suis en forme, non ? »

Chaque fois, cette réponse a l'air de le satisfaire et il passe immédiatement à d'autres occupations.

Ma Fille, courageuse, me ressemble beaucoup sur ce point. Elle est émotive, mais pleure rarement. Et quand elle pleure, ça dure environ trente-huit secondes. Hier soir, ayant droit à un « privilège » pour son bon comportement de la semaine, elle a eu la permission spéciale d'écouter l'émission *Les hauts et les bas de Sophie Paquin* avec moi. Malheureusement, cette comédie légère que j'aime beaucoup était exceptionnellement plongée dans le drame : Martin quittait Yves, son mari, Estelle se faisait frapper par une voiture et Marie-Christine, atteinte du cancer, tournait une vidéo d'adieu pour sa fille.

Merde. Merde. Merde.

La tension chez Ma Fille était palpable. À un moment donné, elle s'est tournée vers moi et m'a dit, les yeux pleins de larmes : « Est-ce que je peux pleurer, Maman ?

— Mais bien sûr, ma chérie. » Et je l'ai serrée très fort contre moi.

Elle a sangloté un peu et c'était terminé.

« Tu veux en parler, chérie ?

— Non, ça va, conclut-elle en reniflant bruyamment. J'avais juste besoin de pleurer. »

Lorsqu'on est parent de jeunes enfants, le plus difficile avec le cancer, c'est de penser que peut-être nous ne serons plus là pour eux. Penser que je pourrais manquer la graduation de Ma Fille, l'entrée au secondaire de Mon Fils, les premiers chums, les premières blondes et tout ce qui vient ensuite est déchirant.

Mais j'évite d'y penser, justement parce que ça me rend triste. Ce n'est pas du déni. Seulement, je fais le choix à chaque instant de ne pas laisser la place aux pensées qui me démoralisent. Je choisis plutôt de revenir au moment présent et d'apprécier ce que j'ai ici et maintenant, plutôt que de penser à ce que je n'aurai peut-être jamais. Je me console en me disant que j'étais jeune quand j'ai eu mes enfants et que, si je devais mourir trop tôt, j'aurai au moins vécu de nombreuses années auprès d'eux.

De toute façon, on meurt tous un peu chaque jour, non? Bon. D'accord. C'est déprimant comme pensée, mais disons que, dans mon cas, ç'a quelque chose de rassurant... au moins, je ne suis pas la seule!

Quelques semaines plus tard, Ma Fille est revenue de l'école avec son texte pour l'exposé de français qu'elle devait présenter devant la classe. L'enseignante avait demandé une dissertation portant sur un sujet émouvant, joyeux ou triste. Ma Fille avait choisi de parler de mon cancer. C'était l'occasion parfaite pour discuter de la maladie avec elle.

« Est-ce que je peux lire ta dissertation?

— Ben oui! »

Le texte allait comme suit:

Je vais vous parler de comment c'est de vivre avec une personne qui a une maladie. Peut-être que vous aussi vous avez des personnes qui ont des maladies dans votre famille et que vous savez comment ça peut être dur des fois.

Ma mère a le cancer du cerveau depuis déjà un an. Elle a perdu tous ses cheveux. Alors elle porte une perruque ou des foulards sur sa tête. Le moment où j'ai été le plus triste, c'est quand elle m'a annoncé qu'elle avait le cancer du cerveau. J'ai ressenti beau-coup, beaucoup, beaucoup de peine. J'ai aussi ressenti de la frustration. Je me disais: pourquoi ça arrive à moi!!!!!!!!!!!! J'avais aussi l'impression qu'elle n'était pas là. Car elle dormait sans arrêt. Elle n'avait plus de patience. J'ai aussi eu énormément peur qu'elle meure.

Ce n'est pas toujours facile de vivre avec des per-sonnes qui ont des maladies. Ça fait peur et ça rend triste. Ça a des bons et des mauvais côtés. Par exemple, les bons côtés sont que ma mère est à la maison, alors je peux la voir plus souvent, et parfois elle commence à prendre goût d'être à la maison et de prendre un break de travail. Ha Ha Ha!!!!!

Mais des fois, elle pleure. C'est dur, c'est dur, c'est dur, C'EST DUR !!!!!!!!!!!!!

Oh !!! Ça m'a fait du bien de parler avec vous !!!

Si vous avez vous aussi besoin de parler de ces choses-là, croyez-moi, je serai là !!!

Merci de m'avoir écoutée !

J'ai demandé à Ma Fille si elle avait l'intention de le lire devant la classe, l'enseignante la laissant libre de choisir.

« Ben... c'est sûr que je vais pleurer si je le lis en avant.

— Et alors ?... Qu'est-ce que ça fait si tu pleures ? Tu penses que les amis vont te trouver nounoune ?

— Ben non !... ils comprendraient, j'pense.

— Bon ben alors, pourquoi tu ne le fais pas ? Tu ne sais pas... peut-être que ton partage va aider un des élèves de la classe.

— C'est vrai. Surtout si je veux passer mon message de la fin, il faudrait que je le lise en avant, hein ? Pis de toute façon, il y a un gars qui a pleuré l'autre jour en parlant de la mort du meilleur ami de son père.

— Bon, ben, tu vois ! Je suis certaine que les amis ne se sont pas moqués de lui. »

Finalement, Ma Fille a lu son texte devant toute la classe... sans pleurer !

Elle était très fière d'elle. J'étais très fière d'elle.

Cette dissertation a été une sorte de thérapie. Merci, madame l'enseignante !

NOUVEAU DÉPART

Hier, j'avais rendez-vous avec Mon Spécialiste. J'aime bien dire « Mon » Spécialiste. Même si je ne suis pas son unique patiente, j'aime bien m'en approprier un petit bout ! Mon Chum m'a demandé si je désirais sa compagnie.

« Ben oui, j'ai besoin d'un chaperon... ah ah ah ah ! », ne pouvant résister à la tentation de le taquiner avec mon beau et jeune médecin. Sans compter que L'Infirmière Pivot a été remplacée par un jeune et gentil Infirmier. De mieux en mieux... non mais... tant qu'à se faire soigner !

Le fait de changer d'hôpital a rendu les rendez-vous beaucoup plus agréables grâce à la chaleur de l'accueil, sans compter que les visites prennent deux fois moins de temps. Le déroulement se révèle d'une simplicité qui me ravit complètement après le chaos des derniers mois. Nous arrivons à l'hôpital où il y a - ô merveille - un STATIONNEMENT. Nous prenons l'ascenseur pour monter au septième ciel (oups ! étage) où je remets ma carte d'assurance-maladie à l'accueil du département d'oncologie. Je m'assois dans la salle d'attente et... trente minutes plus tard, je suis dans le bureau du médecin. C'est tout. Pas plus compliqué que ça ! Incroyable.

Nous discutons des images de ma dernière résonance magnétique qui demeurent stables, donc sans trace de cancer, de mon état de santé général et de mes formules sanguines qui se maintiennent malgré mon dernier traitement de chimio. Durant l'année, j'aurai englouti (c'est le cas de le dire) près de vingt mille dollars en petits comprimés aux couleurs pastel. Une chance que les assurances en couvrent une bonne partie!

Je lui signale une perte d'audition dans mon oreille droite. Il m'explique que c'est un effet secondaire de la radiothérapie. Ça fait presque un an que j'ai terminé et je développe encore des effets secondaires. Quelle merde, vraiment!

J'avais déjà une prédisposition à « déparler » avant l'opération au cerveau, mais là, avec une audition diminuée, ça devient de plus en plus complexe. Cela se traduit non seulement par le volume exagérément élevé de la télé, mais aussi par une incapacité totale à bien comprendre du premier coup. Tout le monde reconnaît que la bonne communication dans un couple est un défi en temps normal, alors là...

L'autre soir, au souper, en mangeant du spaghetti, Mon Chum me dit, la bouche pleine: « Oh, j'en ai trop mis dans ma bouche.

– Quoi? T'as du vomi dans la bouche? »

Et, à la fin du repas, il ajoute: « Ouf, on a donc ben mangé tard!

– Quoi? Tu t'en vas manger dehors? »

Ai-je besoin de préciser que non seulement il est assis juste à côté de moi, mais qu'en plus nous sommes en novembre...? On repassera pour l'intelligence de mon interprétation!

Et ça promet pour mes futures présentations aux clients... en anglais!

Nous discutons aussi de mon retour au travail qui pourrait se faire progressivement d'ici à un mois. Il m'annonce qu'il me reverra tous les trois mois avec une résonance magnétique qui lui permettra de suivre de façon serrée l'évolution de mon cancer. Ou devrais-je dire « la non-évolution »!

Malgré quelques inquiétudes concernant la place que j'occuperai à mon retour au travail, les dossiers qui me seront confiés et mon niveau d'énergie, je me sens prête pour ce retour à la vie normale.

Mes cheveux n'ayant pas repoussé complètement, malgré mes encouragements et lotions de toute sorte, j'angoisse un peu à l'idée de retourner au travail sans eux. Je l'avoue, même si je l'ai apprivoisé en public, le bandana demeure le signe visible de mon cancer. Et je connais trop bien les maux de tête que peuvent causer les échéances en publicité pour n'avoir aucune envie de les aggraver avec le port d'une perruque qui pique. Sans compter le stress dû à l'éventualité de perdre ma prothèse capillaire lors d'une présentation enflammée devant des clients difficiles à convaincre!

Je commence à réaliser doucement que cette terrible année sera bientôt derrière moi. Tout cela aura duré un an. Un an!

En prévision de mon retour au travail, j'ai intensifié mon entraînement au gym pour avoir une meilleure forme et un niveau d'énergie optimal. J'ai également recommencé à jouer du piano et j'ai même repris des cours que j'avais mis de côté.

Je sais que j'ai moins d'énergie qu'auparavant et que je dois me reposer. Par ailleurs, pour soutenir mon moral, j'ai besoin d'activités stimulantes. Mais avant de renouer avec ces activités que j'aime, j'étais tiraillée. J'entendais une petite voix, faussement raisonnable, qui reprenait en écho les conseils bien intentionnés de mon entourage : « Tu en fais trop. Tu vas être fatiguée, tu ne seras pas capable, tu peux attraper des microbes si tu es en contact avec trop de monde, etc. »

J'entendais aussi une autre voix, issue celle-là de mon propre instinct de survie. Beaucoup plus positive et pas du tout raisonnable qui me répétait : « Vas-y, fonce, t'es capable. C'est terminé la maladie. Vis. »

J'ai choisi d'écouter cette dernière. C'est celle qui me procure l'énergie et le pouvoir d'aller de l'avant.

J'ai même commencé à redonner aux autres ce que j'ai reçu au cours de cette année exigeante. Comme la conjointe de Mon Cousin vient d'avoir un bébé, j'ai cuisiné à mon tour pour la petite famille et suis allée livrer avec affection bouilli québécois, sauce à spaghetti et... soupe aux légumes ! Ma Nouvelle Amie a profité aussi de mes talents culinaires durant sa convalescence. Talents modestes mais, heureusement pour moi, sans comparaison avec la nourriture infecte qu'elle avait ingurgitée pendant son long séjour à l'hôpital.

Quant à Mon Chat, il est vraiment temps que nous prenions de la distance lui et moi, parce que son désir d'identification à sa maîtresse commence à m'inquiéter. Il est revenu blessé d'une escapade nocturne, au cours de laquelle a eu lieu une bataille de félins dont on ignore le gagnant. Il arbore maintenant, comme moi, une cicatrice sur le côté droit de son cou fraîchement rasé ! Joli spectacle, lorsque nous faisons notre sieste quotidienne, côte à côte ! Freud dirait peut-être que Mon Chat prend la relève et me signifie : « Ça suffit, c'est à mon tour, maintenant ! »

Évidemment, je regretterai de ne plus être à la maison pour voir mes rejetons rentrer de l'école à 15 heures. Quoique, soyons honnêtes, je ne regretterai pas certains retours de l'école lorsque l'énergie des enfants se transforme en taquineries incessantes qui dégénèrent rapidement en crises de larmes et frustrations fraternelles.

Et que dire de la réorganisation familiale et du partage des tâches que mon retour au travail impliquera ? Négocier avec enfants et conjoint, tout en étant dotée d'une audition diminuée, voilà ce qui va s'appeler la vraie vie !

LA FIN (DU LIVRE, BIEN SÛR !)

Au moment d'écrire ces lignes, j'ai trente-sept ans, trois enfants en garde partagée, deux chats à temps plein et... plus de cancer. Enfin, je me plais à dire que je suis guérie, car même si mon cancer est incurable, pour l'instant il n'apparaît plus au radar.

Je ne sais pas si ce livre sera populaire ou même s'il sera lu, mis à part par les pauvres membres de ma famille, qui n'auront pas le choix, sous peine de passer pour totalement ingrats ou, pire, indifférents, ce qu'ils ne sont absolument pas ! Mais chose certaine, il a bien rempli son rôle. À savoir de m'avoir gardée optimiste et active pendant toute cette aventure. J'espère seulement que ce livre saura un jour faire une différence dans la vie de quelqu'un, comme il l'a fait pour moi.

Janvier 2010. Une nouvelle année commence. Mes traitements sont terminés. Je suis même retournée en planche à neige pour boucler cette aventure de façon symbolique ! Mon Chum ronfle à mes côtés, Mon Chat ronronne à mes pieds. L'avenir est prometteur. Évidemment, mon histoire ne s'arrête pas ici, mais il faut bien que je termine ce livre quelque part. Alors j'ai décidé que ce serait aujourd'hui.

J'espère que j'aurai tiré une leçon de vie de ce cancer. Mon plus grand défi est de vivre au jour le jour, de profiter du moment présent et, surtout, d'apprendre à faire une seule chose à la fois.

Lors d'une entrevue, un journaliste a demandé au dalaï-lama ce qui le surprenait le plus dans l'humanité. Et lui de répondre: « Les hommes... parce qu'ils perdent la santé pour accumuler de l'argent, ensuite ils perdent de l'argent pour retrouver la santé. Et à penser anxieusement à l'avenir, ils oublient le présent, de telle sorte qu'ils finissent par non vivre ni le présent, ni l'avenir. Ils vivent comme s'ils n'allaient jamais mourir... et meurent comme s'ils n'avaient jamais vécu. »

Il a tellement raison. Je me suis fait la promesse de tout faire pour ne pas retomber dans mes petites priorités et mes fausses urgences au détriment de mon équilibre, de ma santé et de ma vie de famille. De continuer à faire une différence pour les autres et dans le monde, car après tout, ne sommes-nous pas ici pour cela?

Je termine mon histoire sur un proverbe, envoyé un jour par une collègue et que j'ai toujours conservé. Il résume bien l'essence de mon livre. À votre tour de le mettre dans votre poche et de le répandre autour de vous.

L'optimiste rit pour oublier; le pessimiste oublie de rire.

POSTFACE

J'ai rencontré Véronique par l'intermédiaire d'un ami et de notre médecin commun, le docteur David Fortin. Une complicité mutuelle s'est immédiatement installée entre nous, non seulement parce que nous partageons le même diagnostic, mais surtout parce que nous nous rejoignons sur la façon d'affronter les situations difficiles ou exigeantes de la vie.

Depuis quelques années, je me bats contre un cancer cérébral incurable. Je fonde donc mon espoir de guérison en la recherche. Espérant aussi que mon expérience pourrait peut-être un jour être utile à quelqu'un d'autre, je me suis impliquée dans des activités publiques soutenant la recherche sur le cancer cérébral et j'ai accordé des entrevues à différents médias. J'espérais qu'une autre personne y trouverait le message porteur d'espoir que j'avais cherché en vain moi-même au début de ma maladie. Au fil des ans, je suis devenue lasse de ressasser la même histoire, me questionnant sur ma démarche, ne voyant plus au juste en quoi cela pouvait encore intéresser quiconque Et voilà qu'arrive Véronique. Quelques jours après son propre diagnostic, sa mère lui avait apporté un article parlant de mon histoire, en lui disant que c'était là un exemple auquel se raccrocher. Elle venait me confirmer que ce dont je témoignais avait réellement servi à quelqu'un.

Si, comme elle me le répète, j'ai pu contribuer à entretenir son espoir, elle, de son côté, est venue m'apporter la motivation de continuer à partager.

Aux mots que Véronique et sa mère ont mis par écrit, je pourrais mettre mon propre nom. Comme elles, lorsque le diagnostic s'est abattu dans ma vie, j'ai eu le sentiment que toute la joie et tout le plaisir avaient été évacués. Or, je ne voulais pas seulement survivre plus ou moins péniblement et tristement, je voulais continuer à vivre pleinement, à rire, pour mes enfants, mon conjoint, les personnes que j'aime et pour moi-même. Comme Véronique, je réclamais le droit de pouvoir rire et dédramatiser malgré ce qui m'arrivait, parce que c'était ce qui me faisait du bien. Même si, dans des circonstances difficiles, une telle attitude n'est pas forcément comprise par tous, ni peut être possible pour tous.

Confrontée à un défi qui touche au sens même de la vie, nos perspectives changent nécessairement. Je suis toujours étonnée de voir combien de personnes réussissent à gâcher leur journée pour un bris matériel, un imprévu dérangeant ou une contrariété qui, à l'échelle de la vie, ont en fait bien peu d'importance. En dépit de ma maladie, je réussis souvent à ma grande surprise à passer de meilleures journées que certaines de mes connaissances. Et au fil du temps, les journées deviennent des semaines, puis des mois, puis des années. Tout est une question de point de vue. Or, comme Véronique, je choisis consciemment chaque jour de vivre aussi positivement que possible et avec humour ce que j'ai à vivre. Et les jours où je doute d'y arriver, j'ai toujours mes enfants et mon mari pour me rappeler à l'ordre!

Ce que je n'arrivais pas à écrire comme Véronique l'a fait, je l'ai dansé. Pour moi, l'expression de la vie passe par la danse. Je me suis servie des émotions qui m'assaillaient, des sentiments que mon entourage me partageait ou tentait de me cacher, de ce que j'observais dans les salles d'attente pour concevoir des spectacles de danse. Les traitements, les longues attentes n'étaient plus uniquement des moments pénibles à traverser ou des conséquences de la maladie ; c'était devenu autant d'occasions d'inventer des chorégraphies dans ma tête, une activité réparatrice pour moi. Tout pouvait devenir mouvement. Or le mouvement c'est la vie, comme les mots sont aussi porteurs de vie. C'est en ce lieu que Véronique et moi sommes devenues des sœurs par le cœur.

Mon témoignage a aidé Véronique et les siens ; il aura servi. Je sais que par son livre elle pourra à son tour aider d'autres personnes. Les mots ont le pouvoir de toucher un large public. Or, l'attitude positive, l'importance de l'humour que Véronique et moi partageons ne s'appliquent pas qu'à la maladie, mais à toutes les circonstances difficiles ou exigeantes auxquelles un jour ou l'autre la vie nous confronte. Je souhaite que son livre rejoigne un public nombreux et que, liées par la complicité, nous puissions contribuer à faire circuler le message de vie qui nous porte envers et contre tout.

Nathalie Buisson

REMERCIEMENTS

Nous aimerions remercier nos « chums », Stéphane Monarque et Collin Gamache, pour leur amour inconditionnel, et nos « chums de filles » pour leur soutien pendant la maladie et durant la rédaction de ce livre.

Merci à nos relectrices, Mélanie Dunn, Sylvie Bergeron, Julie Dubé, Lyne Gingras et Dominique Tremblay pour y avoir cru depuis le début.

Merci à Tanya Chouinard, notre Ange Blond, à Julie-Anne Gagnon, notre précieuse pharmacienne (Proxim), à Nathalie Buisson qui nous a inspiré l'espoir, aux docteurs David Fortin, Nathalie Gauthier et Carole Lambert pour leur compétence, sans oublier F.M., le meilleur Infirmier Pivot!

J'aimerais également offrir un merci tout spécial à mon employeur lg2 et à mes collègues, au père de mes enfants, Éric Vincent, et à mon père, Benoît Lettre, qui m'a soutenue à distance, ainsi qu'aux gens d'Education Landmark.

Merci à notre éditrice, Nadine Lauzon, sans qui ce roman n'aurait jamais été concrétisé.

Pour terminer, nous tenons à remercier tous les membres de notre famille pour leurs témoignages d'encouragement et d'affection, de même que tous ceux qui nous ont préparé de la soupe!

Véronique et Christiane

Cet ouvrage a été composé en EideticSerif 11,5/14
et achevé d'imprimer en octobre 2010 sur
les presses de Marquis imprimeur, Québec, Canada.

Imprimé sur du papier 100 % postconsommation,
traité sans chlore, accrédité Éco-Logo et fait à partir de biogaz.

certifié   procédé   100 % post-   archives   énergie
      sans   consommation   permanentes   biogaz
      chlore